KB159781

때로는 고슴도치

※원제는 『고슴도치는 달을 올려다본다』이며, 한국어판은 제목을 변경하였습니다.

때로는 고슴도치

아사노 아쓰코

장편소설

오근영 옮김

나무를 심는 사람들

작가의 말

한국의 독자 여러분, 안녕하세요.

『때로는 고슴도치』는 일본에 사는 두 소녀의 이야기예요. 두 사람 모두 10대입니다. 지금 이 작품을 읽고 계신 여러분은 몇 살인가요? 열일곱 살 스즈미와 히로의 또래인가요? 아니면 훨씬 나이가 많은, 스즈미와 히로의 부모님 정도?

여러분은 또 어떤 사람인가요? 취미나 특기는 뭐고, 누구와 함께 사나요? 하루하루 즐겁게 살고 있는지, 아니면 마음이 오그라들 정도로 힘든 상황을 만나 울고 있지는 않은지. 반려동물을 키우는지, 산책을 좋아하는지, 호기심이 많은지…. 여러분을 한 번도 만난 적 없지만 이런저런 생각을 하며 상상해 봅니다.

주인공 스즈미는 말주변이 없고 소심해서 자기 생각을 가슴 깊은 곳에 꾹꾹 밀어 넣는 성격입니다. 스즈미는 자신의 약점과 장점을 잘 알고 있어요. 겉으로는 웃으면서 주위에 동조할 때의 괴로움도, 입 밖에 내지 않고 참은 말들은 가슴속에 무겁게 쌓인다는 것도 알고 있습니다. 그런데도 좀처럼 말로 자기 생각을 표현하지 못해요.

이것은 스즈미가 겁이 많아서도 비겁해서도 아니에요. 상처 입는 것이 두려워서 말을 하지 않는 것도 아니고, 말을 해봐야 통하지 않는다고 체념하고 있는 것도 아닙니다.

"나는 네가 좋아."
"너의 이런 점이 싫어."
"그건 좀 이상한 것 같아."

이런 한마디 한마디, 타인을 향한 말의 소중함을 잘 알고 있어서 어떻게 표현하면 제대로 전달이 될까, 하고 생각이 많기 때문이에요. 말에 대해 너무나 진지합니다. 그것은 바로 타인에 대한 진지함과 이어집니다. 진지하려고 하면 할수록 말은 그 무게가 더해져서 함부로 입 밖에 내서 말할 수 없게 됩니다. 이렇게 말하면 스즈미가 훌륭한 아이 같기도 하지만 늘 자신을 들볶아 피곤하기도 합니다.

히로 역시 좋은 점과 부족한 점을 많이 가지고 있어요. 스즈미와 히로는 우연히 서로를 알게 된 후로 때로 부딪히기도 하고 때로 힘이 되어 주면서 자신들의 약점이나 훌륭한 점, 이 세상의 더러움과 괴로움, 주변 사람들의 감정을 깨달아 갑니다. 그것은 스즈미 혼자서는, 또한 히로 혼자서는 깨닫지 못했을 일들입니다.

사람은 타인과 관계를 갖거나 혹은 헤어짐으로써, 같은 시간을 공유하거나 각자의 길을 감으로써 많은 것을 깨닫게 됩니다. 여러분이 스즈미와 히로라는 작품 속 인물을 알게 됨으로써 작은 깨달음을 얻게 된다면, 둘을 가까이 느껴 준다면 작가로서 더할 나위 없이 기쁠 것입니다.

스즈미와 히로가 앞으로도 계속 서로를 믿고 살아갈지 저는 알지 못합니다. 하지만 설령 다른 길을 가게 되고 다시는 만나지 못하더라도 열일곱 살 여름의 나날은 잊지 못할 것이라고 생각합니다.

언젠가, 어딘가에서 여러분의 감상을 들을 수 있기를 바랍니다. 그런 소망을 가슴에 안고 또 새로운 이야기를 써 보겠습니다.

아사노 아쓰코

차례

1 거미줄 같은 구름

기쿠이케 히로는 별나다.

적어도 내가 지금까지 만나 보지 못한, 전혀 다른 부류의 아이다.

이름부터 특이하다.

자기 성 기쿠치를 '기쿠이케'라고 읽는다.

기쿠이케. 기쿠이케 히로. 히로라는 이름만으로는 여자인지 남자인지 알 수 없지만, 이름이 가진 분위기는 아름답다. 강하고 맑다.

히로가 특이한 건 이름 읽는 방법만은 아니다. 그런 건 아무러면 어때. 기쿠이케 히로는 별나다. 내가 지금까지 본 적 없는 부류의 인물이다. 진짜 그렇게 느껴진다.

사람의 종류라는 게 확실히 있는 것 같다. 인종을 말하는 건 아니다. 피부나 눈동자 색깔, 종교, 태어난 나라 같은 게 아니라 전혀 다른 것으로 사람을 분류할 수 있다는 생각이 든다. 전혀 다른 것? 그게 뭐냐고 물으면 정확히 설명할 수는 없다. 안 그래도 난 원래 뭔가를 설명하는 일에는 영 꽝이다. 상대방이 이해할 수 있는 말을 고르는 재주가 아예 없는 것 같다. 물건이 어떻게 생겼는지는 대충 설명할 수 있는데(그것도 서툴기는 하지만) 형태가 없는 것이나 눈에 보이지 않는 것, 만질 수 없는 것, 마음이나 감정, 생각 같은 걸 다른 사람이 알아듣게 전달하지 못한다.

내가 이야기를 하면 대부분 어리둥절해하거나 난감해하고, 사람에 따라 화가 난 듯한 표정이 된다. 나는 오랫동안 그 표정이 무슨 뜻인지 알아채지 못했다. 난 구제받기 힘든 멍청이다.

5년 전, 초등학교 6학년이 시작된 늦봄쯤 나의 둔함과 어리버리함과 멍청함, 그리고 다른 애들의 얼굴에 떠오르는 표정의 정체를 알아차렸다. 아니, 누군가가 알아차리게 해 준 거다.

난 과학 실험실 구석에 쪼그리고 앉아 있었다.

움직일 수 없었다.

6교시, 과학실험 시간에 비커를 떨어뜨리는 바람에 비커가 산산조각 났다. 선생님은 방과 후에 말끔히 치우고 가라고 했다. 선생님 말씀에 따라 부지런히 바닥을 청소하던 중이었다.

젖은 걸레로 몇 번을 닦아 내도 작은 유리 조각이 계속 나오는데다 먼지도 끝도 없이 나오는 바람에 뒷정리가 깔끔하게 안 되었다. 유리 조각에 가운뎃손가락을 찔려 피도 났다.

정리를 간신히 끝냈을 무렵 몇몇 아이들의 발소리와 웃음소리, 말소리가 과학 실험실로 흘러들었다.

"있다, 있어! 아, 다행이다."

목소리 하나가 흥분해서 말했다.

노조미 목소리라는 걸 금방 알 수 있었다. 노조미는 노래를 굉장히 잘해서 4학년 때부터 교내 합창 대회에서는 어김없이 솔로 파트를 맡았다. 나도 노래하는 걸 좋아하지만 노조미처럼 낮은 음에서 높은 음까지 매끄럽게 이어 가지 못한다.

"봐, 여기 놓고 잊어버린 거 맞잖아."

이번에는 사야카의 목소리였다. 체조 교실에 다닌다는데, 놀라울 정도로 몸이 가벼워서 우리 반에서 가장 높이 뛸 수 있다. 나한테 벽처럼 느껴지는 10단 뜀틀을 가볍게 넘는다.

"다행이다. 이 손수건, 내가 얼마나 아끼는 건데."

"그렇게 아끼는 건데 깜박하면 어떡해?"

"아, 예예! 미, 미안합니다아!"

노조미의 장난스러운 말에 웃음이 퍼졌다. 나는 실험대 뒤, 한쪽 귀퉁이에 몸을 웅크렸다. 노조미와 그 친구들은 밝고 활기차고 즐겁다. 몇 명이 몰려다니기는 하지만 배타적이지도 심술궂지도 않다. 그렇다 해도 무리에서 튀는 아이들만의 모임은 어딘가 모르게 다가가기 어렵다. 노조미와는 4학년 때부터 같은 반이었지만 말을 주고받은 건 손가락으로 꼽을 정도다.

"저기 말이야, 노조미."

사야카가 노조미를 불렀다.

"그 손수건, 혹시…."

"응? 뭐?"

"그거 혹시 요스케한테 받은 선물인가 싶어서."

"뭐? 무슨 말이야, 사야카. 너도 참."

"그러니까 내 말은, 손수건이 없어졌다고 그렇게 난리를 치는 걸 보니 남친한테 받은 선물인가 싶어서."

"멋대로 상상하지 마. 그리고 요스케는 남친 아니야."

"또, 또 저래. 고백 받고 오케이 해 놓고선. 지금쯤 한창 꽁냥꽁냥 할 때 아냐? 숨겨도 소용없어. 내 눈엔 다 보여. 순순히 털어놓는 게 좋을걸."

"아이, 참. 왜 그래? 무슨 소리야? 진짜 그만해."

웃음소리가 더 커졌다. 노조미와 사야카 외에 두세 명이 더 있는 것 같았다. 나는 여전히 쪼그려 앉은 채 어찌할 바를 모르고 있었다. 나갈 기회를 완전히 놓쳤다. 이런 타이밍에 일어설 용기도, 짠 하고 나타나 장난기 어린 표정을 보여 줄 재주도 없는 나는 그저 죽어라 몸을 웅크리고 있을 수밖에 없었다.

일행은 나가지 않고 계속 떠들어 댔다. 목소리는 낮아졌지만 즐거운 분위기는 여전했다. 과학 실험실은 공기마저 서늘해서 발끝이 서서히 시려 오기 시작한 데다 화장실까지 급해져 나는 거의 울 지경이었다.

"뭐어? 스즈미가?"

갑자기 내 이름이 들렸다.

"그렇다니까. 요스케를 좋아하는 것 같아."

"에이, 그건 아니지."

"아니라니, 뭐가?"

"내 말은, 스즈미한테는 연애하는 여자라는 이미지가 1도 없잖아. 굳이 말하자면 불감증 같은."

"불감증?"

"불감증 몰라? 불감증. 설렘 같은 느낌이 없을 캐릭터잖아."

"그 말은 좀 심하다."

"솔직히, 스즈미는 말하는 게 좀 짜증 나지 않아? 무슨 말을 하는지 도무지 알 수가 없어."

"그렇긴 해. '으응, 에에 또, 저기, 그게, 그러니까…'만 잔뜩 늘어놓고. 진짜 짜증 나."

누군가가 내 말투를 흉내 냈다. 박수와 웃음소리가 천장에 부딪혔다가 튕겨 나왔다.

"아무튼 스즈미에게 연애 사건은 없다고 봐. 그러니까 노조미의 라이벌이 되지는 않을 테니까 걱정하지 않아도 된다고.”

“누가 걱정한대?”

“오! 요스케의 마음은 뺏기지 않을 자신이 있다는 거야?”

“그만해, 사야카. 화낸다.”

그러고는 들어왔을 때처럼 발소리와 웃음소리가 서로 뒤엉켜 멀어져 갔다.

나는 털썩 주저앉아 한숨을 크게 내쉬었다. 요스케와 집이 가까워서 같은 유치원과 초등학교에 다녔다. 엄마끼리 친해서 같이 놀 때도 많았다. 그걸 사랑이라고 부를 수 있을까. 애당초 사랑이 어떤 건지 잘 모른다. 요스케가 다른 사람과 다르다고 느끼긴 했다. 무뚝뚝하거나 거칠지 않고, 말투와 눈빛도 부드럽고 따뜻해서 옆에 있으면 마음이 편하다. 안심이 된다.

요스케가 노조미한테 고백을 했구나….

가슴을 지그시 누른다. 안에서 서늘한 느낌이 전해진다.

요스케 때문만은 아니다. 이제 알았다. 내가 얼마나 말이 서툴고 눈치도 없는 데다, 그럴 생각이 아닌 데도 다른 사람을 짜증 나게 하는지를. 내가 이야기를 할 때 상대의 얼굴에 떠오르는 표정의 정체를 깨달은 것이다. 깨닫는 일은 이렇게 춥다.

나는 걸레를 정리하고 과학 실험실을 나와 화장실로 갔다. 오줌을 다 내보내면 개운해질까 싶었는데 오히려 기분이 나빠졌다. 헛구역질이 나면서 눈물이 찔끔 나왔다.

내가 히로와 처음 이야기를 나눈 건 올해 초여름이었다. 올해 벚꽃은 피는 것도 지는 것도 늦어서, 예년 같으면 진작 떨어져 버렸을 4월 중순이 되어도 아직 다 피지 않은 나무가 있을 정도였다. 기상 이변이라느니 이상 기온이라는 말이 나오고, 천재지변의 전조가 아니냐고 불안하게 말하는 사람도 있었다.

그래도 벚꽃은 벚꽃이라 떨어지기 시작하자 순식간이었다. 바람이 불 때마다 호쾌하게 꽃잎이 쏟아지더니, 바람이 불지 않아도 혼자서 팔랑팔랑 꽃잎을 떨구었다. 그러다 어느 순간 푸른 잎만 남은 벚나무로 변했다. 그 무렵이 되자 천재지변이라는 우려도 이상 기온이라는 이야기도 쏙 들어가고 내가 사는 작은 지방 도시는 언제나처럼 초여름을 맞이하고 있었다.

나는 고등학교 2학년이다. 내 성은 사도에서 미쿠라로 바뀌었다. 부모님이 이혼을 했기 때문이다.

"사실은 스즈미가 고등학교 졸업할 때까지 버텨 보려고 했는데 한계에 이르렀어. 미안해."

엄마가 사과했다.

그 말에 나는 고개를 떨구었다. 예상치 못한 사과를 받는 것 같아 견디기 힘들었다. 나 때문에 억지로 버티며 유지하는 관계였다면 깨지길 잘했다는 생각도 들었다.

버티지 않길 잘했어, 엄마.

아빠와 엄마 사이가 이미 회복할 수 없을 정도로 망가져 있다는 것은 진작 눈치채고 있었다. 그 원인, 회복 불가능한 상처의 첫 번째 균열이 어디에서 생긴 건지, 무엇이 그 상처를 벌어지게 했는지는 알 수 없었다. 아빠와 엄마 둘 중 하나, 혹은 두 사람 다 애인이 있었던 건 아닐 거다. 두 사람이 말싸움을 하는 장면을 본 적도 없었고 일상생활이 깨졌다고 느낀 적도 없었다. 그저 안 그래도 과묵한 아빠가 더 말이 없어지고 엄마가 한숨을 쉬는 횟수가 늘긴 했다.

"뭐라고 딱히 설명은 못 하겠어. 그냥 답답하다고 해야 하나, 정말이지 질식할 것 같았어."

엄마는 성실하게, 하지만 지극히 애매하게 이혼의 원인을 이야기했다.

뭐라고 딱히 설명은 못 하겠어.

엄마도 자기 생각을 적당한 말로 표현하지 못하는 사람이었다. 어쩌면 아빠도 역시. 마음속 생각을 작은 선물이나 말, 행동으로 전달하는 능력이 없었던 듯하다.

옆 도시의 대학에서 아빠는 교원으로, 엄마는 사무직 직원으로 근무했는데 이혼을 하면서 아빠는 대학을 그만두고 떠났다. 나와 엄마만 이 도시에 남고, 엄마는 계속 직장에 다닌다. 대출을 갚은 작은 집에서 나와 엄마는 아빠의 부재에 서서히 익숙해졌다. 미쿠라 스즈미라는 이름에도 적응이 되어 갔다.

벚꽃이 지자 어린잎이 나오고 햇살은 나날이 열기를 더해

가고 있다. 맑게 갠 화창한 날씨에 주택가 울타리 여기저기에는 이불이 널려 있다.

기분 좋은 아침이었다.

그런 일을 당하리라고는 상상도 하지 못했다.

그날 아침 늦잠을 자는 바람에 전철 하나를 놓쳤다. 지방 도시라고는 하지만 아침 러시아워에는 굉장히 붐벼서 다섯 칸짜리 전철은 발 디딜 틈이 없을 정도다. 끼어 타기가 무서울 정도지만 그날은 망설일 여유조차 없었다. 타지 못하면 바로 지각이었다. 학교까지 네 정거장 가야 하고, 거기서 다시 15분 넘게 걸어야 한다. 더구나 상당히 가파른 언덕이다.

나는 조바심이 나서 가방을 껴안고 승객들 사이로 몸을 밀어 넣었다. 간신히 탔다는 안도감에 한숨을 내쉬었다. 지각은 면했다. 사람들이 내뿜는 열기와 사방에서 밀어 대는 압박에 괴로웠지만 안도감이 더 컸다.

두 번째 역을 지난 직후였다. 누군가 내 엉덩이를 손가락으로 더듬는다. 교복 치마를 쓰다듬듯 천천히 움직이고 있다. 온몸이 굳는다. 심장이 빨리 뛰고 땀이 난다.

'말로만 듣던 치한이구나. 어쩌지?'

피하려고 했지만 몸을 움직일 공간이 없다. 이를 악문다. 손가락은 점점 대담해져서 치마를 걷어 올리려고 한다. 입맛을 다시는 소리가 들리는 것 같다. 나는 주먹을 그러쥐었다.

'안 돼. 여기서 참으면 안 돼.'

"참으면 표적이 돼서 또 당해."

같은 반 친구 린코가 가르쳐 주었다. 며칠 전 점심시간에 도시락을 먹고 이런저런 수다에 빠져 있을 때 불쑥 치한 이야기가 나왔던 것이다.

나도 열두 살 때보다는 조금이나마 요령이 늘었다. 살아가는 요령 같은 것들을 나름대로 이해하기 시작했다. 이야기에 맞춰 고개를 끄덕이는 타이밍도, 다양한 종류의 웃음도 나름대로 터득했다. 무엇보다 열심히 내 생각을 전하려고 노력하지 않는 편이 낫다는 걸 깨달았다. '소심하고 조심스럽고 약간 천연기념물 같은 여자아이 스즈미'가 내 캐릭터다. 여기에서 벗어나지 않으면 도시락 같이 먹을 친구를 잃는 일은 없다.

이제 나는 과학 실험실 구석에서 몸을 웅크리고 있던 초등학생이 아니다. 아무 말도 못하고 남의 이야기에 상처를 받는 소녀가 더 이상 아닌 것이다.

"만만하게 보인다니까. 한번 표적이 되면 계속 노릴 거야. 3반 노다라는 애 있잖아. 그 왜, 오동통한 애."

린코가 우리를 둘러보며 말했다.

"아, 노다. 중학교 때 같은 반이었어."

"노다가 어쨌는데?"

"저번에 끔찍한 치한을 만났나 봐. 전에도 당했대. 그런데 아무 말도 못했더니 치한이 만만하게 봤는지 세 번째에는…."

여기서 린코는 입을 오므리고 눈썹을 찡그렸다. 말하기 껄끄러워 멈췄다기보다 뜸을 들여 주목받는 효과를 노린 거다.

"왜, 뭔데, 뭔데?"

린코의 목소리가 한층 낮아졌다.

"팬티 안까지 손가락이 들어왔대."

아이들 사이에서 작은 비명이 터져 나왔다. 나도 모르게 몸을 웅크렸다. 연기가 아니라 자연스러운 반응이었다. 징그럽고 기분 나빴다. 어지러울 정도로 혐오감이 밀려온다.

"어머! 거길 만진 거야?"

미키가 흥분한 목소리로 물었다. 같은 중학교 출신이라 노다라는 아이도 아는 얼굴일 거다.

"말도 안 돼. 끔찍해."

"말도 안 되지. 진짜 있었던 일이야. 노다는 그제야 겨우 소리쳤대. '꺄아악!' 그랬다던가. 아무튼 굉장한 비명 소리였대. 한번 소리를 지르니까 멈출 수가 없더래. '도와주세요! 도와주세요!' 하고 계속 소리를 질렀나 봐."

"그래서 치한은? 도망갔대? 잡혔대?"

미키가 몸을 앞으로 내밀며 묻는다.

"다음 역에서 내려 도망쳤는데, 그 이후로 안 나타난대."

"와아, 그런데 정말 최악이다. 노다도 좀 더 일찍 어떻게든 했으면 좋았잖아."

미키 얼굴에 혐오에 찬 표정이 나타난다. 그것이 치한을 향한 것인지 노다에 대한 것인지 판단할 수가 없다.

린코가 고개를 끄덕였다.

"그러게. 처음부터 소리를 질렀으면 상대도 아차 싶었을 텐데. 아니면 꽉 끼는 팬티를 입든가, 다음 전철을 타든가, 여러 가지 할 수 있었을 텐데."

"걔, 옛날부터 느릿한 데가 있잖아."

"노다한테 직접 들었어. 알지? 나랑 같은 동아리잖아."

"아, 테니스부. 그런데 노다가 자기 입으로 치한을 만난 이야기를 했어? 나 같으면 절대 못 해."

"했어. 아무렇지 않게 하더라. 노다는 의외로 멘탈이 강해."

린코가 입을 뾰족 내밀었다.

"아무튼 치한을 만났을 때는 가만히 있으면 안 돼. 소리를 지르는 게 제일 좋아. 다들 까먹지 말라고."

린코는 손가락을 세워 우리를 가리켰다.

"옙, 쌤. 귀하신 가르침 잊지 않겠습니다."

미키가 두 손을 모으며 대답하자 우리는 다 같이 웃었다.

나도 웃으면서 생각했다. 노다가 스스럼없이 그 이야기를 한 것은 정신적 강인함 - 둔함과 동의어인 듯한 - 때문일까 아니면 그런 일은 아무것도 아니라며 스스로에게 억지로 타이르기 위해서일까. 친구들과 어울려 웃으면서도 웃음이 목에 걸렸다. 억지로 삼키려고 하니 갈비뼈가 뻐근하게 아팠다.

손가락이 옆으로 움직인다. 내 엉덩이를 확인하는 듯하다. 향수 냄새가 코를 찌른다. 참으면 표적이 된다고 했다.

가만히 있으면 안 돼.

린코의 말 한마디 한마디가 귓속에서 되살아난다.

나는 주먹을 더 세게 쥔다. 입술을 깨문다. 힘껏 몸부림을 친다. 그리고 소리를 지른다.

"하지 말아요!"

팔을 돌려 남자의 손가락을 뿌리쳤다. 남자와 눈이 마주쳤다. 잠깐 두려움이 스친 것 같았다. 반격을 예상하지 못한 걸까.

"만지지 말아요!"

나의 외침과 동시에 전철이 역에 도착하고 문이 열렸다.

"야!"

고함 소리와 함께 팔이 잡혀 문 밖으로 질질 끌려 나왔다.

"이게 어디서 사람을 치한 취급이야? 무슨 수작이야?"

승강장 한가운데에서 남자가 소리치며 나를 향해 화를 낸다. 나는 눈을 부릅뜬 채 남자를 노려보았다. 몇 살이나 됐을까? 30대 후반이나 40대 초, 아니 그보다는 더 먹었을까. 잘 모르겠다. 탄탄한 체격에 갈색 줄무늬 셔츠와 같은 계열의 양복을 말끔하게 차려입었다. 역시 귤 계통의 향수 냄새가 났다.

"엉! 뭐야? 뭐라고 말해 봐! 어쩌자는 거야?"

남자가 눈꼬리를 치켜뜨고는 소리를 질렀다. 나는 잔뜩 위축되어 간신히 혀를 움직여 대답했다.

"하지만… 저기, 분명히 만졌…."

"뭐라고?"

남자가 실눈을 뜨고 노려보았다. 지극히 평범한 월급쟁이로 보이던 얼굴에 흉포함이 나타났다.

다리가 후들거렸다. 심장이 쿵쾅쿵쾅 소리를 냈다.

"내가 만졌다고? 장난해? 너 지금 나한테 시비 거는 거야?"

"아니, 그, 그런…. 하지만 분명 만졌잖아요."

"난 그런 거 몰라. 나 아니야."

"하, 하지만…."

"난 어쩌다 네 뒤에 있었을 뿐이야. 내가 만졌다는 증거 있어? 엉? 어쩔 거야?"

남자가 덤벼들 듯 따지고 들었다. 나는 한발 물러섰다.

증거는 없다. 하지만 이 남자가 틀림없다. 분명히 확인했다. 그런데도 반격하지 못한다. 무섭다. 그냥 무섭기만 하다.

남자는 내 팔을 움켜쥔 채 놓지 않았다. 빼려고 했지만 꿈쩍도 하지 않았다.

"너, 요시카와 고등학교 학생이지?"

짙은 남색 재킷에 주홍색 리본, 옅은 청색 체크 스커트. 내 교복을 힐끗 보더니 남자는 희미하게 웃었다.

"너 계속 이러면 학교에 신고할 거야. 증거도 없는데 범죄자 취급이나 하고 소란을 피웠다고. 이건 완전히 무고죄니까, 각오해. 엉? 네가 한 짓이 뭔지 알지?"

남자가 으름장을 놓는다.

무고죄라고? 학교에 신고한다고? 각오하라고?

머리가 어지럽다. 토할 것 같다.

누군가에게 매달리고 싶어서 주위를 둘러봤지만 멀리서 지켜보는 사람들은 내 시선을 피해 고개를 홱 돌린다.

"너 같이 머리가 텅 빈 애들을 누가 상대해 줄 거 같냐? 그러니까 꽥꽥 소란을 피워 죄 없는 사람을 함정에 빠뜨렸겠지. 그렇게 평생을 망친 놈들이 한둘이 아니야."

남자가 떠들어 댔다.

그때 기억이 났다. 치한으로 체포된 청년의 무죄가 1년 반 만에 밝혀졌다는 뉴스를. 청년은 지방 공무원이었고 피해자는 여고생이었다. 청년이 한 손으로 전철 손잡이를 잡고 다른 한 손으로는 가방끈을 잡고 있었다는 게 증명된 건데 그 1년 반 사이에 청년은 직업을 잃었다. '무고죄라는 말이 무겁게 다가옵니다. 무죄가 밝혀졌다고는 하지만 이 사건으로 ○○씨가 빼앗

긴 건 상상하고도 남습니다.' 리포터가 취재를 마무리하는 뉴스를 나는 무심코 보고 있었다.

그때 무심하게 스쳐간 리포터의 말이 떠올랐다.

무고죄라는 말이 무겁게 다가옵니다.

"가만히 있으면 다야? 아무튼 사과해. 정중하게 사과하면 용서해 줄 수도 있어."

남자의 손가락에 힘이 들어간다. 아프다. '사과하면 놔 줄까?' 하고 생각했다. '죄송합니다.' 한마디로 이 아픔과 구속과 공포에서, 무고죄라는 무시무시한 것에서 놓여날 수 있다면, 그렇다면, 만약 그렇다면 그냥 사과하는 게 쉬운 일 아닐까….

"내가 봤는데요."

등 뒤에서 소리가 났다. 여자다.

돌아본다. 어두운 남색 재킷에 주홍색 리본, 엷은 청색 체크 스커트. 나랑 똑같은 교복을 입은 소녀가 서 있었다.

키가 크다. 157센티미터인 나보다 훨씬 크다. 운동부에 소속되어 있는 걸까. 귀가 보일 정도로 짧은 쇼트커트 머리다. 나를 비롯해 어깨까지 머리를 기르는 아이는 많다. 여학생의 절반, 아니 70퍼센트가 긴 머리다. 매일 아침 긴 머리를 열심히 빗으로 빗어 윤기를 낸다. 아빠를 닮은 곱슬머리라 머리를 빗을 때마다 한심하게 느껴진다.

짧은 머리가 이렇게 멋지다니. 턱이 뾰족한 소녀의 작은 얼굴이 눈에 강렬하게 들어왔다. 인상적인 부드러움이 아니라 힘차게 부딪치는 강인함이 있었다.

"내가 봤어요. 증거 사진도 찍었는데요."

소녀가 오른손에 든 휴대폰이 이쪽을 향했다. 찰칵하는 경쾌한 소리가 났다.

"증거라고?"

남자가 소녀를 노려본다. 침을 삼키는지 목울대가 아래위로 흔들린다.

"네, 찍었어요. 알아보기가 힘들기는 하겠지만 화상 분석, 그런 걸 하면 분명히 보일 걸요?"

소녀가 턱을 까딱 움직인다. 건들거리는 몸짓인데도 묘하게 당당하게 보인다.

"당신 손이 그 아이를 만진 증거는 충분히 될 거예요. 셔츠 소매가 찍혔을 테니."

찰칵! 다시 한 번 휴대폰 셔터 소리가 난다.

"야, 하지 마. 찍지 마."

남자의 손가락에서 힘이 풀린다.

팔을 빼자 자유로워졌다. 하아, 하고 숨을 내뱉자 뛰어오는 역무원이 눈에 들어왔다. 그제야 소동을 알아차린 것이다.

남자가 몸을 돌려 잽싸게 계단을 내려가더니 금세 모습을 감췄다. 몸을 돌리기 전에 뭐라고 했지만 잘 들리지 않았다.

다시 한 번 숨을 내쉬었다.

“무슨 일입니까?”

역무원이 내 얼굴을 들여다보며 물었다. 나는 상세하게 상황을 전하려고 했지만 역시 두서없이 우물거리기만 했다.

‘도와주지 않을까? 나 대신 설명해 주지 않을까?’

나는 쇼트커트 소녀를 눈으로 찾았다. 소녀는 어느새 등을 돌리고 승강장에 서 있었다. 거절이라고 느꼈다. 자기는 상관하지 않겠다고 선포하는 뒷모습이랄까.

“어떻게 할까요?”

어찌어찌 이야기를 마친 나를 내려다보며 역무원은 눈썹을 찡그렸다.

“경찰을 부를까요?”

“경찰요?”

“그럼요. 추행은 어엿한 범죄니까요.”

‘어엿한’과 ‘범죄’라는 말이 어딘가 어울리지 않는 듯 위화감이 들었다.

“어떻게 할까요? 하지만 입증하기는 어려울지 모릅니다. 이런 건 현행범이 아니면 웬만해서는….”

역무원의 눈썹 사이에 주름이 깊게 잡혔다. 골치 아프구먼, 하고 중얼거리는 듯한 표정이다. 경찰 운운한 것보다 나는 그 표정에 압도당하고 있었다.

"… 됐어요."

"됐다고요? 그럼 피해 신고를 하지 않겠다는 말인가요?"

"예…."

"그래요? 알겠습니다. 아무래도 이런 건 현행범이 아니면 말이죠."

역무원이 두 번, 세 번 고개를 끄덕였다. 눈썹 옆의 주름은 사라졌다.

"역에서도 앞으로 이런 일이 일어나지 않도록 만전을 기하겠습니다. 안심하십시오."

역무원의 말이 끝나기도 전에 조금 전 소녀가 이쪽으로 몸을 돌렸다. 큰 눈으로 중년의 역무원을 바라보았다.

"안심할 수 있게 어떻게 하실 건데요?"

측면에서 갑자기 날아든 질문에 역무원이 "어어?" 하고 알 수 없는 소리를 냈다.

"어떻게 만전을 기하시겠냐고요. 내일부터 뭐가 달라지나요? 치한 방지를 위해 구체적으로 어떤 방법을 취할 건가요?"

"아, 예…. 그, 그건 지금 여기서 뭐라고 정확하게 말을 할 수는 없고 제 개인의 재량으로는 아무래도…."

"치한 문제는 오늘만 있던 게 아니잖아요. 오래전부터 문제였다고요. 우리 학교만 해도 피해를 당한 아이들이 꽤 있어요."

"알고 있습니다."

역무원의 눈썹 사이에 다시 주름이 잡혔다.

"역에서도 여러 가지 생각은 하고 있습니다. 그쪽 학생들도 말입니다, 치마 길이 같은 건 좀 생각해 줬으면 합니다. 만원 전철을 타는데 너무 짧은 치마는 좀 그렇잖아요."

"이야기를 다른 데로 돌리지 마세요."

소녀의 목소리에 힘이 실렸다.

"치마 길이가 어떻든 역에서는 치한 대책을 확실하게 세워야죠. 안 그러면 피해자가 또 나올 거라고요."

"알고 있습니다. 알겠습니다, 잘 알았으니까…."

역무원은 눈썹을 찌푸린 채 서둘러 자리를 떠났다.

"저기…."

나는 소녀에게 한 발짝 다가갔다. 그녀는 나를 도와주었다. 이 친구가 아니었다면 어떻게 됐을까.

"저기, 고마워."

소녀가 나를 힐끗 쳐다봤다. 입술이 달싹였다.

"열차가 들어오고 있습니다. 안전선 뒤로 물러나 주십시오."

안내 방송에 이어 녹색 전동차가 미끄러지듯 홈으로 들어왔다. 그 소리에 묻혀 아무 소리도 들리지 않았다.

최악이야.

입술이 그렇게 움직인 것처럼 보였다. 최악이야, 라고.

나는 순간 얼어붙듯 몸이 굳었지만, 열차를 타려는 사람들에게 떠밀려 차량 안으로 들어왔다. 방금 전 전철보다 덜 붐볐다. 손잡이를 잡은 소녀의 눈길은 곧장 창밖을 향해 있었다. 무심하게 힘 빠진 시선이 아니라 볼 것을 보고 있다는 의지가 담겨 있었다. 입을 굳게 다문 옆얼굴을 보다가 퍼뜩 깨달았다.

이 친구는 나를 위해 일부러 전철에서 내린 거였다. 열차 안을 둘러봤다. 조금 비어 있다고 느낀 것은 우리 학교 교복을 입은 승객이 없기 때문이었다. 당연하다. 이 시간에 여기 있다는 건 조회 때까지 학교에 도착하기는 글렀다는 뜻이니까. 지각은 확실한 상황이었다.

나는 어쩔 수 없는 일이었다. 당사자니까. 하지만 이 친구와는 상관없는 일이었다. 모르는 척 그대로 학교까지 갈 수도 있었을 거다. 실제로 이 친구를 제외한 사람들 대부분이 그랬다. 보고도 못 본 척 내 옆을 지나갔다.

나 같으면 어떻게 했을까.

문득 생각해 봤다. 내가 당사자가 아니고 그 남자와의 소동과도 직접 관계가 없는 입장이었다면 어땠을까. 나였다면… 아마도, 아니 분명히 눈을 내리깔았을 것이다. 눈을 내리깔고 그대로 움직이지 않고 있었을 거다. 소심하고 허약한 나 자신에 대해 잠깐 찔려 하고는 금세 잊고 일상으로 돌아갔을 거다.

이 친구는 그렇게 하지 않았다. 자기 의지로 전철에서 내려

내게 도움의 손길을 내밀었다. 고맙다는 인사를 해야 한다. 제대로 고마움을 전달해야 한다.

"잠깐만."

학교가 있는 역 개찰구 앞에서 나는 소녀를 불러 세웠다.

"저기, 정말 고마워. 덕분에 살았어."

고개를 숙였다. 감사의 마음이 묵직한지 저절로 고개가 깊이 숙여졌다.

"방해하지 마."

차가운 목소리가 날아왔다.

"어?"

"이런 데서 알짱거리면 방해가 되잖아."

"아…."

맞는 말이었다. 개찰구로 바삐 나가는 사람들의 흐름을 방해하고 있었다. 주위를 둘러보고 눈을 돌렸을 때 소녀는 이미 개찰구를 빠져나가고 있었다. 허둥지둥 쫓아갔다.

"저기, 잠깐만! 잠깐만 기다려."

역에서부터 한동안 완만하게 이어지다가 갑자기 경사가 급해지는 언덕길을 소녀 옆에서 나란히 걸었다.

"저기, 진심으로 고맙다는 말을 해야 할 것 같아서."

"최악이야, 그런 거."

소녀는 앞을 향한 채 내뱉듯이 말했다.

"그런 놈은, 용서할 수 없어."

나는 눈을 들어 소녀의 옆얼굴을 봤다.

용서할 수 없어.

이 친구는 정말 분해하고 있다. 화가 잔뜩 나 있었다.

"그래도 저기, 정말 고마워. 증거 사진까지 찍어 주고."

"그거 뻥이야."

"뭐?"

"손 같은 거 찍지 않았어. 그렇게 사람이 빽빽한 데서 어떻게 찍어? 뻔하잖아."

듣고 보니 맞는 말이다. 바로 옆에 있었다면 모를까, 좀 떨어진 곳에서 팔뚝을 찍기란 불가능에 가깝다.

"하지만 짐작만으로 말한 건 아냐. 내가 이 눈으로 똑똑히 봤으니까. 그 남자가 실실 웃으면서 만지는 거, 아주 잠깐이지만 봤거든. 하지만 뻥인데도 그 남자는 진짜로 받아들였어. 놀란 게 아니라 정색을 하고 도망쳤어. 범인이기 때문이지."

죄의식이 그 남자를 도망치게 했다는 건가. 이 친구의 용기와 기지 때문에 살아났다는 생각이 새삼 들었다.

"너도 최악이야. 용서할 수 없어."

순간 숨이 막혔다. 무슨 소리를 하는 건지 이해할 수 없었다. 발길이 저절로 멈췄다. 소녀는 멈추지 않고 언덕을 올랐다.

너도 최악이야. 용서할 수 없어.

이 말이 나를 향해 내뱉은 말이라는 걸 이해하는 데 몇 초가 걸렸다. 그녀의 분노는 남자뿐 아니라 나한테까지 향하고 있었다. 날카로운 감정은 딱 질색이다. 예리한 칼날에 찔리는 것 같다. 그 칼날에 맞지 않으려고, 요령껏 피해 보려고 지금까지 세심한 주의를 기울여 왔다.

아까 그 남자가 화를 냈을 때는 무섭고 떨렸지만 어떻게 생각하면 엉뚱하지는 않았다. 그런데 이 친구가 나한테까지 화를 낼 거라고는 생각도 못했다. '최악이야'라는 한마디는 그 남자에게 던져진 말이라고 생각했다.

멀어져 가는 뒷모습을 향해 달렸다. 마치 불에 덴 듯 쫓아가야 한다고 느꼈다. 평소의 나라면 그 자리에서 분노라는 감정이 밀어닥친 그대로 꼼짝하지 못했을 거다.

몸을 움츠리고 있으면, 입을 꾹 다물고 있으면, 눈을 감고 있으면 대부분의 일들은 지나간다. 격렬한 분노도 모멸도 고함소리도 질타도 바람처럼 불어 대다가 언젠가는 사라진다. 작은 동물이 굴속 보금자리에 몸을 숨기고 천적과 태풍을 버티듯이 늘 가만히 움츠리고 있었다. 하지만….

지금은 발이 앞으로 나간다. 쫓아가려고, 따라잡으려고 바쁘게 움직인다. 나는 숨을 헐떡이며 소녀 옆에 나란히 섰다.

"왜?"

목에 걸려 있던 갈라진 목소리가 나왔다.

"왜 내가 최악인데?"

침을 삼키고 다시 묻는다.

"용서할 수 없다니, 왜?"

소녀는 멈춰 서서 잠깐 나를 빤히 쳐다봤다. 기가 죽는다. 겁에 질려 몸이 오그라드는 것 같다. 그 정도로 강하고 날카롭고 흔들림 없는 시선이다.

입술이 천천히 움직인다. 투명한 립밤을 바른 듯 윤기 있는 핑크빛 입술이다.

"너, 얼버무리고 넘어가려고 했잖아."

"얼버무리고 넘어가?"

"잘못한 게 없다는 걸 알면서도 사과하려고 했잖아."

목구멍 깊은 곳에서 꾸륵 하는 소리가 났다. 숨을 들이키는 소리라는 걸 얼른 이해하지 못했다.

"사과하면 편하니까 그 남자한테 사과하려고 했잖아."

맞다. 나를 짓누르는 고함 소리와 위협하는 말이 무서워서 도망가려고 했다. 사과하면 끝날 일이었다. 그게 편했다. 위협하는 남자와 대치하기보다 훨씬 편했다.

"잘못했다고 생각하지 않으면서 사과하는 거, 최악이야."

소녀가 턱을 홱 치켜올렸다. 도전하는 자세였다.

"그때 네가 사과했으면 그 작자는 또 똑같은 짓을 했을 거야. 치한 짓을 들키고도 시치미 뚝 떼고 적반하장으로 화내고,

아무렇지 않은 얼굴로 똑같은 짓을 또 했을 거야. 그런 생각은 하지도 않았지? 그러니까 생각 없이 사과하려고 한 거잖아."

말들이 거침없이 쏟아졌다. 그 말들이 나한테 와서 부딪히고 찔러 댄다. 얼버무리고 넘기려 했던 나를 용서할 수 없다는 그 말은 파동이 되어 나를 휘청거리게 한다.

후회가 밀려왔다. 조금 전에 꾸륵 소리가 났던 목구멍 깊숙한 곳에서 쓰디쓴 물이 올라왔다. 침과 섞여 점점 쓴맛이 더해 간다. 쓰다, 쓰다. 혀끝이 마비될 정도로 쓰다. 그냥 가만히 있을 걸 그랬다. 쓴맛에 비례하여 후회도 따라 커진다.

가만히 있었으면 좋았을걸. 이 친구를 쫓아 뛰어오거나 그러지 말고 멀어지는 대로 내버려 뒀어야 했다. 왜 그렇게 하지 않았을까. 왜 쫓아왔을까.

나는 주먹을 꽉 쥐었다. 손톱이 손바닥을 파고들 정도로 세게 움켜쥐었다. 주먹이 부르르 떨렸다.

"… 생각 못 했어. 그럴 여유, 없었어."

소녀처럼 턱을 치켜든다. 강한 눈길을 그대로 받아낸다.

"무서웠어. 그 사람이 고함을 쳐서 무서웠다고. 사과를 해서 붙잡힌 손에서 풀려난다면 그걸로 족하다고 생각했어."

"멍청이."

소녀가 입술을 깨물었다. 턱선이 더욱 굳어진다.

"그걸로 끝나는 게 아닐걸. 그러고 나면 더 얕잡아 봤을 거야. 무슨 짓을 해도 된다고 생각했을 거라고."

"그럼 어떻게 해야 했는데?"

나는 외치고 있었다. 심장이 터질 정도로 부풀어 올랐다. 심장 박동이 고막을 때려 두개골 안에서 메아리쳤다.

쿵쾅, 쿵쾅.

"난 기껏해야 치한에게 그만하라고 소리치는 게 고작이었어. 게다가 고함을 치는 남자를 상대로 뭘 어쩌라고! 난, 난 너처럼 세지 않아."

소리치면서 깨달았다. 내가 소리를 지르고 있다는 것을. 다른 사람에게, 더구나 이름도 모르는 상대를 향해 소리치고 있었다. 가슴속에 있는 것을 토해 내고 있었다. 그것은 잊혀진 감각이었다. 아주 옛날에 어딘가에 놓고 온 감각이었다.

쿵쾅, 쿵쾅.

흥분해서 심장 고동이 빨라진다. 이 또한 오래간만이다. 공포나 수치 때문이 아니라 힘이 넘쳐 가슴을 울리고 있다.

어떻게 이런 일이 가능한 걸까. 만난 적도 알지도 못하는 상대에게 왜 이렇게 휘둘려 속마음을 토해 내고 있는 걸까.

"세고 약하고가 아니야."

목소리는 낮고 부드러워졌지만 눈빛은 여전히 강렬했다.

"세든 약하든 사과해서는 안 될 때는 사과하지 말아야 하는 거야. 안 그러면 지는 거야."

"진다고? 누구한테?"

갑자기 소녀의 표정이 달라졌다. 분노를 머금고 번득이던 눈동자에 그늘이 생겼다. 입가가 움찔하고 턱선이 부드러워졌다. 어쩔 줄 모르는 사람 같은, 불안으로 견딜 수 없는 어린아이 같은 표정이 얼핏 보였다.

소녀가 몸을 돌려 언덕을 뛰어 올라갔다. 이번에는 쫓아갈 수 없었다. 발길이 떨어지지 않아서가 아니라 쫓아가서는 안 된다는 생각이 들었기 때문이다. 길모퉁이 너머로 쇼트커트 소녀의 뒷모습이 사라졌다. 언덕 한쪽은 절벽이라 녹색 울타리가 쳐 있고, 다른 한쪽으로는 대숲이 이어진다. 대숲 울타리는 낡아서 기울어지거나 부서진 곳이 곳곳에 있다.

바람이 대나무를 흔들고 지나간다. 쏴아아 하고 대나무 소리가 난다. 나는 하늘을 올려다보았다. 뒤엉킨 거미줄처럼 생긴 구름이 머리 위에 있었다. 천천히 흘러가는 구름이다. 숨을 깊이 들이마셨다가 내뱉는다. 언덕에는 이제 아무도 없다.

이것이 기쿠이케 히로와의 첫 만남이었다.

2 희미한 바람 소리와 향기

언제 그 소녀를 다시 만날 수 있을까.

소녀의 뒷모습이 언덕 너머로 사라지고 나서도 소녀를 생각하고 있었다. 이리저리 생각이 갈피를 못 잡았다. 생각한다고 결론이 나는 게 아니라는 걸 알면서도 불쑥 생각이 난다. 옛날부터 갖고 있던 버릇인데, 나쁜 버릇인지도 모르겠다.

"스즈미는 상상력이 풍부해. 여러 가지 생각을 할 수 있다는 건 좋은 점이야."

부모님이 이혼하기 훨씬 전, 고작 두 달 정도였지만 같이 살았던 할머니가 말했다. 아직 초등학교 저학년인 내 머리를 쓰다듬으면서 한 말이다. 서쪽 지방의 느릿느릿한 말투는 부드럽고 우아해서 상대의 기분까지 좋게 만들었다.

할머니는 딱 요즘 정도의 계절, 여름이 시작되려는 무렵에 할머니 집으로 가셨고 내가 중학교 2학년 겨울에 세상을 떠나셨다. 그때 할머니가 왜 우리 집에 와서 지내시게 되었는지, 그리고 왜 두 달 뒤에 집으로 가셨는지는 지금도 잘 모른다. 한번 엄마한테 물어본 기억이 있다. 할머니가 돌아가시고 삼일장을 끝낸 뒤 우리 세 식구가 우리 집으로 돌아온 날 밤이었다.

"옛날에 할머니가 우리 집에 계신 적 있었지? 2층 동쪽 방에 계셨잖아."

"그래, 그랬지." 하고 엄마가 고개를 끄덕였다. 그러고 나서는 방금 벗은 검은 스타킹을 둘둘 말았다.

"근데, 얼마 지나지 않아서… 두 달 정도 있다 가셨잖아."

"그래."

"왜 가신 거야?"

엄마는 검은 핸드백에서 뭔가를 꺼내더니 검은 스타킹과 핸드백을 소중한 물건인 것처럼 가슴에 안았다.

"허리가 아파서 오셨는데 다 나았으니까 가셨지."

간단하게 대답하더니 이내 너무 성의 없는 대답이라고 생각했는지 약간 허둥대는 어조로 덧붙였다.

"그때 할머니가 현관에서 넘어져서 허리를 다치셨어. 뼈가 어떻게 된 건 아니었지만 혼자 지내시라고 하기에는 걱정이 됐고, 그래서 우리 집으로 오시게 한 거야."

그러고 보니 할머니한테서 항상 파스 냄새가 났다.

"할아버지가 돌아가신 뒤에도 워낙 건강하셔서 책 읽어 주는 자원봉사며 취미 모임 같은 데 열심히 다니셨어. 너도 알지? 할머니가 퀼트도 잘하셨잖아. 그런데 허리가 아파 걷는 것도 앉는 것도 힘드시니까 자원봉사고 취미 모임이고 다니지 못하게 되셨어. 아무튼 요양을 해야 한다는 결론이 났지. 할머니는 그 집을 떠나고 싶어 하지 않으셨지만 어쩔 수 없었던 거야."

조금 전 짧은 대답을 보충하려는 듯 엄마는 길게 이야기했다. 뭔가 열심히 설명하려는 느낌이었다. 돌아가신 할머니에 대해 가능하면 제대로 알려 줘야 한다는 생각이 들었는지 장황하게 열심히 이야기를 이어 나간다는 느낌마저 들었다.

엄마에겐 그런 면이 있었다. 생각이 한번 꽂히면 말이 장황하게 늘어지는 스타일이다. 적당히 혹은 요령 있게 간추려서 설명하는 건 영 꽝이다. 갈수록 무슨 이야기를 하는지 알 수 없게 되는 바람에 이야기를 하면 할수록 이야기의 윤곽이 흐려지고 핵심에서 멀어지는 것이다.

이런 면이 나와 엄마는 비슷하다. 닮아도 많이 닮았다.

"그런데 우리 집에 오시고부터 몸이 금방 좋아지셔서…. 의사가 놀랄 정도로 회복이 빨랐어. 그런데 할머니는 익숙지 않은 데서 지내는 걸 괴로워하셨어. 알잖아, 그런 거. 스즈미도 전학이나 이사 같은 거 싫어하잖아. 환경이 확 달라지는 거."

"응, 그렇긴 해…."

나는 확 바뀌는 환경에 겁도 나지만 동경도 있다. 환경과 함께 나도 뭔가 확 달라진다면 전학도 이사도 나쁘지 않다.

"아무튼 대단했어. 할머니 지인들로부터 돌아오라는 성화가 빗발쳤어. 매일 할머니 휴대폰으로 연락이 온 모양이야. '축제 시작하기 전에 와라', '다 같이 꽃구경 가자' 여러 가지였어."

"인기가 많으셨네."

"응?"

"할머니 말이야. 인기가 많으셨나 봐."

"응, 으응. 그러게. 친하게 지내는 사람들이 많으셨던가 봐. 그러니까 자꾸 집에 가겠다고 하셨겠지. 물론 나도 일을 하는 입장이다 보니 불편을 끼쳐서는 안 된다고 할머니 나름대로 마음을 쓰셨던 건지도 모르고. 그런 말은 한마디도 안 하셨지만. '미안하지만 집에 갈란다' 그러시더니 얼른 짐을 꾸려 가셨어."

할머니는 81세에 돌아가셨다. 요즘 세상에 장수는 아니지만 짧게 사셨다고도 할 수 없다. 장례식에서 할머니와 비슷한 연배의 남녀가 모여 울기도 하고 추억을 나누기도 하고 유족인 우리를 위로해 주기도 했다. 흐뭇한 분위기였다. 할머니는 수십 년을 살아온, 정든 곳에서 지인들에 둘러싸여 돌아가셨다.

"행복한 말년이었어."

말을 마친 엄마는 후 소리를 내며 크게 숨을 내쉬었다.

"부러운 일이야."

한숨 끝에 그렇게 중얼거린 것 같지만 알아들을 수 없었다.

그때 아빠가 엄마를 불렀다. 전에 없이 퉁명스러운 목소리로 어이, 어이, 하고 2층에서 불렀다. 엄마는 "예에!" 하고 대답만 하고는 2층으로 가려고 하지 않았다.

"어이, 내 카디건 어디 있어?"

아빠의 목소리가 점점 날카롭고 거칠어졌다.

나는 조마조마했다. 아빠는 감정적인 사람이 아니고, 오히려 학자다운 조용한 성격이다. 그런 아빠가 짜증을 내고 있다는 사실에 가슴이 울렁거렸다.

"엄마, 아빠가 부르잖아."

꼼짝 않는 엄마를 재촉하자 갑자기 엄마의 표정이 변했다. 신 과일을 베어 문 듯 입을 삐죽 내밀었다.

"아빠 지금 화났어."

내 귀에 대고 속삭였다. 엄마한테서 향 냄새와 화장품 냄새가 얼핏 감돌았다.

"화났다고? 왜?"

"내가 할머니를 제대로 모시지 않았으니까. 아빠는 할머니가 그때 그렇게 서둘러 집으로 가신 게 이 집에 있기가 불편했기 때문이라고 생각해. 내가 불편하게 만든 거 아니냐고."

"그럴 리가…."

"그래. 아빠도 알고는 있어. 할머니가 자신의 뜻으로 가신 거. 하지만 결국 네 작은엄마 야스코 씨가 할머니를 돌봤잖아."

엄마가 목소리를 낮췄다. 거실에 우리 둘밖에 없는데도 누군가를 피하듯 얼굴을 옆으로 돌렸다.

야스코 씨는 작은아빠 노부요시의 아내다. 아빠와 작은아빠는 세 살 터울이지만 작은엄마가 삼촌보다 세 살 위라 아빠와 동갑이다. 작은아빠는 도쿄의 증권 회사에 근무하다가 건강이 나빠지는 바람에 시골로 돌아와 할머니 집 근처에서 살기 시작했다. 그 집에서 혼자 투자 자문 일을 한다고 했다. 그게 무슨 직업인지 잘 모른다. 작은아빠 말에 의하면 '지식과 경험과 컴퓨터가 있으면 집에서도 할 수 있는 직업'이라나 뭐라나.

아빠는 가끔 취하면 "노부요시는 옛날부터 투기 기질이 있었어. 어머니한테 이상한 투자 같은 걸 권하지 않았으면 좋겠는데 말이지. 어머니는 옛날부터 그 녀석한테 물러서 무슨 말이든 다 들어줬으니까." 하고 걱정인지 불평인지 모를 혼잣말을 중얼거렸다. 더 취해서는 중얼거림 끝에 나를 힐끗 보더니 "그렇지만 뭐, 자식보다 손주가 백 배는 더 예쁘다고 하니까 말이야. 스즈미가 최고지." 하고 웃기도 했다. 작은아빠 부부에게는 자식이 없었기 때문에 내가 할머니의 유일한 손주였다.

취기 탓인지 이상하게 웃은 탓인지 아빠 얼굴이 일그러져 미워 보였다. 나는 아빠가 취해서 웃는 얼굴이 싫었다.

"빈소를 지킬 때도, 발인을 할 때도 친척들은 모두 네 작은 엄마 칭찬 일색이었어. 간병하느라 고생했다, 시어머니를 잘 모셨다, 그동안 힘들었을 거다 하고 말이야. 작은아버님은 '둘째 며느리인데도 잘했어, 참 잘했지' 그러면서 들으라는 듯 노골적으로 칭찬을 하고…. 뒤집어 생각하면 나에 대한 비난처럼 들리잖아. 난 아무것도 하지 않았다는 거지. 나도 네 작은엄마가 잘했다고 생각은 해. 덕분에 나도 안심할 수 있었고, 그래서 어머니를 전적으로 맡긴 것도 사실이야. 하지만…."

"엄마는 직장이 있었잖아."

엄마는 고개를 흔들었다. 어린아이가 싫다고 도리도리하는 것과 비슷했다.

"작은엄마도 직장은 있었어. 뭐, 비정규직이었던 모양이지만. 그래서 그만두는 것에 미련이 없었는지도 모르지."

엄마가 얼른 입가를 손으로 눌렀다. 눈에는 낭패의 기색이 스쳤다. 작은엄마를 폄하했다는 생각이 들었을 것이다. 엄마는 험담이나 악의 같은 것에 신경을 쓰고, 작은 일에 상처를 입는다. 그런 만큼 자신이 누군가에 대한 험담까지는 아니라도 냉소적이거나 심술을 드러내는 일에 예민하다.

"… 아무튼 작은엄마가 헌신적으로 늙은 할머니를 모신 건 사실이야. 그러니까 비교를 당해도 비난을 받아도 할 말은 없어. 난 비난도 달게 받아야 한다고 각오는 했지만 아빠를 생각하면 좀 얄밉다는 생각도 들어. 모시지는 못했지만 그 대신 다달이 용돈도 보내 드렸는데 말이야. 사람들은 그런 사정은 전혀 모르는 것 같고 네 작은아빠도 사람들한테 한마디 해 주지 않았어. 그렇게 효자 차남 부부와 불효자 장남 부부 구도가 만들어진 거지. 아아, 앞으로 1주기, 2주기 제사 때마다 주눅이 들어야 하는 건가. 그럴 때마다 아빠의 심기는 불편하겠지."

엄마의 눈빛이 어둡고 무거워졌다. 1년 뒤의 우울을 지금부터 한탄해 봐야 소용없지 하고 훌훌 털어 내는 성격도 못 된다.

"그럼 아빠가 간병을 했으면 되잖아."

불쑥 튀어나온 말이었다. 딱히 다른 뜻은 없었다. 할머니는 아빠 엄마니까 아내인 내 엄마를 책망하는 건 이치에 맞지 않는다는 생각이 들었다. 단순하게 든 생각이었다. 그게 다였다.

"그러게 말이야. 그렇게 생각할래."

엄마가 한숨을 내쉬었다.

"하지만 아직 부모를 돌보는 건 여자가 해야 하는 일이라고 생각하는 사람이 많으니까. 시골은 특히 더 그래. 낡은 사고방식에 얽매인 사람이 정말 많아. 골치 아파."

그런가, 하고 나는 고개를 갸우뚱했다. 그럴지도 모른다. 하지만 낡은 사고방식에 얽매여 이러지도 저러지도 못하는 건 엄마도 마찬가지 아닌가.

어이, 어이, 하고 아빠가 계속 엄마를 불렀다. 엄마는 발소리를 내며 거실을 나갔다. 향 냄새와 화장품 냄새가 뒤섞인 잔향이 내 코를 간질였다. 재채기가 나왔다.

부모님은 할머니의 3주기를 맞이하기 전에 헤어졌다.

나는 지금도 잘 모른다. 할머니는 무엇 때문에 우리 집에 오셨는지, 왜 두 달 만에 허둥지둥 가셨는지. '허리가 다 나아서'라고 하는데, 잘 모르겠다. 설명은 지극히 명쾌했지만 마음속으로는 명쾌하게 납득되지 않는다. 그게 아닌 것 같다는 생각이 들기 때문이다. 어쩌면, 혹시, 하고 생각해 본다.

"스즈미는 상상력이 풍부해. 여러 가지 생각을 할 수 있다는 건 좋은 점이야."

할머니는 그 한마디를 전하고 싶어서 나타나셨던 게 아닐까. 설마, 그럴 리가, 하고 픽 웃는 나도 있고, 그럴지도 모른다고 수긍하는 나도 있다.

나는 내가 요령 부릴 줄도 모르고 행동도 굼뜨다는 걸 알고 있다. 이런저런 생각에 빠져 있을 때는 넋이 나간 듯 멍한 표정이 된다는 것도 알고 있다. 그리고 내 또래 소녀들이 그런 표정을 싫어한다는 것도, 비웃는다는 것도.

친구들은 누구나 반짝이는 것을 좋아한다. 강하게 빛을 뿜으며 활기차고 아름다운 것을 좋아한다. 무리에서 튀는 것도 안 되지만 자연스럽게 남의 시선을 모으고 싶다는 마음도 있다. 그래서 늘 스스로를 의식하며 산다.

아름답게 보이려고.

활기차고 밝고 재미있게 보이려고.

경쾌하게 개성 있게 보이려고.

하지만 결코 다르게 보이지는 않게.

세심하게 신경을 쓰고 늘 노심초사한다. 나는 그게 어렵다. 나도 모르게 멍하니 있는다. 멍한 내가 무섭고 위태롭게 보여 견딜 수가 없다. 한심하다는 생각도 든다. 지금은 그나마 '천연기념물' 범주에서 또래 안에 있지만 언제 무리에서 튕겨 나올지 알 수 없다. 얼마든지 눈앞에서 문이 탁 닫히고 거부당할 수 있다. 나는 도무지 반짝이는 데가 없으니까.

"정말 좋은 점이야."

할머니의 느릿한 한마디를 떠올리면 내 공포는 조금 가벼워진다. 부적 같은 말이다. 할머니는 하나뿐인 손녀인 내게 부적을 전하기 위해 오신 걸까.

그게 아닌가. 아니겠지, 아마. 하지만 할머니의 한마디가 내게는 부적이 되었다. 그건 사실이다.

쏴아아, 사라락.

대나무 숲이 흔들린다. 바람이 불기 시작한 것이다. 병든 잎일까, 누렇게 변한 잎 두 개가 떨어졌다.

쏴아아, 사라락.

잎이 부딪히는 소리가 배경 음악처럼 들린다. 바스락거리는 경쾌한 음악이 나를 감싼다. 언제 다시 그 소녀를 만날 수 있을까. 언덕을 오르면서 생각한다. 한 발씩 내디디면서 생각한다.

이름도 모른다. 눈빛도 말투도 굉장히 날카로운 소녀다. 모든 것이 팽팽하게 긴장되어 있다. 그 소녀가 개라 해도 가까이 갈 수 없다. 절대 못 간다. 푸들이나 치와와처럼 동그란 눈을 가진 반려견이 아니다. 그런 반려동물과 비슷한 데라고는 없다.

그럼 뭘까? 조금 더 큰 녀석일까. 보더콜리나 달마티안, 골든 리트리버 같은. 으음, 이런 개들도 아니야.

"개와 비교되는 느낌이 아니야."

나는 혼잣말을 중얼거렸다.

개는 아니고. 원숭이도 아니고, 토끼나 다람쥐는 더더욱 아니고. 뭘까? 그 소녀를 동물로 비유한다면… 어떤 동물일까?

"너 뭐야?!"

고함 소리가 갑자기 고막을 때렸다.

심장이 쪼그라드는 것 같았다. 발길을 멈췄다.

어느새 언덕을 내려와 교문에 와 있었다. 긴 오르막이 끝난 다음 교문까지는 짧고 완만한 내리막이다. 평소 같으면 오르막이 끝난 곳에서 잠깐 숨을 고르는데 오늘은 무심히 지나쳤다.

가슴을 누르니 심장이 뛰는 게 손바닥으로 전해졌다.

"뭘 꾸물거려! 수업 벌써 시작했어."

고함 소리의 주인은 학생지도부 가타모리 선생님이었다. 몸도 크고 목소리도 굵다. 선생님이 고함을 치면 남학생도 움츠러든다.

"멍청한 녀석, 지각했으면 뛰어오는 성의 정도는 보여야지."

고함 소리에 교문 앞에서 꼼짝 못하고 서 있었다. 다리가 후들거렸다.

엉! 뭐야? 뭐라고 말해 봐! 어쩌자는 거야?

아까 그 남자의 고함 소리가 떠올랐다. 위협하는 목소리가 귓속에서 왕왕왕 메아리치다가 머리를 찔렀다. 남자의 고함 소리는 흉기다. 그 흉기를 보면 몸이 굳어 버린다.

"어? 듣고 있는 거야?"

"…예."

"이름과 학년, 반은?"

"2학년 2반 미쿠라 스즈미입니다."

"목소리가 작아. 똑바로 말해."

나는 숨을 토해 내며 배 속에서 목소리를 쥐어짜 냈다. 그런데도 힘이 없었다.

"2학년 2반, 미쿠라 스즈미입니다."

"흐음, 미쿠라."

가타모리 선생님은 나를 위아래로 훑어보았다. 치마 길이,

리본 유무, 블라우스 앞단추, 양말 색깔과 모양까지 교칙 위반 사항은 없는지 살피는 눈길이다.

"치마가 짧잖아. 무릎이 보여."

치마는 허리춤에서 말아 올려 입고 있었다. 교문에서 예고 없이 복장 검사를 하기 때문에 평소에는 언덕 중간쯤에서 미리 무릎 아래로 내리곤 했다. 그것도 깜빡하고 있었다.

우리 학교만 그런가, 다른 학교도 비슷할까. 교문에서만 잘 넘기면 어지간한 위반이 아니고선 교복에 대해 지적 받는 일은 별로 없다. 그래서 여학생들은 대부분 교문을 들어오고 나면 다시 치마를 무릎 위까지 말아 올린다. 무릎 밑까지 치마를 내려 입는 여학생은 거의 없다. 긴 치마에 발목을 가리는 양말은 너무 촌스럽다. '촌스러움의 극치'라고 린코가 딱 잘라 말했다.

촌스럽다. 이 말은 우리에게 치명상을 남긴다. 충분히 큰 상처를 준다. 오만함, 심술, 비겁, 비굴보다 촌스러움을 참지 못한다. 모두 끔찍해한다. 촌스러운 행동, 촌스러운 말투, 촌스러운 표정, 그리고 무엇보다 촌스러운 옷차림. 무릎을 가리는 긴 치마는 그야말로 '촌스러움의 극치'다.

교칙에 따라 학생지도부에서 지시하는 대로 따르면 교복은 완전히 튀어 보인다. '천연기념물' 정도로 끝나지 않는다. 선생님들이 우리의 사소한 교칙 위반에 대해 신경을 쓰지 않고 혹은 보고도 못 본 척하는 것도 그런 여학생들의 실상을 알고 있기 때문이다. 이 또한 린코의 의견이다.

"그 정도의 미묘한 부분은 선생들도 알고 있을걸. 그것도 모르면서 고등학교 교사 못 해먹지."

미키가 고개를 끄덕였다. 나도 끄덕였다. 치마를 살짝 치켜올리면서 몇 번이고 고개를 끄덕였다.

가타모리 선생님은 그런 미묘함을 이해하고 있을까. 학생지도부 교사인 그가 몇 살인지는 짐작할 수 없지만 베테랑이라고 불릴 만한 건 확실하다. 머리카락이 이마에서 상당히 밀려나 있고 주름도 깊다. 3학년 역사를 담당하고 있고, 수업은 꽤 재미있다고 들었던 기억이 있다. 어느 정도 인기가 있는 교사다. 그런 사람이 학생의 실태를 모를 리가 없다. 알고 있으면서도 교문 앞에서 복장을 지적하고 있는 것이다.

무엇 때문에? 그것도 업무 내용에 들어가나?

아, 또 쓸데없는 생각에 빠졌다. 하지만 쓸데없는 생각에 빠진 덕분에 두근거림은 조금 진정된 것 같다.

"2학년 2반 미쿠라…. 흐음, 지금까지 지각은 없군."

가타모리 선생님의 머릿속에는 학생들의 지각 횟수가 모조리 입력되어 있는 모양이다. 나는 고개를 떨구고 대답했다.

"네."

"오늘따라 왜 지각이야? 늦잠 잤어?"

"아니요."

"왜? 말 못할 사정이 있어?"

말하고 싶지 않은 사정은 있다. 치한을 만나 지각했습니다, 하고 대답이 나오지 않았다. 더구나 눈앞의 교사는 남자다.

그때 나는 퍼뜩 생각이 났다. 그 여학생은?

"저기요, 선생님."

침을 꿀꺽 삼킨 다음 나는 고개를 들고 면도 자국이 선명한 가타모리 선생님의 얼굴을 쳐다봤다.

"제 앞에도 지각한 학생이… 저기, 여학생인데."

"뭐? 아, 기쿠이케? 4반 기쿠이케 히로 말이야?"

기쿠이케 히로. 그 여학생 이름이구나 하면서 나는 무심코 가타모리 선생님을 쳐다보았다. 가타모리 선생님은 지각생 명단이 적힌 종이를 팔랑팔랑 넘기면서 혼자 고개를 끄덕였다.

"기쿠이케는… 아, 그래, 완전 지각이었지. 이유는 말하지 않았지만. 걔도 치마가 너무 짧았어."

"선생님, 저기 기쿠이케 히로의 지각은 제 탓입니다. 저를 도와주려고 도중에 전철에서 내려서… 그래서 늦은 거예요."

"무슨 소리야?"

"그게…."

"똑바로 알아듣게 말해야지."

말하지 않으면 모른다. 하지만 말한다고 알아들을까.

가슴 깊은 곳에서 소름이 돋았다. 혀가 쓰다.

"…치한을 만났어요."

"응?"

"치한요, 전철 안에서."

가라앉은 심장이 다시 두근거리기 시작했다. 간신히 호흡을 가다듬었다.

"저기… 아까 전철에서 치한을 만나서… 저기, 그래서 으음, 그러니까 제가 곤란한 상황에 있었는데… 히로가 나를 도와주려고 내려서… 저를 구해줬어요. 저기, 그러니까 그게, 지각한 건 그런 일이 있어서."

말이 목구멍 속에서 걸린다. 제대로 설명할 수가 없다.

가타모리 선생님 눈썹 사이에 주름이 잡혔다. 그 표정으로 손목시계를 들여다본다. 어라, 하고 작은 목소리로 외쳤다.

"시간이 벌써…. 미쿠라, 방과 후에 학생지도실로 와."

"네?"

"지각 이유를 제대로 들어야지. 알았지? 수업 후에 종례 마치는 대로 와야 해."

"…네."

"됐어, 얼른 들어가."

가타모리 선생님이 턱을 까닥했다. 잠깐이지만 그 순간 개가 된 듯한 기분이 들었다. 뛰어, 하는 명령에 달리기 시작하는 개 같았다. 나는 운동장을 가로질러 교실로 빠르게 들어갔다.

히로가 가타모리 선생님에게 아무 말도 하지 않았다고? 전철에서의 사건도, 나를 돕다가 늦었다는 말도?

그랬다. 히로는 한마디도 하지 않았다. 그래서 가타모리 선생님은 아무것도 몰랐던 거구나.

히로의 분노를 담은 옆얼굴이 떠올랐다. 히로는 화를 내고 있었다. 누구한테? 그 남자한테? 애매한 태도를 보인 역무원한테? 나한테? 모두 다였다. 히로는 모두에게 화를 내고 있었다.

바람이 불어왔다. 계절에 맞지 않게 왠지 추웠다. 몸을 움츠렸다. 현관 입구에서 구두를 벗으려다가 구두 끝에 댓잎이 붙어 있는 걸 발견했다. 병든 잎이 아니라 싱싱한 초록 잎이었다.

방과 후에 나는 북쪽 건물 계단을 올라갔다. 가타모리 선생님이 오라는 학생지도실로 가는 중이다.

지각이나 조퇴를 반복하면 북쪽 건물 2층 끝에 있는 학생지도실로 불려 간다. 거기서 장황한 설교를 듣는다. 내가 지각을 했고 게다가 학생지도실로 호출을 당했다고 하자 린코와 다른 친구들은 일제히 놀랐다. 흉내나 연기로 그런 게 아니라 정말로 놀랐다. 눈썹이 치켜올라가고 입이 반쯤 벌어졌는데 순식간에 얼굴에서 그 표정은 사라지고 알 수 없는 웃음이 아이들 입가로 퍼졌다. 여고생이 참 신기하다고 느끼는 건 이럴 때다. 머리 모양만 비슷하지, 각각 다른 사람에 생판 남인 데다 생김새도 제각기 다르지만 똑같아 보인다. 같은 상황에서 똑같은 표정을 짓는다. 그러면 둥지 안에서 짹짹거리는 새끼 새들처럼 구별이 되지 않는다. 이런 느낌은 나만의 것이겠지. 나는 어리둥절한 순간에 눈을 감지만 다른 사람들은 그런 모습을 전혀 보이지 않는다.

"스즈미가 지도실에? 가타모리한테 불려 가게 됐다고? 무슨 일이래?"

미키 얼굴에 미소가 사라지고, 고개를 옆으로 흔들었다. 과장된 몸짓이다.

"그런데 스즈미 지각한 거 처음 아냐? 그런데 왜 불려 가는 거야? 세 번 넘게 지각해야 불려 가는 거 아냐?"

"응."

나는 입술을 씰룩거렸다. 치한 사건을 아이들에게 말할 용기도, 적당히 얼버무리고 넘어갈 재주도 없다.

"왜? 무슨 특별한 이유라도 있어?"

린코가 몸을 쑥 내밀며 물었다.

"뭔가 특별 냄새가 나는데."

"으응…."

"처음 지각한 건데 굳이 호출했다는 거잖아. 그렇다면 뭔가 특별한 일이잖아. 으음, 특별 취급 냄새가 나."

린코가 코끝을 씰룩거리면서 말하자 미키가 크게 웃었다.

"글쎄, 모르겠어."

나는 괜히 몸을 움츠렸다.

특별한 냄새가 난다는 린코의 표현에 감탄했다. 린코는 가끔 이런 식으로 기발한 말솜씨를 드러낸다. 재미있는 아이다. 하지만 치한 사건을 이야기할 마음이 나지 않았다. 이야기하면 아무래도 히로도 화제에 올려야 하니까. 말하고 싶지 않은 부분은 대충 얼버무리고 그걸 아이들한테 들키지 않는 재주는 감히 흉내조차 낼 수 없다. 나는 히로 이야기를 아이들에게 하고 싶지 않았다. 그보다 제대로 이야기할 자신이 없었다. 내 어눌한 말로 어설프게 설명했다가 히로라는 아이가, 아는 얼굴도 아니고 그저 같은 학교 여학생이라는 이유만으로 어른 남자에게 당차게 대든 영웅이 되거나, 아니면 무턱대고 아무한테나 덤비고 화만 내는 이상한 아이 취급을 받을 것 같았다.

둘 다 아니다. 영웅이든 화 많은 아이든 튀어 보인다. 그러면 따돌림당한다. 그야말로 특별해진다. 특별하다는 건 '너희들과는 달라'라는 카테고리로 분류되는 것과 같은 뜻이다.

히로가 특별한 것, 겉도는 것, 따돌림당하는 것을 두려워할 거라고는 생각하지 않지만 나는 그 모든 게 두렵다. 그래서 조심스럽다. 히로를 아무렇게나 도마에 올려 떠들게 하고 싶지 않다.

"그보다 스즈미가 지각했다는 것 자체가 희한하잖아?"

미키가 아무렇지도 않게 내뱉었다. 눈동자만 옆으로 움직이며 나를 힐끗 봤다.

"무슨 일이야? 결석하는 줄 알고 걱정했는데."

"어, 응. 늦잠을 자느라 전철을 놓쳐서…."

"그래서 20분이나 지각했다고?"

"응."

흐음, 하고 미키가 고개를 갸우뚱했다.

"8시 5분 열차를 타면 아슬아슬하게 올 수 있는데. 그걸 놓쳤다고?"

8시 5분 열차를 탔다. 그리고 치한을 만나서 히로한테 도움을 받았다. 거짓말도 못하고 사실대로 이야기할 수도 없어서 그냥 입을 다물었다.

"있잖아, 가타모리 기분이 안 좋았을 거야."

린코가 킬킬 웃었다.

"혹시 스즈미 너 엉뚱한 불똥을 맞은 건지도 몰라."

"불똥?"

"응, 이건 비밀인데…."

린코의 목소리가 낮아진다.

"가타모리, 지금 이혼 위기라나 봐."

"정말?"

미키가 몸을 내민다.

"정말이라니까. 부인과 별거 중이래. 이혼 조정 중이라는 소문도 있어. 소문이지만."

"와아, 원인이 뭘까?"

"그게…, 부인이 불륜을 저질렀대."

"말도 안 돼. 너무 심한 거 아냐? 야, 좀 자세히 말해 봐."

"으음, 이건 어른들 일이라. 말 못할 뭔가가 있는지도 몰라."

화제가 가타모리 선생님의 사생활로 옮겨 갔다. 린코가 일부러 화제를 돌린 걸까. 린코의 의미심장한 미소를 힐끗 봤다. 내가 곤란해하고 있다는 걸 간파하고 자연스럽게 화제를 바꿨는지도 모른다. 린코에게는 그런 면이 있다. 흥미를 쫓아 거침없이 덤벼들기도 하지만 상대가 곤혹스러워하거나 난감해하면 슬쩍 몸을 빼기도 한다. 속으로 안도의 한숨을 내쉬었다.

방과 후에 혼자 학생지도실로 갔다.

같이 가 줄까 하고 린코와 친구들이 물었지만 애써 가벼운 태도로 거절했다. 고2 정도 되면 다들 바쁘다. 요시카와 고등학교는 대학 진학을 위한 일반계 고등학교이기 때문에 학원에 다니는 아이들이 많다. 그러는 사이사이 놀러도 다니고 쇼핑도 다니고 SNS에도 시간을 많이 쓴다. 여가 시간이라는 게 없다. 멍하니 있을 틈도, 쓸데없는 일에 허비할 시간도 없다.

"괜찮아. 혼자 갔다 올게. 너희들 학원에 가야 하잖아."

"정말 괜찮겠어?"

"당연하지. 괜찮아."

"무섭지 않아?"

"조금. 그래도 괜찮아."

"그래? 뭐, 야스링한테 들은 따끈한 비밀 정보가 있으니까."

야스링은 린코의 별명이다. 야스기 린코를 줄인 건데 발음이 귀여워 본인도 마음에 들어 한다.

"비밀 정보와 무슨 상관이야?"

"조금은 있지 않을까? 상대의 약점을 알고 있다는 느낌."

"약점이라…. 무슨 진검 승부 같다. 스즈미, 파이팅!"

그렇게 물음표투성이 대화를 마치고 나는 린코와 아이들에게 손을 흔들었다. 그리고 지금 북쪽 건물 계단을 오르고 있다.

아이들한테 괜찮다고는 했지만 사실 가슴이 두근거렸다. 뭘 물어볼까? 제대로 이야기할 수 있을까? 가슴이 울렁거렸다.

"어!"

뒤에서 작은 소리가 나고 공기가 흔들렸다. 돌아다본 나도 숨을 헉 삼켰다.

"기쿠이케 히로…."

계단참에 히로가 서 있었다. 벽에 큰 창이 있어서 빛이 환하게 들어왔다. 날씨가 맑은 겨울이라면 지금 시간 빛은 붉은색을 띠어서 주황빛으로 물들지만, 곧 여름이 다가오는 지금은 눈부신 강력한 빛이 유리를 반짝이고 있었다.

그 빛을 등지고 서 있는 히로는 거무스름한 실루엣으로 보였다. 긴 팔과 다리가 한층 도드라진, 빛과 그림자만 남은 환상적인 모습이 나타났다.

그 순간 나는 여기가 학교라는 것도, 가타모리 선생님에게 호출당한 것도, 오늘 아침 사건도, 린코와 친구들도 잊었다. 계단 중간에 서서 갑자기 나타난 환상을 홀린 듯 보고 있었다.

그 환상에서 히로가 걸어 나왔다.

"아, 역시 미쿠라 스즈미구나."

히로는 불쑥 내 이름을 내뱉었다. 놀랐다. 대뜸 내 이름을 부르다니. 생각지도 못한 일이다. 어떻게 내 이름을?

"학생지도실에 불려온 거구나."

"아…, 으응. 저기, 히로 너도?"

"응."

"지각 때문이겠지."

"그렇겠지."

두 계단 아래 멈춰 서서 히로는 고개를 살짝 갸웃했다.

"가타모리 선생님이 학생지도실로 오라고 했어. 너도?"

그때 깨달았다. 내가 히로를 말하지 않았으면, 괜히 치한 이야기 같은 걸 꺼내지 않았으면 히로의 지각은 그냥 지각일 뿐 학생지도실로 불려 갈 일은 없었다는 것을. 내가 괜히 히로를 감싸 주려고 하다가 오히려 더 성가시게 만들었다는 것을.

그제야 깨달았다. 또 멍청한 짓을 했구나.

사과해야 한다는 조바심이 났다. 나를 도와줬는데 오히려 성가신 일에 말려들게 했다. 미안하다고 사과해야 한다.

사과를 하면 편해지니까 그 남자한테 사과하려고 했잖아.

언덕 중간에서 히로가 했던 가시 돋친 말이 떠올라 내 말문을 막았다. 사과하면 편하니까…. 미안하다는 말은 어디건 통한다. 간단한 말이지만 편리한 도구다. '미안해', '죄송합니다', '정말 미안', '면목 없습니다', '용서해 줘'처럼 우리는 쉽게 사과한다. 사과를 함으로써 관계를 이어 가거나 그 자리를 모면하거나 풍파를 일으키지 않기도 하고 편해지기도 한다.

별거 아닌 말이라고 생각했다. 그래서 쉽게 내뱉곤 했다. 히로의 한마디가 가슴을 찔러 온 것은 내 안이함, 비굴함, 임기응변을 지적당했기 때문이다. 내 판단이 아니고 단지 그 자리를 벗어나고 싶어서 사과하려고 했던 걸 간파당했기 때문이다.

하지만 지금은 다르다. 나는 목구멍을 꽉 막은 뭔가와 함께 숨을 깊이 들이마셨다. 지금은 사과해야 할 때다. 간편하게 사과하는 게 죄이듯 사과해야 할 사람에게 사과하지 않고 넘어가는 것도 죄다.

나는 숨을 꼴깍 삼켰다. 목구멍이 뚫리고 공기가 통했다.

"미안해."

두 개의 목소리가 겹쳤다. 하나는 내 목소리 또 하나는….

"왜?"

나는 숙였던 고개를 들고 히로를 쳐다봤다.

"히로가 왜 사과하는 건데?"

"스즈미야말로 뭐가 미안하다는 거야?"

"내가 쓸데없는 소리를 해서…."

"쓸데없는 소리라니, 뭐가?"

히로는 턱을 내밀더니 퉁명스럽게 물었다. 난폭하게 느껴질 정도로 딱딱한 말투다. 평소의 나 같으면 이런 말투만으로도 겁을 먹었을 것이다. 당황해서 눈길을 떨구고 가능한 잽싸게 그 자리를 벗어났을 것이다. 하지만 지금은 어쩐 일인지 무섭지가 않다. 오히려 이렇게 빨리 다시 만날 수 있어서 다행이라는 안도감이랄지, 아주 작은 기쁨의 싹이 가슴에 있다. 다시 만날 수 있어서, 내 잘못을 깨달아서(늦긴 했지만) 사과할 기회를 얻었다. 다행이다. 안도감이 든다. 히로를 다시 만나 기쁘다.

"저기 있잖아. 사실은… 내가 가타모리 선생님한테 말했어."

교문에서 있었던 일을 알려 줬다. 여전히 버벅거리기는 했지만 히로는 당황하지도 짜증을 내지도 않았다. 말없이 내 이야기를 들었다.

"저기… 그래서 미안하다고."

다시 한 번 고개를 숙였다.

후, 히로가 숨을 토해 냈다. 그 소리가 머리 위에서 떨렸다.

"스즈미, 좋은 사람이네."

가시 돋침도 억양도 없는 말투였다. 담담하고 차가웠다. 나는 천천히 고개를 들었다.

"항상 자기 잘못인 것처럼 느끼잖아. 그리고 사과해 버리지. 그거 괴로울 텐데."

괴롭지 않아?가 아니었다. 잘못인 것처럼 느끼는 거야?가 아니었다. 의문이 아니고 단정하는 말투였다.

숨통이 트였던 목구멍에 뭔가가 다시 걸렸다.

"…그게 무슨 말이야?"

"말 그대로야. 언제고 자기 잘못이라고 생각해. 자기가 야무지지 못하기 때문이고 자기가 이야기를 했기 때문이라고. 아니면 자기가 이야기하지 않았기 때문이라고 생각해. 뭐든 자기 탓이라고 여기잖아. 그럼 괴로울 거야. 괴롭지 않을 리 없잖아."

히로가 계단을 올라갔다. 내 옆을 스치고 지나갔다.

"너무 비슷해."

중얼거리는 말이 들렸다. 들린 것 같았다. 잘못 들은 건지도 모른다. 히로가 그대로 계단을 올라가 복도를 걸어갔다. 오늘 아침에도 그랬다. 나 혼자 남겨져 우두커니 서 있었다. 아니, 오늘 아침과는 다르다. 나는 화를 내고 있다. 히로에게 화가 난다. 심장 박동이 빨라진다. 이마에 땀이 배어날 정도로 체온이 올라간다. 손가락 끝까지 피가 흐르는 게 느껴진다. 귓속 깊이 피가 흐르는 소리가 들린다. 탁한 바람 소리 같다.

자기가 뭐라고 단정 짓는 거야?

피가 흐르는 소리 너머로 내 목소리가 울렸다.

왜 나에 대해 다 아는 것처럼 말하는데? 대체 무슨 생각을 하는 건데? 나를 얕잡아보는 거야?

내 안에서 외치는 불만의 목소리는 내 몸을 돌아 호흡을 엉키게 한다. 그것이 다시 목구멍에 걸린다. 호흡 곤란이 올 것 같다. 그 정도로 화가 난다.

나는 난간을 잡고 한 발 한 발 계단을 올라갔다. 이렇게 화가 나는데도 학생지도실로 오라는 지시에 따른다는 게 더 화를 부추기고 있다. 저항할 줄 모르는 순종적인 학생, 고분고분한 아이, 성실하고 착한 사람.

좋은 사람이라는 게 뭐야? 너도 나한테 사과했잖아. '미안해' 그랬잖아. 그건 뭐였어? 무슨 꿍꿍이야?

히로에게 분노의 화살이 날아간다.

2층 복도로 들어서자 히로의 뒷모습이 눈에 들어왔다. 학생지도실 앞에 있었다. 노크하기 전에 나를 힐끗 쳐다보았다. 나는 그 눈길을 받으며 이를 악물었다.

3 잔물결

학생지도실은 생각했던 것보다 밝았다.

남쪽으로 나 있는 창문에는 블라인드가 말려 있다. 온통 연한 녹색빛인 블라인드와 벽, 천장은 부드러운 햇살을 받고 있고, 바닥은 교실과 달리 먼지 한 톨 없이 깨끗이 청소되어 있다.

학생지도실 청소는 3학년이 맡는 걸까.

문득 생각했다. 1학년 때도 2학년 때도 학생지도실 청소 당번이 된 기억이 없는 걸 보면 3학년들이 맡고 있는 거다. 아무것도 아닌 일인데 아주 중요한 일처럼 생각했다.

아, 또 얼버무리고 있구나.

긴장에서 벗어나려고 아무것도 아닌 일에 생각을 집중하고 있었다. 그렇다. 학생지도실 청소 당번은 중요한 게 아니다.

중요한 건… 중요한 건 뭘까.

"미쿠라, 왜 그래? 거기 쭈뼛거리고 서 있지 말고 앉아."

가타모리 선생님이 턱짓을 했다.

방 한가운데 탁자와 소파가 있다. 테이블 양옆에는 소파 두 개가 놓여 있다. 학생지도실이라는 말을 들었을 때는 책상을 사이에 두고 교사와 학생이 마주 앉는 곳인 줄 알았는데 아니었다. 다리가 짧은 타원형 탁자는 나뭇결무늬이고, 소파는 비닐을 씌운 싸구려이긴 하지만 크림색이라 주위의 녹색과 잘 어울렸다. 학교 안 공간이라기보다 작은 사무실의 응접실 같다.

히로는 벌써 소파 한쪽에 앉아 있었다. 등을 꼿꼿하게 세운 단정한 자세였다. 선생님 앞이라고 자세를 반듯하게 하고 있는 건 아닌 듯하다. 늘 저런 자세일 거다.

나도 반대쪽 끝에 앉았다. 가슴을 펴고 등을 곧게 세웠다. 배가 단단하게 뭉치는 것 같았다.

"그렇게 떨어져 앉을 게 뭐 있냐? 부모의 원수도 아니고."

가타모리 선생님이 쓴웃음을 지었다.

그때 노크 소리가 나더니 문이 열렸다. 파란 블라우스에 같은 색 바지 차림의 여성이 들어왔다. 긴 머리를 하나로 묶어 뒤로 늘어뜨렸다. 키가 크고 날씬해서 청바지가 잘 어울렸다.

"아, 나고 선생님, 수고가 많으십니다."

가타모리 선생님이 가볍게 손을 들었다.

"제가 좀 늦었습니다."

나고 선생님은 손가락으로 안경을 밀어 올리며 가볍게 허리를 굽혀 인사했다.

2학년 4반 히로의 담임이다. 고전 담당이라 그런지 이름 때문에 그런지 머리 스타일이나 분위기 때문에 그런지 모르겠지만 내가 입학했을 때부터 '검은마녀'라는 별명을 갖고 있었다.

"나고 선생님도 학생 지도 담당이고, 히로의 담임이기도 해서 오시라고 했다."

가타모리 선생님이 빠르게 설명했다.

"잘해 보자."

나고 선생님은 입가에만 미소를 띤 채 파일 뭉치를 탁자 위에 놓았다. 가타모리 선생님과 잠깐 눈을 마주치고는 작은 헛기침을 했다. 자, 이제 시작합시다,라는 신호일까?

"미쿠라 스즈미."

"네."

내가 대답했다. 한심할 정도로 기어 들어가는 목소리였다.

"가타모리 선생님한테 지각 이유를 들었어."

나고 선생님은 나와 히로를 번갈아 보더니 눈을 가늘게 떴다. 안경 너머로 눈가에 잔주름이 보였다.

"치한을 만났다던데 정말이야?"

"…네."

나는 대답과 함께 침을 꼴깍 삼켰다.

정말이냐고 묻는 뜻을 이해할 수 없었다. 나를 의심하는 걸까, 그저 확인하려는 걸까.

"자세히 이야기해 봐."

"네?"

"치한을 만났던 상황을 좀 더 정확하고 구체적으로 이야기해 줬으면 해. 언제, 어디서, 어떤 식으로 벌어진 일인지 말이야."

언제, 어디서, 어떤 식으로….

나도 모르게 몸을 부르르 떨었다. 생생하게, 아주 생생하게 손가락의 감촉이 되살아났다. 천천히 치마 위를 더듬었다. 전철의 흔들림에 맞춰 교묘하게 움직였다. 귤 계통의 향수 냄새도 떠올랐다. 기억을 되새기자 구역질이 났다. 군중의 열기에 뒤섞인 향은 악취일 뿐이다. 무엇보다 남자의 고함 소리와 눈빛.

이게 어디서 사람을 치한 취급이야? 무슨 수작이야?

엉! 뭐야? 뭐라고 말해 봐! 어쩌자는 거야?

너 자꾸 이러면 학교에 신고할 거야.

왕왕 울리던 굵은 목소리와 치켜뜬 충혈된 눈.

나는 무릎 위에서 손가락을 모아 주먹을 꼭 쥐었다. 그러지 않으면 떨림이 멈추지 않을 것 같았다.

그렇게 대단한 일이 아니라고 생각했는데.

수업 중에도, 린코와 수다를 떨 때도, 혼자 있을 때도 이런 식으로 몸이 떨리지는 않았다. 치한을 만난 일을 아이들이 알아챌까 봐 긴장은 했지만 이런 식으로 떨리고 이런 식으로 울렁거리고 이런 식으로 흔들리지 않았다. 이런 식으로 떠오르지 않았다. 전철 안, 등 뒤의 숨결까지 다 떠올랐다.

생생하게, 너무나 생생하게.

움켜쥔 주먹 안쪽 손바닥이 축축하고 미끄러웠다. 땀이 배어 나왔다. 겨드랑이에도 등에도 허벅지 사이에도 땀이 배어 나왔다. 나는 땀에 휘감긴 채 비릿한 가죽 주머니 안에 갇혀 있는 것 같다는 느낌이 들었다. 왜 그랬을까. 숨쉬기가 답답했다.

"왜요?"

히로의 목소리가 귀에 달려들었다.

차가운 목소리였다. 좋은 느낌의 차가운 목소리다. 옛날 어디선가 마셨던 물처럼 시원했다. 유리컵의 물 한 잔. 물병에서 따른 것도 수돗물도 아니고 아마… 샘물이었을 거다.

어디에도 없는 맛있는 물이야. 마음껏 마셔.

부드러운 한마디와 함께 건네진 물을 단숨에 마셨다. 모자라니 한 컵 더 달라고 요청했던 기억이 희미하게 있다. 등산이라도 하고 있던 건지, 목은 마르고 물은 그 갈증에 시원하게 스며들었다. 행복했다. 물은 마음도 몸도 적셔 주었다. 그렇다. 분명히 기억하고 있다. 그런데 물을 건네준 사람이 누군지는 흐릿해져서 기억이 나지 않는다.

히로의 목소리는 그 물과 비슷했다. 차갑고 기분 좋은. 마음이 물을 머금어 부드럽고 유연해진다.

나는 살며시 손가락을 폈다. 나도 모르는 사이에 힘을 주고 있었는지 어깨도 팔도 등도 목도 뻣뻣하게 굳어 있었다. 손가락을 폈을 뿐인데도 힘이 쭉 빠졌다.

"왜 그런 걸 물으시는 거죠?"

히로는 등을 꼿꼿이 세운 채 나고 선생님을 바라봤다. 나는 어느새 허리를 앞으로 굽히고 있었다.

"왜냐니…?"

"지각 이유가 그거였기 때문이야."

순간 말문이 막힌 나고 선생님을 대신해 가타모리 선생님이 대답했다.

히로가 고개를 살짝 갸우뚱했다.

"무슨 뜻인지 잘 모르겠습니다."

가타모리 선생님은 턱을 당기며 작게 신음 소리를 냈다.

"으음, 그게, 말을 하자면 이런 경우가 많아. 뭐냐 당연히 여학생들 이야기지만… 치한을 만나서 지각했다는 학생이."

"그렇다니까요."

나고 선생이 맞장구를 쳤다. 둘은 호흡이 척척 맞았다. 설마 연습한 건 아니겠지만 리듬이 착착 맞게 따지고 나오니 나도 모르는 사이에 쫓기는 기분이 되었다.

나고 선생님은 파일 뭉치를 팔랑팔랑 넘겼다.

"이렇게 많으니까. 심각한 일이잖아. 우리 학교 학생들이 이렇게 치한 피해를 당하다니, 우려스러운 사태라는 거지."

'치한 피해'라는 대목에서 나고 선생님은 내뱉기 거북하다는 듯 목소리를 낮췄다. 눈을 파일 위로 떨궜다.

"그래서 학교 입장에서도 명확하게 대처해야 한다고 생각했어. 전철 회사 쪽에 방지책 개선을 제의한다든지, 경우에 따라서는 경찰에 피해 상황을 보고한다든지, 학교도 관리를 강화한다든지 등등. 그래서 피해를 당했다고 호소한 학생들에게 사정을 들었어. 먼저 우리부터 상황을 제대로 파악하고 있지 않으면 아무것도 할 수 없으니까."

나고 선생님은 자상하게 설명해 주었다. 이런 걸 두고 '잘 씹어서 소화할 수 있도록'이라고 표현하는 것이겠지.

"그랬더니 뜻밖에 그게…."

후우, 하는 소리가 들릴 정도의 한숨이 나고 선생님의 입에서 새어 나왔다.

"절반 이상? 아니, 3분의 2 정도의 아이들이 그게 아니었던 거야."

"예? 그게 아니었다니요?"

이번에는 내가 고개를 갸우뚱했다. 나고 선생님이 무슨 말을 하는지 이해할 수 없었다.

"거짓말이었더라고."

이번에도 장단을 맞춘 듯한 타이밍으로 가타모리 선생님이 말을 이었다.

"거짓말요?"

"그래, 거짓말이었어. 아무래도 학생들 사이에 치한을 지각 이유로 대면 관대하게 봐준다는 소문이 있었던 모양이야. 지각이 세 번 이상이면 기본적으로 부모님을 오시게 해서 엄중하게 주의를 주도록 되어 있거든. 그건 알고 있지?"

"네…."

알고 있다. 가끔 반 친구 중 누군가가 "큰일 났어. 어쩌지?" 하고 당황하는 모습을 본 적 있었다.

"우발적인 사고를 만났을 때는 지각을 해도 기록되지 않아. 그러니까 뭐냐, 전철 안에서 치한을 만났다는 것도 사고라면 사고니까 말이야."

"범죄입니다."

히로가 차가운 어조로 말했다.

"사고가 아니고 범죄를 만난 겁니다."

"그래, 범죄야. 그러니까 학교에서도 더욱더 적절한 대처를 해야 하는 거야. 그런데 거짓말을 하는 학생들이 꽤 있었어. 사실은 늦잠을 잤거나 다른 사정이 있어서 늦었는데도 치한을 만났다고 둘러대는 아이들이 있었다니까. 그럴 땐 솔직히 어이가 없지."

"충격이었어."

나고 선생님이 고개를 저었다. 하나로 묶은 머리카락 끝이 양옆으로 흔들렸다.

"설마 지각의 구실로 이용하다니, 도대체 무슨 생각으로. 정말 충격적이야."

그때 받은 충격을 온몸으로 표현하려는 듯 나고 선생님은 이마를 누르며 움츠렸다.

"오해하지 마. 너희 두 사람이 거짓말을 하고 있다고 의심하는 건 아니야. 단지 상황을 자세히 설명해 줬으면 해. 그런 다음에 우리도 여러 가지로 판단을 하고 싶거든."

"판단이라는 건 스즈미가 정말로 치한을 만났는지 여부를 가리겠다는 뜻입니까?"

"히로!"

나고 선생님이 이마를 앞으로 쭉 내밀었다.

"그런 반항적인 태도는 좋지 않아. 고쳐야 해. 우린 사실을 알고 싶을 뿐이야. 그러려면 너희한테 설명을 듣는 게 무엇보다 중요해."

히로의 태도가 반항적이라는 생각이 들지 않는다. 나도 되묻고 싶었기 때문이다. 선생님, 우릴 의심하는 건가요? 하고.

"자, 그럼 시간도 없고 하니까 사정을 들어볼게. 아, 이건 기록에 남기거나 하지는 않을 테니까 걱정하지 않아도 돼."

"걱정이라니, 뭘 말입니까?"

내가 물었다. 내가 뭘 걱정하고 뭘 두려워해야 하는지 도무지 가늠이 되지 않았다.

"그러니까 여기서 하는 이야기가 밖으로 새어 나가는 일은 없다는 말이야. 안심하고 뭐든 이야기해도 돼."

가타모리 선생님은 눈썹을 찡그리며 불쾌한 표정을 지었다.

나는 입을 다물었다. 아빠도 이따금 이런 얼굴을 했다. 괴팍한 사람은 아니었지만 어쩌다 자기도 모르게 불쾌한 기분을 얼굴에 드러냈다. 그러면 엄마는 몸을 숙여 내 귓가에 속삭였다.

"스즈미, 아빠 비위 건드리면 안 돼."

나는 고개를 끄덕이고는 살짝 웃는 얼굴을 만들었다. 아빠가 딸의 그런 표정을 좋아한다는 것을 알고 있었기 때문이다.

가타모리 선생님 앞에서는 그런 표정을 지을 수 없지만 입을 꾹 다물고 아무 말도 하지 않기는 쉽다. 가능하면 눈을 감고 싶었다.

"몇 시 열차였지?"

질문이 귓불을 때린다. 나는 다시 주먹을 그러쥐었다.

"미쿠라, 몇 시 전철을 탔냐고?"

"…가츠노 역에서 8시 5분발 전철요."

가타모리 선생님은 파일을 펼치고 서류를 넘겼다. 도중에 한 번씩 뭔가를 적어넣는다.

"흐음, 아슬아슬한 시간이군. 늘 그런 거야?"

"평소에는 바로 전 열차를 타는데 오늘은 놓쳐서요."

말할 때마다 쓴맛이 입 안에 퍼진다. 침에 쓴 성분이 섞인 것 같다. 볼 안쪽에 상처라도 있는 걸까. 쓴 침이 퍼져 아프다. 할 수만 있다면 옅은 녹색의 깨끗한 바닥에 침을 뱉고 싶다.

"흐음, 그래서 어디쯤에서 치한을 만났지?"

"그게…."

"어떤 식으로 당했는지 자세히 말해 줄 수 있어?"

나고 선생님이 끼어들어 말했다.

"구체적으로 자세히 말해 주면 좋겠어. 고소를 해도 구체적이지 않으면 상대해 주지 않을 거야. 그 남자 얼굴 봤어?"

"네에…."

"봤구나. 어떤 느낌이었어?"

나고 선생님이 몸을 더 내밀며 말했다. 희미한 땀 냄새. 눈가의 주름이 또렷이 보였다.

"얼굴, 기억하고 있지? 회사원 같았어? 거친 느낌이었어? 대답할 수 있어?"

어떤 얼굴이었지? 어떤 분위기였지? 고함 소리, 손가락의 감촉, 주위의 시선….

"스즈미."

"그만하세요!"

나는 벌떡 일어섰다. 그럴 생각은 전혀 없었는데 나도 모르게 일어서서 외쳤다. 소리치지 않으면 입 안이 써서 견딜 수가 없다. 이 쓴맛도, 다가오는 땀 냄새도, 가는 주름이 있는 눈가도, 서류를 넘기는 메마른 소리도 견딜 수가 없다. 모든 것이 오늘 아침 그 남자의 고함 소리와 충혈된 눈으로 연결된다.

싫어, 싫어, 다 싫어.

"그만하세요. 왜 그런 걸 물어요? 싫어요. 떠올리고 싶지 않다고요!"

몸이 떨린다. 입 안의 쓰디쓴 침을 뱉고 싶다. 깨끗이 소독을 하고 싶다. 왜 이런 걸 묻지? 왜 물어야 하냐고. 뭘 확인하겠다는 거야, 뭘?

"스즈미, 진정해."

가타모리 선생님도 일어섰다. 무릎이 닿았는지 탁자가 덜컹 소리를 냈다.

그 남자와 가타모리 선생님의 얼굴이 겹쳐 보인다. 키도 생김새도 차림새도 전혀 다르건만 겹쳐 보인다.

"왜 그렇게 큰소리를 지르는 거야? 여긴 학생지도실이야."

팔을 붙잡혔다. 비명이 터져 나온다.

"싫어요! 이거 놔요!"

"미쿠라 스즈미! 진정하라고, 못 알아들어?"

소리치지 마! 위압적으로 말하지 마! 나한테서 자유를 빼앗지 마!

"그 팔 놓으세요."

히로가 말했다.

"스즈미가 싫어하잖아요, 선생님."

역시 싸늘한 말투다. 속이 시원한 말투다. 나는 크게 숨을 내쉴 수 있었다. 그 날숨과 함께 입 안의 쓴맛이 흐려졌다.

가타모리 선생님의 손이 팔에서 떨어졌다. 그렇게 세게 잡힌 것도 아닌데 손가락 끝이 마비된 느낌이다. 천천히 손가락을 움직이며 팔을 문지른다. 피가 흐르는 게 느껴진다. 왠지 안도감이 든다.

"이 사람이 범인입니다."

히로가 휴대폰을 내밀었다. 가타모리 선생님과 나고 선생님이 머리를 맞대듯 화면을 들여다보았다.

"그 남자가 승강장에서 스즈미를 위협하는 장면입니다."

"위협했다고?"

나고 선생님이 안경을 밀어 올리며 히로를 바라보았다.

"그렇습니다. 위협했습니다. 제가 동영상으로 찍었습니다."

"동영상? 얼른 보여 줘 봐."

"보고 싶으세요?"

"당연하지."

가타모리 선생님이 힘차게 고개를 끄덕였다. 나고 선생님도 똑같은 모습으로 끄덕였다. 히로는 휴대폰을 두 손으로 감싸듯 가슴에 안았다.

"스즈미, 어떻게 할까?" 하고 내게 물었다.

"응?"

"선생님들한테 보여 드려도 돼? 아니면 싫어?"

"아아…."

"스즈미가 싫으면 안 보여 드릴 거야."

히로는 나를 빤히 쳐다보았다. 내 대답을 기다리는 것이다. 내가 싫다고 하면 휴대폰을 집어넣을 것이다. 두 선생님이 명령을 해도 애원을 해도 집어넣은 채 절대 보여 주지 않을 것이다. 확신할 수 있었다.

히로는 내 의견을 존중하고 있었다. 과장이 아니라 진짜 마음이 떨렸다. 히로는 내 마음을, 감정을, 나를 존중해 주고 있다. 첫 번째로 고려한다.

쓴맛이 완전히 사라졌다. 두근거림도 가라앉았다. 울렁거려 어찌할 바를 몰랐던 가슴도 진정됐다.

히로는 여전히 나를 빤히 보고 있다. 그대로 내 대답을 기다리고 있다. 아무리 시간이 지나도 기다려 줄 것이다.

"고마워."

나는 대답했다. 질문에 대한 대답은 아니지만 전하고 싶은 한마디가 터져 나온 것이다. 그리고 얼른 이어서 말했다.

"아, 괜찮아. 난 상관없어."

괜찮아. 견딜 수 있으니까.

히로가 천천히 고개를 끄덕이고는 휴대폰을 가타모리 선생님에게 내밀었다. 동영상이 시작되었다. 그 남자의 목소리. 역구내의 웅성거리는 소리에 섞여 잘 알아들을 수는 없다. 두 선생님은 아까보다 더 화면에 얼굴을 가까이 대고 들여다보고 있다. 나고 선생님은 계속 눈을 깜빡거렸다.

나는 다시 소파에 앉아 아무 생각 없이 정면을 바라보았다. 조금, 아니 많이 피곤했다. 무더위 속에서 먼 거리를 걷고 난 후와 비슷한 피로감이다.

옆을 봤다. 히로도 앉아 있다. 역시 등이 곧다. 나는 구부리고 있던 등을 펴고 아랫배에 힘을 준다. 이 방에 들어오고 나서 히로의 행동만 따라 하고 있다. 이상하게도 부끄럽지는 않다. 이렇게 앉아 있으니 내 몸 중심에 심지가 있다는 느낌이다. 심지 하나가 나를 관통하는 느낌. 상쾌하다. 지금까지 알지 못했던 상쾌함이다. 모르는 것 한 가지를 이 자리에서 얻은 느낌이다.

"음, 과연."

가타모리 선생님이 고개를 들고 휴대폰을 히로에게 건넸다.

"이건 잘 찍었어. 놀라운 기지야. 히로는 스즈미랑 같은 차량에 탔고 스즈미가 치한을 만난 현장을 목격한 거군."

"그렇습니다. 분명히 봤습니다. 스즈미는 남자에게 그만하라고 말했습니다. 그러자 남자가 오히려 화를 내고 스즈미를 승강장으로 강제로 끌어내렸습니다. 그리고 승강장에서 고함을 치기 시작했습니다."

"끔찍한 남자군."

나고 선생님의 입가가 긴장하고 있었다.

"추잡한 녀석이네."

"똑같다고 생각합니다."

"엉?"

나고 선생님과 히로의 시선이 엉켰다. 히로의 시선이 날카로웠다고는 할 수 없었지만 나고 선생님은 몸을 긴장시킨 채 경계하듯 자세를 꼿꼿하게 했다.

"똑같다니?"

"선생님들도 이 남자랑 똑같다고 생각합니다."

"무슨 소리야? 기쿠이케 히로, 말 조심해!"

연극을 하고 있는 것도 아니고 나고 선생님은 정말로 당황하고 있었다. 뜻을 알 수 없는 질문을 한 학생을 바라보듯 히로를 봤다. 가타모리 선생님도 똑같은 눈빛이었다.

"선생님들도 스즈미를 위협했습니다."

어머나, 하고 나고 선생님이 소리를 질렀다. 숨을 헉, 삼키더니 곧 토해 내고 표정이 굳어졌다.

"위협을 했다니, 그게 무슨 말도 안 되는 소리야? 너 정말 무슨 소릴 하는 거야?"

"위협을 했다고 할지, 아무튼 겁을 줬습니다. 무섭게 했습니다. 겁을 줘서 자백시키려고 했습니다."

"자백이라니 이 무슨…. 잠깐만 히로."

"말이 지나치다, 히로."

나고 선생님과 가타모리 선생님의 목소리가 겹쳤다. 두 사람 모두 자기도 모르게 엉거주춤 일어나 히로 쪽으로 몸을 돌렸다. 히로는 겁내지 않았다. 두 선생님의 네 개의 눈을 정면으로 바라봤다.

"처음부터 대뜸 의심부터 했잖습니까?"

히로의 어조는 차분했지만 묵직했다. 와락 부딪혀 오는 중량감이 있었다.

히로는 지금 화를 내고 있는 것이다. 나는 알 수 있었지만 선생님들은 모르는 것 같았다. 기이한 물건을 바라보듯 찬찬히 히로를 바라봤다.

"스즈미를, 스즈미와 저를 의심했습니다. 처음부터 우리가 거짓말을 한다고 의심하고 이것저것 물은 겁니다. 아닌가요?"

"아니지!"

나고 선생님이 가슴을 펴면서 말했다. 두 손가락으로 안경을 밀어 올렸다.

"이상한 오해 하지 마. 나도 가타모리 선생님도 대뜸 학생을 의심부터 하는 그런 짓은 하지 않아. 단지 확인하고 싶었을 뿐이야. 이런 말은 좀… 어폐가 있을지 모르지만 너희 같은 고등학생을 상대로 하다 보면 말이지, 여러 가지로 힘든 면이 있어. 솔직하게 대답하는 학생만 있는 게 아니고 변명이 감쪽같고 그 자리를 모면하려고 하고, 그리고 또….”

“선생님….”

가타모리 선생님이 헛기침을 한 후 고개를 가로저었다. 나고 선생님은 시선을 떨구고 그대로 입을 다물었다.

“기쿠이케 히로, 나고 선생님 말씀이 맞아. 너희를 의심부터 한 건 아니란 말이다. 제대로 확인하려고 여기로 불렀어. 그 점은 이해를 해야 해.”

“그런 확인 방법은 틀렸다고 생각합니다. 위협한다고밖에 보이지 않았습니다.”

“히로!”

“선생님들, 너무 무신경하시네요.”

히로의 목소리가 낮아지고 말끝이 떨렸다.

“그런 질문 방식은… 심문 아닙니까? 대답을 해야 하는 쪽의, 스즈미의 기분을 조금이라도 생각하셨습니까?”

흡, 소리가 났다. 가타모리 선생님이 숨을 삼키는 소리였다.

“치한을 만났다는 게 얼마나 큰 충격인지 생각해 보셨습니까? 아마 없겠지요. 조금이라도 생각했다면 그런 식으로 질문

할 수는 없습니다."

"히로, 침착해."

"침착합니다. 아니, 침착할 수 없습니다. 화가 납니다. 어찌 해야 좋을지 모를 정도로 화가 납니다."

"화가 난다고…. 하지만 말이야."

"무신경하십니다. 너무나 무신경합니다. 그리고 무례합니다. 다시 떠올리고 싶지 않은 기억을 억지로 떠올리게 하면서 아무렇지도 않다니 어이가 없습니다. 두려워하고 있었잖아요? 스즈미가 그만하시라고, 싫다고. 분명히 그렇게 말했는데 그걸 어떻게 아무렇지도 않게 무시할 수 있죠? 어이가 없습니다. 정말 어처구니가 없네요. 선생님들 이상합니다. 잘못하신 겁니다."

가타모리 선생님이 다시 한 번 숨을 허억, 하고 삼켰다. 목울대가 아래위로 움직였다.

"…하고 싶은 말은 그게 다야?"

나고 선생님이 턱을 치켜들었다.

"말하고 싶은 대로 실컷 말했지만 틀린 건 너야, 히로."

억양 없는 어조로 입을 열고는 빠르게 말을 이었다.

"무신경하다니, 실례도 정도가 있어. 우리가 얼마나 신경을 써서 매일 너희를 대하는 줄 알아? 너희는 정말 너무나 어려운 세대야. 너희에게 상처를 주지 않으려고 최대한 배려를 하고는 있지만 그래도 지도만큼은 제대로 해야 해. 너희가 고분고분 따라와 주면 편하지. 솔직하게 말해 주면 우리도 편해. 하지만 그렇지가 않아. 전혀 그렇지 않아. 우리가 매일 얼마나 고생하고 있는지 너희 학생들은 모를 거야."

아니, 그게 아니잖아요.

나는 소리 내서 말할 뻔했다. 나고 선생님은 히로의 말에 응하고 있는 게 아니다. 전혀 다르다. 대화가 되지 않는다. 히로는 내 이야기를 한 것이다. 나에 대한 질문 내용이나 태도가 무신경하고 무례하다고 지적한 것이다. 학생 지도 일반에 대해 말한 게 아니다.

내 마음의 목소리를 들었을 리도 없는데 "심문이라니, 그런 적 없어." 하고 나고 선생님은 선언하듯 내뱉었다.

"스즈미가 저렇게 흥분할 거라고는 상상도 못한 건 우리에게도 조금은… 경솔한 면이 있었는지도 몰라. 그 점은 사과할게. 하지만 스즈미는 조금 흥분했을 뿐이야. 네 말처럼 우리가 겁을 주거나 위협한 적은 없어. 히로 생각이 잘못된 거야. 그렇지, 스즈미?"

갑자기 나고 선생님의 눈길이 나에게 향했다. 심장이 다시 세게 두근거렸다. 가타모리 선생님도 나를 보았다. 묘하게 멍한 눈길이다. 멍하긴 해도 교사, 어른의 눈길이다.

탁!

창문에서 소리가 났다. 뭔가 검은 형체가 와서 부딪혔다.

삐익. 예리한 소리를 남기고 형체는 즉시 사라졌다.

나고 선생님이 어깨를 으쓱했다.

"직박구리야. 가끔 저렇게 와서 부딪혀."

"맞아요."

내가 말했다.

"응?"

안경 너머로 나고 선생님이 눈을 깜빡거렸다.

"히로의 말이 맞습니다. 저는… 무서웠습니다."

"스즈미."

"선생님들이 캐묻는 바람에… 기억이 떠올랐습니다. 그 남자…. 저는, 저 자신은 그렇게 신경 쓸 일은 아니라고 생각했습니다. 아니, 그렇게 생각하려고 했습니다. 그렇지 않으면 무서워서, 떠올리면 무서워서…. 저기, 그러니까 그, 여기서, 이런저런 질문을 받고 기억을 떠올려라, 떠올려라, 그러는 것 같아서, 저기, 전 무서워서 견딜 수가 없었습니다. 너무 무서워서…."

사실이었다. 거짓말이 아니었다. 과거를 회상하는 플래시백이나 PTSD(외상 후 스트레스 장애) 같은 그런 거창한 건 아닐지도 모른다. 거창한 건 아니었지만 괴로웠다. 그 남자에게 지배당하고 있다는 느낌이었다.

떠올려 봐, 떠올려 봐.

넌 겁을 먹고 있어. 넌 위축되어 있어. 너는 타인의 꼭두각시야. 너는 지배당하고 유린당하고 있어.

오싹했다. 소리치지 않을 수 없었다. 그만두게 하고 싶었다. 정말, 진심으로 그만했으면 하고 바랐다.

"히로의 말대로입니다."

나는 반복했다. 입술이 말라 움직일 때마다 버석버석 소리를 냈다. 마른풀끼리 부딪히는 듯한 소리였다.

"그래? 그렇기도 했겠구나."

가타모리 선생님이 소파에서 자세를 바로 했다.

"우리의 배려가 부족했다. 미안하다."

백발이 섞인 짧은 머리를 숙였다. 나고 선생님이 뭔가 말을 꺼내려는 것을 눈으로 제지하고 미안하다고 계속 말했다.

"백 퍼센트 의심한 건 아니지만 어느 정도 의심은 갖고 있었어. 그게 태도나 질문 방식으로 드러난 건 사실이야. 너희에게 지적당하기 전에는 몰랐어. 교사로서 실수가 있었다. 인정해."

"잠깐만요, 가타모리 선생님. 그런…."

"아, 실수가 맞아요. 오늘 여기에 나고 선생님에게 와 달라고 한 건 미묘한 문제이기 때문입니다. 여교사가 같이 있는 편이 말하기 쉬울 거라고 생각한 건데 우리 쪽에서 다짜고짜 의심을 갖고 대했다면 말하기 쉬웠을 리가 없지. 나고 선생님, 우리가 잘못한 것 같습니다."

"잘못했다니, 전 학생들을 위해 열심히…."

나고 선생님이 입술을 깨물며 고개를 옆으로 돌렸다. 분한 것 같았다. 자신의 진심도 성의도 열의도 전달되지 않는 것이 분해서 견딜 수 없다는 표정이었다. 입술 끝이 씰룩거렸다.

맞다. 나고 선생님은 열심히 일하는 교사다. 수업도 열심히 연구를 해서 진행한다. 반별로 중세 복식을 입는 방법이나 근대의 주거 형태 등 잡학에 가까운 주제를 조사해 발표하게 하고 '첫사랑'과 '실연'을 주제로 한 시조 대회를 열기도 하는 등 재미있게 진행해 왔다. 나는 고전 성적이 별로 좋진 않지만 나고 선생님의 수업은 좋아한다. 교과서를 위주로 문제만 푸는 지루한 시간이 아니다.

하지만 진심이, 성의와 열의가 보상을 받는 것이 늘 옳다고 생각하지 않는다. 오히려 겉돌거나 오류를 일으킬 때가 있는 게 아닐까. 그래서 우리는 신중해진다. 겁쟁이가 된다. 진지한 것이 항상 좋을까? 열심히 하는 건 좋지만 주위가 보일까?

우리는 종종 비난을 받는다. 엉터리라거나 분위기를 망친다거나 이기적이고 남을 생각하지 않는다거나 등등. 하지만 우리는 알고 있다. 진심, 열심, 성의가 향하는 표적이 빗나가면 그것들이 쉽게 칼날이 되어 상대에게 상처를 준다는 것을.

나고 선생님의 화살은 방향이 틀렸다고 생각한다. 우리의 거짓을 폭로하는 방향이 아니라 우리를 지키는 데로 향해야 한다고 생각한다.

"저기…."

입 안에 고인 침을 삼킨다.

"뭐?"

"선생님, 우리가, 학생들이 거짓말을 한다고 말씀하셨지만… 그, 그건."

심장이 다시 날뛰기 시작한다. 나고 선생님의 불편한 표정에서 눈을 돌리고 입술을 혀로 적신다.

"뭐라고? 으음, 유감이지만 그건 사실이야. 여러 여학생이 자백…."

가타모리 선생님은 자백했다고 말하려다가 말끝을 흐렸다. 헛기침을 두 번 한 다음 말을 잇는다.

"결국은 학생 스스로 인정했어. 치한이 어쩌고 한 건 꾸며낸 이야기고 지각한 이유는 다른 데 있다고."

"한두 명이 아니야."

나고 선생님은 내 앞에 손을 펼치고 손가락으로 꼽았다.

"여섯 명이나 거짓말을 했어. 놀랐어. 들어 봐, 스즈미와 히로가 하는 말도 이해해. 잘 알아. 하지만 우리도 사정이라는 게 있어. 이렇게 거짓말로 둘러대는 학생이 있으니까 아무래도 의심을 하게 된다고. 변명이 아니야."

"그 말이 거짓일지도 모릅니다."

"어? 뭐라고?"

"저기, 저도… 아까, 솔직하게 말하지 못할 뻔했어요. 저, 그러니까 선생님이 거짓말하는 거 아니냐는 질문에 그 남자를 떠올리고… 저기, 하지만, 그래서."

아아, 답답하다. 왜 이렇게 요령 있게 설명을 못하는 걸까. '저기', '그러니까', '그래서'만 늘어놓고 정말 중요한 말은 도통 나오지를 않는다. 나 자신이 지겹다. 답답하다. 듣고 있는 상대는 더 답답하고 짜증 날 거다. 하지만 이게 내 방식이다. 한마디 한마디 손짓을 섞어 가면서 설명했다.

히로 쪽을 힐끗 보았다. 히로도 나를 보고 있었다. 반듯한 자세였다. 느슨한 데라고는 없었다. 눈빛도 그랬다. 힘이 들어간 눈길로 나를 똑바로 보고 있었다. 진심이구나, 하고 느꼈다.

히로는 진지하게 내 이야기를 듣고 있다. 진심이 나를 향한다. 이건 칼날이 아니라 시원한 물줄기다. 나는 용기를 얻는다.

괜찮아. 스즈미식으로 이야기해도 돼.

부드럽게 동의해 주는 느낌이었다.

"저기… 떠올리기도 싫고 괴로워서 이야기하고 싶지 않았습니다. 빨리 해방되고 싶다는 생각뿐이었습니다. 솔직하게 설명하기보다 차라리 거짓말이었다고 하고… 그게 더 편할 거라고 생각했습니다. 그게 훨씬 더 편할 거라고."

"설마."

나고 선생님이 눈을 부릅떴다. 눈썹과 눈꺼풀이 치켜 올라

가고 눈동자가 안경에서 튀어나올 것 같았다.

"그러니까 우리가 꼬치꼬치 묻는 게 고통스러워서 치한을 만났다는 것이 거짓말이었다고 말하려고 했다고?"

"그런 사람도 있지 않을까 하고…."

"으음, 그건 말이다."

가타모리 선생님이 벅벅 소리를 내며 머리를 긁었다.

멀리서 자동차 경적 소리가 들렸다. 창 밖에는 아직 눈부신 햇살이 일렁이고 있다. 하지만 가만히 집중하면 빛 속에 희미하게 섞여 있는 붉은 기운이 보인다. 초여름 긴 하루가 아주 천천히, 천천히 끝나려 하고 있다.

여전히 푸르고 눈부신 하늘에 새가 지나갔다. 직박구리가 아니고 까마귀일 것이다. 이 새만큼 저물어 가는 하늘과 어울리는 동물은 없을 것이다.

"가겠습니다."

히로가 일어섰다. 나도 엉거주춤 일어섰다.

"그래."

가타모리 선생님이 고개를 끄덕였다.

"히로, 아까 그 동영상 다시 봐야 할지도 몰라."

"네."

"오늘 일은 부모님께는 아직 알리지 않는 게 좋겠지?"

가타모리 선생님이 물었다. 나고 선생님은 몸을 조금 움직일 뿐 아무 말도 하지 않았다.

"알리지 말아 주십시오."

히로의 대답은 명쾌했다.

"스즈미는 어때?"

"저도 마찬가지입니다."

학교에서 연락이 가면 엄마는 동요할 것이다. 나 때문에 동요하는 엄마를 보면 견딜 수 없을 것 같다.

"알려야 할 상황이 되면 제가 말씀드리겠습니다."

아직 엄마에게 말할 필요는 없다.

가타모리 선생님은 말없이 고개를 끄덕였다.

"알았다. 하지만 이번 건에 관해서는 학교 측도 본격적으로 다룰 거야, 조속히. 상황에 따라 부모님께도 연락을 하고 또 의견을 들어야 할지도 몰라."

나와 히로는 잠깐 얼굴을 마주 보다가 거의 동시에 대답했다.

"알겠습니다."

이번에는 두 선생님의 눈길이 마주친다. 나고 선생님이 먼저 고개를 돌렸다.

"그래, 오늘은 이만 가 봐라. 두 사람에게 모두 미안했다."

가타모리 선생님이 몸을 움츠렸다.

"긴 시간 잡아 뒀구나."

"아닙니다. 그럼 이만 실례하겠습니다."

히로가 고개를 까딱 한 번 숙인 다음 방을 나갔다. 그 동작이 너무 빨라 나는 미처 따라 나가지 못했다.

"스즈미한테도 미안했다."

"네. 아, 아니, 괜찮습니다."

가타모리 선생님의 사과에 엉뚱한 대답을 하고 고개를 숙였다. 학생지도실을 나서기 직전 짧은 한숨 소리가 났다. 나고 선생님일 것이다.

문을 닫았다. 안쪽 소리는 이미 들리지 않는다. 교실 문보다 훨씬 두껍다. 복도는 어둡고 시원했다.

히로를 찾았다. 어쩐지 내가 나오기를 기다려 줄 것 같았다. 린코와 친구들이라면 반드시 기다렸다가 어깨를 두드리거나 마주 웃어 줄 거다. 그러고는 서둘러 집에 갈 거다.

히로는 벌써 계단을 내려가고 있었다. 나를 기다릴 생각은 아예 없었던 것 같다. 어떻게 할까 잠시 망설였지만 나는 "기쿠이케 히로!" 하고 부르면서 복도를 달려갔다.

"히로, 기다려."

4 숲의 왕국

히로는 기다려 주지 않았다. 콩콩콩콩 리드미컬하게 계단을 내려갔다.

히로를 보면 마음이 흔들린다. 혼자여도 좋다는 생각을 문득 한다. 혼자가 되는 걸 두려워하지 않아도 되는 게 아닐까.

두려워하지 않아도 된다고? 정말?

나는 두려웠다. 지금도 두렵다. 무리에서 혼자가 되는 걸 두려워한다. 같이 점심을 먹을 친구가 없다. 노닥거릴 상대가 없다. SNS에 친구로 끼워 주지 않는다. 반 친구가 거리를 두고 '재는 혼자야' 하고 낙인을 찍는다.

두렵다. 아무리 생각해도 두렵다. 학교라는 곳은 어디까지나 획일적인 공간에 가깝다. 이방인을 싫어한다. 튀는 것을, 독특한 것을, 규격 외의 것을 싫어한다. 나는 누구에게도 미움받고 싶지 않고 꺼려지고 싶지 않다.

혼자가 되고 싶지 않다. 히로는 아무렇지도 않을까. 혼자 있는 것도, 미움을 받는 것도 견딜 수 있을까.

교복 뒷모습을 눈으로 쫓으면서 생각한다.

모르겠다. 히로는 수수께끼다. 히로는 자세도 반듯하고 꼿꼿해서 뒷모습이 강하고 예쁘다. 하지만 내면은 어떨까. 두려움과 공포를 안고 떨고 있지 않을까.

히로를 생각하면 물음표가 잔뜩 따라붙는다.

삐익! 째질 듯한 새소리가 들렸다.

히로는 계단을 다 내려간 곳에서 얼굴을 들고 주위를 둘러보았다. 학생지도실에 있었을 때보다 왠지 어려 보인다.

"직박구리야."

내가 말했다.

히로가 돌아보고 고개를 갸우뚱한다. 이 몸짓도 어리다.

"방금 새소리, 직박구리야."

"직박구리? 아아, 아까 나고 선생님도 말했지."

"응, 회색에 몸집이 요만 한."

나는 양손을 20센티 정도 벌려 보였다.

"크기가 말이야. 울음소리는 시끄러워. 운동장에 피라칸타 나무 있지? 그 가지에 자주 앉아."

"피라칸타? 가을에 열매가 예쁘게 맺히는 나무?"

"그래, 그거. 겨울까지 열매가 달려 있어서 직박구리가 잘 먹어. 먹이 때문에 싸움도 자주 하고."

히로가 눈을 가늘게 떴다. 몰랐네, 하고 중얼거렸다.

"맞아, 아무도 모를 거야. 운동장에 날아다니는 새에 흥미가 없을걸. 하지만 굉장했어."

"굉장해?"

"굉장하다니까. 딱 한 번이지만 독수리가 온 적이 있었어. 작은 새를 노리고 나타난 모양인데 그 아우라가 대단해서 직박구리, 완전 쫄았어."

히로가 웃었다. 소리는 나지 않았지만 입술이 옆으로 벌어지며 이가 보였다. 입가도 눈도 웃고 있다. 진짜 미소다. 그 모습이 무척 예뻤다.

"역시… 스즈미구나."

"응? 역시라니?"

"새를 좋아한다고."

나는 턱을 당겼다. 난간에 가볍게 손을 올리고 히로를 내려다본다. 지금은 내가 계단참에 서 있다. 등이 따뜻하다. 창으로 들어오는 햇살을 받고 있기 때문이다. 아까와는 반대로 내가 빛을 등지고 검은 실루엣이 되어 있을 것이다.

새를 좋아한다. 닭이나 까마귀, 직박구리, 제비, 갈매기, 참새도 좋아한다. 날개 있는 생물은 아무리 봐도 싫증이 나지 않는다. 할머니는 마당의 나뭇가지에 반으로 자른 사과나 귤을 꽂아 놓곤 하셨다. 그러면 여러 종류의 새가 날아와 열심히 쪼아 먹고 껍질만 남겨 놓았다.

저기 봐라, 지금 날아온 녹색 새는 동박새고, 머리와 목이 검은 건 박새, 저쪽 큰 회색 새가 직박구리야. 어머나, 나무둥치에 개똥지빠귀도 있네.

새 이름은 할머니가 가르쳐 주셨다. 나뭇가지 사이로 경쾌하게 날아다니는 동박새나 삐, 삐 우는 박새는 귀여웠고, 작은 새들을 쫓아내고 사과며 귤을 독차지하는 직박구리는 괘씸했지만 밉지는 않아 시간 가는 줄 모르고 새들을 바라보곤 했다.

"응, 좋아해. 옛날에 할머니 집에서…."

나는 계단을 내려가서 히로와 나란히 걸었다. 어색함을 피하려고 그런 건 아니었고, 그냥 이야기가 하고 싶어서, 내 이야기를 들려주고 싶어서 수다스러워지고 있었다. 잊고 있던 새들과의 기억을 생각나는 대로 이것저것 떠들었다.

이 친구가 새 따위에 흥미 있어 할까, 이런 이야기를 재미없어할까, 나를 이상한 아이라고 여기지 않을까 등등 평소에는 머릿속에서 어수선하게 맴돌던 의구심을 거의 느끼지 않고 이야기를 이어 갔다. 이야기를 하면서 건물 밖으로 나왔다.

히로는 맞장구를 치지도, 고개를 갸웃하지도 않았다. 하지만 걸음이 느려졌다. 내 이야기를 듣고 있다는 확신이 들었다.

운동장 가장자리를 따라 걸으면서 나는 계속 수다스럽게 이야기했다.

"가만히 보고 있으면 새들도 개성이 있다는 걸 알 수 있어. 기가 세고 도전적이거나 이기적이고 심술궂은 녀석도 있고, 겁 많고 조심스러운 아이도 있어. 약아빠진 새도 있고 느릿하고 여유로운 녀석도 있지. 먹이를 놓아 주면 기가 센 놈이 제일 먼저 날아와 재빨리 쪼아 먹어. 그 후에 겁 많은 놈이 주위를 살피면서 땅에 떨어진 사과 부스러기 같은 걸 쭈뼛거리면서 먹어. 하지만 센 녀석이 알아채면 삐, 삐, 하고 호통을 쳐서 약한 녀석을 쫓아내. 그러면 그 틈에 약아빠진 녀석이 옆에서 남은 사과를 갖고 날아가 버리기도 해."

아하하.

갑자기 히로가 웃음을 터뜨렸다. 몸을 앞으로 조금 숙이더니 입가에 주먹을 대고 킥킥 웃는다.

"사람 중에도… 있어. 그런 약삭빠른…."

웃느라 말을 중간중간 멈췄다.

"아, 그래?"

'약삭빠른 자'가 누굴까, 떠올려 보려고 했지만 어떤 얼굴도 떠오르지 않는다.

아하하하.

히로의 웃음소리가 떨리면서 퍼진다. 이런 식으로 웃는구

나. 처음 들은 히로의 웃음소리는 의외로 부드럽고 귀여웠다.

"스즈미, 너 재미있다."

"뭐라고?"

"왜, 왜 그렇게 놀라는데?"

"나더러 재미있다고 하는 말 지금까지 한 번도 듣지 못한 것 같아서…. 맞아. 진짜 한 번도 없었어."

정말이다. 한 번도 없었다. 얌전하다거나, 조용한 성격이라는 말은 종종 들었다. 하지만 '재미있다'는 없었다. 나 스스로도, 나를 알고 있는 사람들도 나를 재미있다고 여기지 않는다.

"재미있어."

히로는 정면을 향한 채 입을 살짝 벌렸다. 바람을 들이마시려는 것 같았다.

"스즈미는 재미있어. 그리고 새를 좋아해. 그러니까 「숲의 왕국」 같은 이야기를 쓸 수 있는 거야."

나도 모르게 걸음을 멈췄다. 히로도 멈춰 섰다. 하지만 그건 2, 3초에 지나지 않았다. 히로는 눈을 깜빡이다가 금방 다시 걸었다.

"저, 저기…. 잠깐만. 그게 저…."

어쩐지 걸음이 빨라지는 히로보다 반 발쯤 늦게 걸었다. 바람이 정면에서 불어왔다. 센 바람은 아니지만 먼지를 머금은 바람이다. 그래도 싱싱한 이파리 냄새가 났다.

"저기, 히로."

"재미있었어."

걸으면서 히로가 말했다. 내 쪽은 안 보고 앞만 보고 있다.

"스토리는 판타지인데 새들의 생태가 너무 리얼해서 직박구리 병사가 취해서 날뛰는 장면이나, 알을 까마귀에게 빼앗길 뻔한 작은 새들이 힘을 합쳐 쫓아내는 장면 같은 건 박력이 있어서 읽으면서 흥미로웠어. 무엇보다 독수리 왕이 멋지고 늠름하고, 하지만 멍청한 면도 있어서 개성이 넘친다고 느꼈어."

"어, 그래."

내가 생각해도 얼빠진 대답을 해 버렸다. 하지만 부끄럽다고 느끼지는 않았다. 놀랍다는 생각이 훨씬 컸다.

「숲의 왕국」은 1학년 여름 방학 때 내가 지어낸 이야기다. 이야기를 창작한다는 게 그렇게 멋진 건 아니다. 국어 과제로 독서 감상문이나 창작 중 한 가지를 선택해서 내야 했다.

나는 책 읽는 건 좋아하지만 감상문 쓰는 건 싫어해서 예전부터 골머리를 앓았다. 초등학교 3학년 때 학교가 정한 책들은 하나같이 흥미가 없었고, 그렇다고 그 과제 도서 이외의 감상문은 인정해 주지 않았기 때문에 어떻게 할까 고민한 적이 있었다. 그때 엄마가 "멋지게 쓰는 것보다 스즈미가 느낀 대로 솔직하게 쓰면 되잖아. '재미없었다'도 어엿한 감상이라고 생각해. 오히려 참신하고 좋잖아." 하고 말해 주었다. 참신이라는 말을 제대로 이해할 수는 없었지만 말 자체는 가슴에 와닿았다.

나는 내가 왜 이 책을 시시하다고 느꼈는지를 원고지 8장에 빼곡하게 써서 제출했다. 그걸로 선생님한테 혼났다. 담임 선생님은 ×라고 표시한 감상문을 돌려주며 평소보다 날카로운 목소리로 나를 꾸짖었다.

"스즈미, 이런 식으로 감상문을 쓰는 건 잘못이야. 작가에 대해서도 이 책에 대해서도 너무나 큰 실례야. 감상문이라는 건 읽으면서 설레었거나 또 얼마나 감동했는지 그 느낌을 쓰는 거야. 주인공이 친구에게 울면서 사과하는 장면이 이해가 잘 안 된다니, 그런 식으로 쓰면 틀려먹은 거야."

틀려먹었다는 선생님의 말에 마음이 위축되었다. 그런가, 난 틀려먹은 짓을 한 걸까. × 표시가 된 감상문을 보고 엄마는 당혹스러워했고 아빠는 눈썹을 찡그렸다.

"감상문이니까 솔직한 마음을 쓰면 된다는 건 명분에 지나지 않아. 세상의 상식을 거스르지 않는 게 좋아. 엄마는 그런 거 잘 모르거든."

아빠의 무심한 한마디에 엄마는 입을 꾹 다물고 고개를 돌렸다. 보기 흉할 정도로 일그러진 엄마의 옆모습과 감상문이 어떻게 연결된 건지 그때부터 나는 감상문이 싫어졌다.

나는 국어 과제로 창작을 선택했다. 뭘 어떻게 쓸지는 그다지 고민하지 않았다. 머릿속에 바로 할머니의 마당이 떠올랐기 때문이었다. 가지각색의 새가 날아다니는 마당은 작은 왕국 같았다. 위엄 있는 매, 무리를 지어 다니는 소란스러운 동박새와 참새, 그 새들을 몰아내고 먹이를 독점하려는 직박구리, 까만 몸이 아름다운 까마귀….

초등학생 때 본 이미지에 맞춰 글을 썼다. 원고지 40매 남짓한 이야기를 8월 중반쯤 완성해서 과제로 냈다. 그런데 담당 선생님이 방학 과제를 작은 책자로 만들어 1학년 전원에게 나눠 주었다. 책자에는 나를 포함한 4명의 창작과 10명의 감상문, 그리고 15명의 시가 실려 있었다.

뽑혔다고 생각했다. 은근히 자랑스러웠다. 그 책자는 지금도 내 책꽂이에 꽂혀 있다. 다른 사람들이 보기에는 별거 아닌 인쇄물일 것이다. 교과서도 문제집도 아니다. 버리지는 않았더라도 어딘가 처박아 놓고 잊어버려도 이상할 게 없다. 오히려 그게 당연할지 모른다. 나도 2학년이 되고부터는 전처럼 가끔 꺼내서 들춰 보는 일도 없었다. 이야기도 새도 할머니 마당도 떠올리는 횟수가 확 줄었다.

그래서 놀라웠다. 그 작품 「숲의 왕국」을 찬찬히 읽고 재미있다고 말해 주는 사람이 있다니.

"이런 이야기를 쓴 사람이 누굴까 생각했어. 일부러 찾아보려고 신경 쓴 정도는 아니었지만 조금은 마음에 두고 있었어. 그런데 언젠가 복도를 걷는데 누군가 '미쿠라 스즈미!' 하고 부르는 소리가 들렸어. 도서 위원 모임이 있다던가 뭐 그런 내용을 전달하고 있었어. 그래서 아, 쟤가 스즈미구나 생각했어."

"그래서 내 이름을 알고 있었구나."

히로가 고개를 끄덕였다. 그러고는 더는 아무 말도 하지 않았다. 나는 조금 당황했다. 히로가 안녕, 하고 손을 흔드는 느낌이었던 것이다. 손을 흔들며 휙 사라지는 것 같았다.

"저기 있잖아, 오늘 아침에 나를 도와준 것도 내가 누군지 알았기 때문이야?"

히로의 눈썹이 씰룩 움직였다.

"알고 모르고는 상관없어, 그런 일은."

자르듯 말했다. 나는 갑자기 얼굴이 뜨거워졌다. 보이지 않는 손에 맞은 것처럼.

그렇다. 상관없다. 누군지 알았거나 몰랐거나 히로는 똑같이 행동했을 것이다. 오늘 아침에 처음 본 친구지만 그 정도는 안다. 알면서 너무 어리석은 소리를 해 버렸다.

난 바보다. 얼굴이 점점 뜨거워졌다. 평소 같았으면 여기서 좌절했을 것이다. 내 어리석음이 무안하고 부끄러워 견딜 수가 없어서 도망칠 수 있다면 도망쳤을 것이다. 하지만 여기서 도망치면 내일부터 히로를 만날 수가 없다. 제대로 얼굴을 마주할 수도 없고 이야기도 할 수 없게 된다. 그건 싫다. 나는 내일도 모레도 히로와 이야기하고 싶다. 얼굴을 마주하고 싶다.

"미안해."

나는 사과했다. 사과하고 끝내 버리려고 한 게 아니라 진심으로 미안해서 사과했다. 돌이킬 수 없을지도 모른다. 그 생각을 하자 가슴이 서늘해졌다.

"사과할 정도는 아니야."

히로가 턱을 내밀었다.

"너는 왜 그렇게 금방 사과를 하고 그러는데?"

"사과해야 할 소리를 해 버렸으니까."

히로가 천천히 몸을 돌렸다. 시선이 나를 똑바로 향했다.

"스즈미, 너는 좋은 사람이야."

"응?"

"정직하고 성실하고 열의가 있고… 정말 좋은 사람이야."

좋은 사람. 그 말을 또 했다. 학생지도실에 들어가기 전에도 같은 말을 들었다.

미쿠라 스즈미, 좋은 사람이네.

힘들겠다.

그때는 화가 났다. 일방적이고 단정적인 말에 분한 생각이 들었다. 지금은 이상하다. 히로는 '좋은 사람'에 매여 있다. '좋은 사람'과 괴로움을 하나로 묶고 있다. 왜지?

"「숲의 왕국」에도 나오지. 정직하고 성실하고 착한 딱따구리 주인공. 그거 혹시 스즈미가 모델이야?"

"어? 아, 아니. 말도 안 돼. 모델 같은 거 없어."

나는 손사래를 쳤다.

"없어?"

"없어."

"다른 캐릭터도? 예를 들면… 싸움꾼 오리라던가 냉철하고 머리 좋은 부엉이 같은 것도 다 지어낸 거야?"

"응. 아, 그런데 내 주변 사람의 성격을 조금씩 빌려온, 그 정도는 있을지도 몰라."

"와, 대단하다."

히로의 칭찬이 가슴에 와닿는다. 와, 대단하다,라니…. 흔한 말이고, 나도 내 주변 사람도 아무렇지 않게 쓰는 말인데도 신선하고 특별한 말로 와닿았다. 마음이 한껏 들떴다. 입에 발린 말이 아닌 진짜 칭찬은 사람을 들뜨게 한다.

「숲의 왕국」을 쓰길 잘했다. 히로가 읽어 줘서 기쁘다. 그걸 잊지 않고 있다는 게 기쁘다.

"앗."

조그맣게 외쳤다. 문득 떠오르는 게 있었다. 히로와 눈이 마주쳤다. 히로가 고개를 갸우뚱했다.

"뭐 잃어버렸어?"

"아니, 생각났어. 그 책자를 만들어 준 사람이 나고 선생님이었어."

"아…, 그런가."

나고 선생님이었다.

과제를 제출하고 나서 2주 후에 돌아온 원고지에는 × 표시는 없었다. 빨간 글씨로 몇 줄의 감상이 적혀 있었다.

> 아주 재미있게 읽었어요. 등장인물(새)이 많이 나오지만 잘 표현해서 감동했어요. 결말을 짐작할 수 없는 전개라 흥미로웠어요. 마지막 부분에서 조금 서둘렀다는 느낌이 들어 더 길어도 좋았을 텐데 생각했지만 걸작이었어요.

그렇다. 맞다. 나고 선생님도 자세히 읽고 확실하게 감상을 전해 주었던 것이다. 그 감상이 기뻤는데도, 책자를 소중하게 가슴에 안았는데도 잊고 있었다. 아빠와 엄마가 이혼하고 성이 바뀐 것도, 아빠가 없는 생활에도 아직 완전히 적응하지 못해 어정쩡한 시간을 보낼 즈음이었다. 내 이야기도 이야기에 얽힌 기억도 그런 나날에 묻혔다. 히로가 그걸 일깨워 주었다.

"오늘은 뭔가 좋은 날이었다는 생각이 들어."

히로를 알게 되었고 「숲의 왕국」의 기억도 떠오르게 해 주었다. 히로가 눈을 깜빡였다.

"오늘 아침에 그런 일이 있었는데도?"

"응."

“게다가 학생지도실로 불려 갔잖아.”

“응.”

그래도 좋은 날이었다.

“다시 써 볼까 봐.”

“「숲의 왕국」을?”

“응, 조금 더 긴 이야기로 만들어 보고 싶어. 이번에는 새뿐만 아니라 다른 동물도 등장시켜서.”

“멋지겠다.”

히로가 바로 호응해 주었다. 이 친구 말에는 망설임이 없다. 애매함이 없다. 어떻게 하면 이런 표현 방법을 배울 수 있을까.

“히로, 있잖아…, 완성되면 읽어 줄 거지?”

“물론.”

“정말? 정말 읽어 줄 거야?”

“읽고 싶어. 오히려 내가 보여 달라고 부탁하고 싶은데.”

“알았어. 잘 부탁해.”

“기대된다. 그런데 이번에는 어떤 동물이 주인공이 되는 거야? 숲의 동물이니까 개나 고양이는 아니겠지. 곰이나 원숭이? 설마 벌레는 아닐 거야.”

“아직 거기까지는 생각 안 했어. 와, 부담되네.”

히로와 나는 얼굴을 마주 보고 웃었다.

이것이 히로와의 두 번째 만남이었다. 아침에 처음 만나고 저녁에 다시 만났다. 현실도 감정도 빠르게 휘몰아친 하루였다. 대관람차처럼 천천히 돌던 날들이 갑자기 롤러코스터로 변했다. 그런 느낌의 하루였다.

피곤했다. 너무 여러 가지 일을 겪어서 피곤했다.

침대에 누워 눈을 감았다. 오늘 엄마는 직장에서 회의가 있어서 늦는다고 했다. 저녁은 3분 카레와 간단한 샐러드로 때울 생각이었다. 그것조차 귀찮아서 움직일 마음이 나지 않았다. 배도 고프지 않고.

휴대폰이 울렸다. 카톡이다.

가타모리, 어땠어? 호되게 화풀이당하지 않았어?

린코였다. 걱정이 되었나 보다.

괜찮아. 고마워. 무사히 넘겼어.

답장을 했다. 좀 쌀쌀맞았나. '내일 다시 이야기해' 정도는 덧붙이는 게 좋았을까. 하지만 내일 무슨 이야기를 할 수 있을까. 그 남자 이야기는 하고 싶지 않다. 할 수가 없다.

땡, 소리가 나고 린코가 보낸 이모티콘이 도착했다. 꽃다발을 안고 있는 강아지 그림과 '파이팅'이라는 글자.

웃었다. 이럴 때 휴대폰이라는 작은 도구가 사랑스럽다. 1분 이내로 답을 보내야 한다거나 '읽씹' 당하는 것은 그룹에서 제외될 징조라거나, 이모티콘은 최소한 한 달에 한 번은 새로운 것으로 교체해야 하는 등 내게는 복잡한 결정이 많아 솔직히 번거롭게 느껴질 때도 많다. 하지만 휴대폰이 나와 누군가를 이어 주는 것도 사실이다.

"옛날 사람들은 대단해. 휴대폰 없이 어떻게 학교생활을 했을까. 난 상상이 안 돼."

미키가 진지한 얼굴로 말한 적이 있다. "그러게 말이야." 하고 누군가가 진지하게 맞장구를 쳤다. 린코는 "애들아, 옛날이라고 해 봐야 우리 부모님 세대야. 구석기 시대가 아니거든. 요즘 젊은이들은 걸핏하면 엑스 세대를 옛날 사람으로 여기니 참 어이없어." 하고 농담을 던졌다. 그 말투가 웃겨서 다들 소리 내 웃었다. 그런 기억이 떠올랐다.

나는 강아지 이모티콘을 손가락으로 살짝 만져 보았다. 그러고 보니 히로와 전화번호도 주고받지 않았다. 히로도 나도 그걸 묻지 않았다.

왜 그랬을까?

우리에게 휴대폰을 매개로 한 연결은 지극히 당연한데. 생각해 봤지만 알 수 없었다.

나는 일어나서 방을 나왔다. 갑자기 식욕이 생겼다. 히로는 내게 비타민 같은 존재가 되었다. 생각만 해도 기운이 난다. 격려를 받는 기분이다. 그게 나만의 착각이고 히로의 입장에서는 '무슨 소리야?' 할지도 모른다. 하지만 사실이다. 나는 히로한테 자극과 좋은 기운을 받았고, 격려가 되었다.

휴대폰을 주머니에 넣고 계단을 내려갔다. 갑자기 허기가 몰려왔다.

히로를 세 번째로 만난 건 이틀 뒤 오후였다.

동아리 활동이 있는 린코 일행과 헤어져 나는 혼자 집에 가고 있었다. 등교 때와는 반대로 역까지 가는 길은 내리막이다. 초여름 낮은 길어 하늘은 아직 충분히 밝았다.

가방이 무겁다. 도서실에서 빌린 도감이 두 권이나 들어 있다. 「숲의 왕국」 속편을 쓰겠다고 히로와 약속했다. 아니, 약속 같은 거창한 건 아닐지도 모른다. 하지만 히로는 읽어 줄 것이다. 읽고 솔직한 감상을 말해 줄 것이다. 이상한 배려나 눈치 같은 것 없이 느낀 그대로 말해 줄 것이다.

가방을 흔들었다. 휴대폰으로 검색하면 새의 종류나 생김새는 쉽게 찾을 수 있다. 하지만 지식이나 정보를 얻으려고가 아니라 그냥 멍하니 바라보고 싶을 때는 종이로 된 책이 좋다. 이유는 모르지만 그런 생각이 든다.

아…. 걸음을 멈췄다. 눈앞으로 작은 그림자가 스치고 지나갔다. 그림자는 내 앞을 지나 대숲으로 사라졌다.

새다. 작은 그림자로밖에 보이지 않는 작은 새. 귀를 기울이자 희미한 울음소리가 들렸다. 찌찌찌, 찌찌. 단순하지만 예쁜 목소리다. 뭐지? 무슨 새일까. 참새는 아니다.

잠깐 망설였지만 나는 언덕을 조금 내려가 울타리가 망가져 생긴 구멍 앞에 섰다. 입학 때부터 있던 구멍이다. 가방을 안고 몸을 숙여 대숲 안으로 들어갔다. 들어가 보고 놀랐다.

시원하다. 여름이 가까워지면서 맹렬해지는 햇볕의 열기가 이곳에는 없다. 서늘한 바람이 지나간다. 나는 대숲 경사면을 올라갔다. 껍질이 달린 젊은 대나무는 내 키 정도다. 그보다 높이 내 키 위로 뻗은 건 줄기가 짙은 녹색이었다.

찌찌찌, 찌찌. 경쾌한 새소리에 이끌려 위를 올려다본다.

대나무 끝에 일그러진 모습으로 보이는 하늘은 눈이 휘둥그레질 정도로 파랗다. 운동장이나 언덕길에서 올려다본 하늘보다 훨씬 파랗고 투명하다. 왜일까? 대나무에 파란색을 선명하게 하는 작용이 있는 걸까. 설마. 하지만 정말 아름다운 하늘이다. 파란 하늘에 검은 그림자 둘, 셋이 날아다닌다.

숨을 죽이고 눈으로 그림자를 쫓는다.

"새는 자유로울까?"

혼잣말이 터져 나왔다.

"글쎄?"

뒤에서 대답이 들렸다. 나는 화들짝 놀랐다. 순간 심장도 몸도 움츠러들었다. 숨이 멎을 것 같았다.

"…히로."

돌아다보고 나서야 겨우 숨을 토해 냈다. 히로가 서 있었다.

"어머, 놀라게 했구나. 미안."

히로도 몸을 움츠리고 두 손을 모아 사과의 뜻을 전했다.

"아, 딱히 따라올 생각은 없었어. 걸어오다가 너를 봤는데 거동이 묘하게 수상하더라고."

"거동이 수상해?"

"응, 갑자기 멈추더니 뭔가 찾는 사람처럼 두리번거리다가 걸음을 옮기나 싶었는데 갑자기 울타리 안으로 들어가잖아."

봤구나. 이상한 애라고 생각했을까, 볼이 뜨겁다.

"새를 쫓아 들어온 거였구나."

히로가 얼굴을 하늘로 쳐들었다. "아아." 하고 감탄의 목소리가 터져 나왔다.

"하늘이 너무 예쁘다."

"그치?"

"전혀 다르네."

"응, 대숲의 하늘은 특별한 것 같아. 다른 데랑 색이 달라."

우리는 한참 동안 말없이 하늘을 뚫어지게 쳐다봤다. 목덜미가 빼근해질 정도로 오래 그렇게 하고 있었다.

바람이 분다. 대나무 잎이 흔들린다. 사락사락, 하고 의외일 정도로 큰 소리가 났다. 마른 잎이 떨어졌다. 그중 하나가 내 어깨로 떨어졌다.

"가자."

히로가 말했다.

"여긴 해가 비치지 않아서 금방 어두워져. 아주 위험해."

"위험해?"

"벌써 오래전이지만 우리 학교 여학생이 끌려 들어갈 뻔했던 사건이 있었다나 봐. 범인은 잡혔다고 하던데."

"그렇구나. 몰랐어. 으, 그럼 울타리가 생긴 것도?"

"응, 그 사건 후래. 뭔가 터지지 않으면 대책을 마련하지 않는 건 옛날이나 지금이나 똑같아. 사건이 일어나면 늦은 건데."

히로의 말투가 무거워진다.

"히로."

"응?"

"나를 걱정한 거야?"

대숲으로 들어가는 나를 걱정해서 뒤따라 왔다는 생각이 뒤늦게 들었다.

히로가 눈을 깜빡였다. "뭐 딱히 그런 건 아니고." 하고 무심히 말하더니 발걸음을 서둘렀다. 나는 그 뒤를 따랐다. 왠지 요즘 계속 히로의 뒤를 따라다니기만 했다는 생각이 든다.

대숲을 나와서 어깨에 붙은 잎을 털었다.

“저기… 히로, 고마워.”

“참, 그런 거 아니라니까.”

히로가 입을 삐죽거렸다. 토라진 아이 같은 표정이다.

“난 그냥 네가 이상한 행동을 하니까 뭐지, 하고 생각했을 뿐이야. 그렇잖아. 초등학생도 아니고 울타리 틈으로 기어들어가다니 무슨 일인가 했지. 그러니까 뭐냐, 맞다! 그거야.”

“호기심?”

“그래, 호기심. 호기심을 참을 수가 없어서, 그래서 뒤를 밟은 거야.”

히로의 입술이 점점 더 뾰족해지고 뺨이 살짝 붉어진다.

“히로, 너 귀엽다.”

나도 모르게 내뱉었다. 말이 툭 튀어나온 것 같다.

“귀, 귀엽다니…. 뭐야? 놀리지 마.”

“놀리는 거 아니야. 정말 귀여웠어.”

쑥스러워 속마음을 감추려고 토라진 시늉을 하는 히로는 귀여웠다. 엄청 귀여웠다.

“정말이야. 정말 귀엽다는 생각이 들었어.”

히로는 잠깐 나를 빤히 쳐다보다가 웃음을 터뜨렸다.

“뭐야? 웃을 분위기 아니잖아.”

내가 고개를 갸우뚱하자 명랑한 웃음소리는 더 커졌다.

"우하하하! 그게 더 웃겨, 스즈미. 진지한 얼굴로 귀엽다, 귀엽다 그러고. 왠지 웃겨."

웃고 있는 히로를 보고 있자니 나도 가슴 깊은 곳에서 웃음이 터져 나왔다.

"뭐야, 히로! 왜 자꾸 웃어? 하하하하!"

"너도 웃고 있잖아. 우하하하!"

한바탕 웃고 나서 우리는 숨을 크게 내쉬었다.

"이렇게 크게 웃어 본 거 참 오랜만이다."

히로가 웃음기가 남은 말투로 말했다. 나도 고개를 끄덕였다. 아무 생각 없이 웃고 싶어서 웃는 것이 이렇게 기분 좋은 일이라니. 가슴 깊은 곳에서 덩어리(무슨 덩어리일까)가 깨져 웃음과 함께 튀어 나가는 듯하다.

"그래도 스즈미 덕분에 좋은 거 봤어. 이런 하늘 처음이야."

"나도 처음이야. 대숲은 참 이상한 장소야."

"그렇다고 혼자 들어가지는 마."

"옙, 반성하겠습니다."

우리는 다시 짧게 웃었다. 두 사람 사이로 바람이 지나갔다.

히로의 얼굴에서 웃음기가 가셨다. 표정이 갑자기 굳는다. 동요하고 있다.

어, 왜 그래, 히로?

경직된 표정으로 히로는 휴대폰을 꺼냈다. 나를 구해 준 휴대폰이다. 뒤꿈치로 뒤로 빙글 돌더니 휴대폰을 귀에 댔다.

"네…. 응, 뭐?"

퉁명스러운 대답이었다.

"뭐? 언니가?"

순간 높아졌던 목소리는 다시 갑자기 낮아지더니 거의 들리지 않았다. 그런데도 당황한 느낌은 전해졌다.

"…응, 알았어. 금방 갈게…. 알고 있어…. 침착해, 아무튼 내가 갈 테니까."

휴대폰을 주머니에 넣고 히로가 크게 한숨을 내쉬었다.

"무슨 일이야?"

내가 물었다. 히로는 대답하지 않았다.

"언니한테 무슨 일 있어?"

히로가 몸을 홱 돌렸다. 나도 모르게 뒤로 물러섰다. 히로가 나한테 덤벼드는 줄 알았다. 그 정도로 험상궂은 눈빛이었다. 조금 전까지 즐겁게 웃었던 사람이라고, 여고생이라고 믿어지지 않는 눈빛이다. 눈길이 칼날이 되어 나를 찌른다. 부드럽고 따뜻한 분위기가 산산조각 나서 흩어진다.

나는 늘어뜨린 손을 거머쥐었다.

"저기, 저…. 내가 거슬리는 말을 한 거야? 혹시 그랬다면…."

'미안해'라는 말을 침과 함께 삼켰다. 뜻을 알 수 없는 사과의 말은 우선 그 자리를 벗어나기 위한, 혹은 얼버무리는 것과 다름없다. 그걸 바로 며칠 전에 지적당하지 않았던가.

히로가 잠깐 동안 눈을 감았다. 호흡을 가다듬는 듯했다. 눈꺼풀이 다시 올라갔을 때는 히로의 눈길에서 칼날 같은 살벌함은 사라졌다. 그러나 표정은 부드럽지도 따뜻하지도 않았다. 얇은 천을 머리에 쓴 것 같다. 히로의 모습이 흐릿해져서 더 이상 아무 짐작도 할 수 없었다.

"나, 가야 해."

히로가 말했다. 말과 동시에 빠른 걸음으로 그 자리를 떠나면서 손 한번 흔들어 주지 않았다. 내 대답을 기다리지도 내일 만나자는 약속도 없었다. 쫓아갈 수가 없다.

가까이 오지 마.

히로의 뒷모습에 단호한 거부 의사가 보였다. 대숲 향기에 싸여 나는 우두커니 서 있었다.

가까이 오지 마. 나를 만지지 마. 더 이상 알려고 하지 마.

거부당했다. 내민 손가락 끝은 허공을 움켜쥐었다.

"히로…."

작게 불러봤다. 머리 위에서 대나무끼리 스치는 소리가 쏟아졌다.

5 나, 그리고 너

신호가 바뀐 순간 사람들이 일제히 움직이기 시작한다. 약속이라도 한 듯 제각기 우르르 횡단보도를 건넌다.

웃고 있는 사람, 휴대폰을 들여다보는 사람, 입을 단단히 다물고 표정이 심각한 사람, 피로가 쌓였는지 표정이 나른한 사람, 활기차게 대화를 나누는 사람들도 있다.

제각기 자기만의 표정을 하고 있다. 당연한 일이다. 그렇다, 당연한 일이다. 히로는 속으로 중얼거렸다.

그건 당연한 거잖아.

누구를 향한 건지 모르는 중얼거림이다. 요즘 마음속으로 누구에게랄 것도 없이 중얼거리는 횟수가 는 것 같다. 오래전부터 혼잣말을 많이 했다. 몸에 밴 버릇이다.

혼자 있는 걸 좋아했다. 그림을 그리면서, 책을 읽으면서, 인형 놀이를 하면서, 마당 귀퉁이에서 개미의 행렬을 바라보면서 중얼중얼 말을 속삭이곤 하던 그런 버릇이었다.

히로에게는 숨을 쉬거나 재채기가 나오거나 밥을 먹는 것과 마찬가지로 지극히 자연스러운 행동이었다. 하지만 그런 게 아니었다. 다른 사람들 눈에는 아주 부자연스럽고 기묘해 보이는 버릇이었다. 엄마가 가르쳐 주었다.

“너, 그런 거 하지 마.”

히로 엄마가 말했다.

“그런 거 하지 마.”

낮고 차분했지만 무거운 목소리였다. 엄마는 화가 나면 말투가 무거워진다. 뭔가를 벼르거나 위협하는 건 아니지만 말 자체가 착 가라앉은 것처럼 들린다.

“엄마, 화났어?”

엄마를 올려다보며 물었다. 엄마 옆얼굴은 저 위에 있었다.

히로는 유치원 종일반이었다. 다섯 살도 채 되지 않았을 것이다. 다니던 유치원은 반마다 꽃 이름이 붙어 있었다. 종일반은 철쭉반과 벚꽃반인데 히로는 철쭉반이었다. 가슴에 붉은 철쭉 모양의 이름표를 달고 엄마를 올려다보았다.

유치원에서 집으로 가는 길은 작은 강을 따라 이어지다가 주택가로 들어서면 완만한 언덕길로 변한다. 2킬로미터가 채

안 되는 길을 히로 엄마는 자전거를 타거나 걸어서 히로를 데리고 다녔다. 자동차를 이용하는 일은 드물었다. 히로는 엄마 손에 이끌려 걷는 이 길, 이 시간을 좋아했다. 언덕 중간에 작은 공터가 있었는데, 풀이 무성했다. 그 풀밭에서 벌레나 개구리를 잡기도 하고 강을 거슬러 올라가는 작은 물고기의 모습을 관찰하기도 하는 그런 시간이었다.

히로가 가방과 그림책 주머니를 내던지고 벌레를 쫓아도, 지치지도 않고 물고기 무리를 들여다봐도 엄마는 재촉하거나 짜증을 내는 일이 거의 없었다. 대개는 조용히 기다려 주었다. 그런 엄마의 얼굴이 굳어 있다.

입가도 눈가도 긴장으로 일그러졌다.

"엄마, 화났어?"

엄마의 표정이나 말투가 무섭거나 그런 건 아니다. 그냥 어리둥절할 뿐이다. 엄마는 왜 화가 난 걸까. 짐작할 수가 없었다.

조금 전까지 히로는 유치원 마당에서 엄마가 오기를 기다렸다. 늘 있는 일이다. 원아들은 〈안녕 잘 가〉 노래를 부른 뒤 날씨가 좋은 날은 마당으로 나오고 비가 오면 놀이실에 모여 보호자가 데리러 오기를 기다렸다.

그날은 맑았다. 건조하고 시원한 바람이 불었다. 히로는 문 옆에 있는 화단의 흙을 만지작거리고 있었다. 부엽토가 섞인 흙은 비옥해서 조금만 파도 지렁이나 공벌레가 많이 나왔다.

손가락 끝으로 건드리면 몸을 둥그렇게 마는 공벌레와 그냥 몸부림치는 것 같아도 용케 흙 속으로 파고드는 지렁이에 정신없이 몰두해 있었다.

"히로!"

엄마가 히로의 이름을 부르면서 팔을 세게 잡아끌었다.

"가자."

"아, 엄마, 있잖아…."

"알았으니까 빨리 가자."

손가락 사이로 공벌레가 떨어졌다.

질질 끌려가듯 정문을 나왔다. 그러고는 바로 오른쪽으로 돌아 그대로 곧장 걸어가면 강을 따라 뻗은 둑길이 나온다.

"하지 마."

둑길로 들어서자 엄마가 말했다. 화를 담은 낮고 무거운 목소리였다.

"너, 그런 거 하지 마."

"뭘?"

히로가 물었다. 엄마가 무슨 말을 하는지 이해가 되지 않았다. '그런 거'의 뜻을 모르겠다. 그러나 엄마는 대답이 없었다.

"있잖아, 엄마…."

엄마 손을 잡아끌었다.

"그런 거, 뭘 하지 말라는 거야?"

모르면 물어야 한다. 애매한 건 싫다. 알지 못하는 상태로 분명하지 않은 채로 흐지부지 넘어가는 건 싫다. 대답을 듣고 싶었다. 화를 내는 거라면 왜 화를 내는지 알려 줘야 한다.

엄마가 갑자기 걸음을 멈췄다. 서서 히로를 내려다보았다.

"히로야."

쪼그리고 앉아 두 손을 히로의 어깨에 얹고 엄마가 말했다. 여전히 낮고 무거운 목소리였다. 눈길이 마주쳤다.

"모르겠어? 히로, 너 계속 혼잣말 하고 있었잖아."

"혼잣말?"

고개를 갸우뚱한다. '혼잣말'이 무슨 뜻인지 몰랐다.

"혼자 중얼중얼 뭐라고 그러잖아."

그런가. 다시 고개를 갸웃했다. 지렁이나 공벌레에게 말을 걸고 있었는지도 모른다.

있잖아, 어떻게 하면 몸을 그렇게 동그랗게 할 수 있어?

흙 속은 어둡지? 숨은 제대로 쉴 수 있어?

매일 뭘 먹어? 오늘은 뭘 먹었어?

난 있잖아, 잠자리가 되고 싶어. 하늘을 날고 싶거든.

이런 식으로. 하지만 그건 늘 있는 일이었다. 히로는 여러 가지 것에 말 거는 걸 좋아했다. 공벌레나 지렁이뿐만 아니라 그림책에 나오는 소녀에게도, 집 안의 커튼에게도, 마음에 드는 부엉이 봉제 인형한테도 말을 건다. 대화가 오갈 때도 있고, 일방적으로 히로 혼자 떠들 때도 있다. 그림책에 나오는 소녀나 커튼, 봉제 인형이 대답을 할 리 없다고 놀림을 당하면, 히로는 '대답한다니까' 하고 대꾸하고 '가끔이지만' 하고 덧붙일 거다.

가끔은 대답을 해 준다. 소녀도 커튼도 봉제 인형도 변덕이 심하다. 사람이 아닌 건 하나같이 변덕이 심하고 멋대로에 배려 같은 건 없다. 그래서 재미있다.

그날은 지렁이도 공벌레도 히로를 무시했다. 열심히 말을 걸었는데도 짧은 대꾸 한마디 해 주지 않았다.

심술맞네. 오늘은 기분이 나빠? 누구랑 싸웠어? 안 좋은 일 있어? 히로는 있잖아, 오늘 급식 다 못 먹었어. 호박이 나왔는데 먹을 수가 없었어. 호박 샐러드 말이야. 먹으려고 애를 썼는데도 못 먹겠더라. 에리코 선생님이 다음에는 더 노력하자고 그랬어….

그때 엄마가 팔을 잡아당겼던 거다.

"네가 혼잣말하는 버릇, 꼴불견이야."

히로를 빤히 보면서 엄마가 단호하게 말했다.

'꼴불견'이라는 말이 무슨 의미인지 몰랐지만 느낌은 있었다. '꼴불견'은 아주 나쁜 것, 엄마를 화나게 하기에 충분할 정도로 나쁜 것이라고.

"엄마, 너무 창피했어. 알지?"

여기서 또 모르겠다. 내가 누군가와 이야기를 하는 게 '꼴불견'이고 나쁜 일이고 엄마는 그게 창피하다.

그게 어때서?

"몰라."

히로가 대답했다.

"모른다고?"

"몰라. 난 그냥 이야기했을 뿐이야."

"그게 꼴불견이라니까."

"왜? 난 아무도 괴롭히지 않았어. 심술을 부리지도 않았고, 나쁜 장난도 하지 않았어. 친구를 울리지도 않았고, 블록을 뺏거나 모래를 끼얹지도 않았어."

급식으로 나온 호박을 남기기는 했지만 그걸로 철쭉반의 누군가를 힘들게 한 것도 속상하게 한 것도 아니다. 골탕을 먹이지도 상처를 주지도 않았을 거다. 단지 에리코 선생님을 조금 힘들게 했는지는 모른다. 하지만 그건 분명 '꼴불견' 정도는 아니다. 어리지만 나름대로 히로는 확신하고 있었다.

엄마 눈을 똑바로 보며 같은 말을 반복했다.

엄마가 한숨을 내쉬었다.

"넌 왜 그렇게… 고집이 세니. 아이는 순한데."

아이는 언니 이름이다. 일곱 살 차이가 나서 벌써 초등학교 고학년이고 매일 아침 히로보다 30분 일찍 집을 나섰다.

"히로야, 학교 갔다 올게."

매일 어김없이 말을 걸어 주고 나갔다. 언니는 키가 크고 웃으면 무척 상냥한 얼굴이 된다. 웃지 않아도 상냥해서 히로가 아주 좋아하는 사람 중 하나다. 엄마도 언니를 좋아할 거라고 생각한다. 언니를 배웅하는 눈길도 맞아들이는 표정도 환했고, 그늘이 하나도 없기 때문이다.

지금 히로 앞에 쪼그려 앉은 엄마 얼굴은 어두웠다. 눈에도 말투에도 깊고 무거운 어둠이 웅크리고 있다. 히로랑 있으면 엄마는 가끔 이런 눈을 한다.

"저기 있잖아, 히로야…."

엄마는 손가락으로 히로의 어깨를 꽉 쥐었다.

"엄마들이 문 앞에서 뭐라 그랬는지 알아?"

"엄마들? 누구 엄마? 겐스케 엄마?"

"몰라. 누구 엄마인지는 몰라. 철쭉반 엄마들은 아니었어. 벚꽃반도 아니었고."

"그럼 제비꽃반인가, 민들레반인가. 아님, 으음…. 해바라기 반일지도 몰라."

"무슨 반인지가 무슨 상관이니? 아유, 진짜 넌 늘 엉뚱한 것만 따진다니까. 짜증 나."

어깨를 잡은 손가락에 힘이 들어갔다. 히로가 아프다고 말하기도 전에 엄마는 평소보다 빠른 말투로 말했다.

"'쟤 좀 이상해' 그러더라. '혼자 중얼중얼 뭐라고 떠들어. 기분이 좀 으스스해'라고. 엄마 창피해서 죽는 줄 알았어. 아,

정말이지…."

엄마가 입술을 깨물었다. 괴로워하는 사람의 표정이 되었다.

히로는 등줄기가 서늘해지는 느낌이었다. 엄마가 말한 '죽는 줄 알았어'라는 한마디에 등골이 서늘해졌다.

"엄마, 죽는 거야?"

울먹이는 목소리로 말하면서 자기도 모르게 엄마 목에 매달렸다.

"싫어, 엄마 죽는 거 싫어."

아주 잠깐 정적이 찾아왔다.

바람 소리도 엄마의 숨소리도 강물 소리도 옆을 지나가는 사람들의 기척도 사라졌다. 무서웠다. 정적이 무서웠다. 히로는 더 힘껏 매달리며 눈을 꼭 감았다.

"이런, 바보."

엄마의 입김이 귓불에 닿는다.

"누가 죽는대? 죽고 싶을 정도로 창피했다는 말이잖아."

팔을 풀고 엄마를 봤다. 아주 조금 웃고 있었다. 입술이 옆으로 벌어지며 얼굴에 미소를 만들고 있다. 하지만 눈은 여전히 어둡다. 웃고 있지 않다. 쓴웃음이라는 단어를 히로가 안 것은 훨씬 나중이지만 알았을 때 가슴에 와닿았다. 그렇구나, 그때 엄마는 쓴웃음을 지은 거구나, 하고. 씁쓸한 생각을 삼켰다.

"히로, 엄마가 죽는 게 싫구나."

"응."

엄마의 몸이 조금 떨어졌다. 그 사이로 강에서 불어오는 바람이 지나갔다. 이끼 냄새가 나는 바람이었다.

"죽으면 다시는 만날 수 없을 테니까, 그치?"

바람에 앞머리를 흩날리며 엄마가 말했다.

"손잡고 유치원에서 집으로 올 수도 없고, 같이 음식을 만들 수도 없고, 장 보러도 못 가고, 아무것도 못하게 되는 거야. 알았어? 어딜 찾아도 엄마가 없게 되는 거야."

"싫어, 절대 싫어. 엄마 아무 데도 가지 마."

엄마는 세상 모든 것이었다. 엄마가 없어진다는 것은 세상이 소멸하는 것과 같았다.

"싫어, 싫어." 하고 히로는 힘껏 도리질을 했다. 입 안이 시고 코 속이 아팠다.

"울지 마. 엄마는 아무 데도 안 갈 테니까."

엄마의 한마디에 후우, 하고 숨을 토해 냈다.

다행이다. 세상은 여전히 안정된 상태구나.

"그런데 히로가 또 창피한 짓을 하면 그땐 몰라. 엄마가 어딘가로 가 버릴지."

엄마가 일어섰다.

히로는 침을 삼켰다. 눈물이 섞인 쓴맛도 나는 침이었다.

"혼잣말하는 버릇, 고쳐. 혼자 중얼거리지 마, 알았지?"

"나쁜 짓이니까?"

"아, 히로 너 정말. 똑같은 말 자꾸 하게 하지 마. 창피해서 그래. 주위에서 이상한 애라고 여기는 거 말이야. 그런 거 엄마는 너무 창피하고 싫어…. 그리고 괴로워."

"…괴로워."

"괴로워. 내 딸이 이상한 애라고, 특이한 애라고 말하는 거 듣기 괴로워. 너무나 괴로워."

특이하다는 게 무슨 뜻인지 모르겠지만 공벌레나 지렁이나 커튼 같은 것들과 이야기하는 건 엄마를 괴롭게 한다. 그건 피부에 닿게 이해할 수 있다. 주변에서 자신을 특이하다고 여기는 것도 이해한다.

히로는 그때부터 혼잣말을 그만두었다. 아니, 그만둔 게 아니라 소리 내서 말하지 않도록 조심하는 요령을 터득했다. 마음속에 목소리를 가둔다. 가둬 놓은 목소리는 웅웅거려 히로를 불안하게 했다.

며칠 뒤 히로는 열이 났다. 40도 가까운 고열에 시달리며 사흘 동안 축 늘어져서 잠만 잤다. 엄마는 열심히 간호해 주었다. 아버지도 언니도 걱정했다. 열이 내려가니까 목이 엄청 말랐다. 한밤중이었지만 참을 수 없어서 물을 가져다 달라고 졸랐다.

"기다려, 맛있는 물 금방 가지고 올게."

엄마가 건넨 물은 믿을 수 없을 정도로 맛있었다. 목부터 온몸으로 스며든 물은 히로를 말끔하게 되살려 놓았다.

"히로, 괜찮아?"

엷은 분홍빛 잠옷을 입은 언니가 들여다보며 물었다.

"어머! 아이야, 지금 몇 신 줄 알아?"

"응, 자고 있었는데…."

"발소리에 깬 거야?"

"아니, 그런 게 아니라, 히로가 걱정돼서 잠이 푹 들지 않았나 봐. 히로는 어때?"

"괜찮아. 열도 내려간 것 같고. 그렇지, 히로?"

"…배고파. 닭고기계란덮밥 먹고 싶어."

"뭐? 덮밥? 조금 전까지 끙끙 앓더니."

"그러게. 하지만 이해해. 열이 내려간 뒤에는 덮밥이 너무나 먹고 싶어지거든. 돈가스덮밥은 아무래도 좀 무겁지만, 닭고기계란덮밥은 당길 거야."

"어머, 아이, 너도 참."

엄마가 가만히 웃었다. 언니는 안도의 한숨을 내쉬었다.

아아, 행복해, 하고 느꼈다.

이렇게 보살펴 주는구나. 행복하다. 따뜻함에 싸여 행복했다. 너무나 행복했다.

"히로, 빨리 기운 차려야지."

언니는 히로의 이마에 손을 댔다. 온기가 전해졌다. 남아 있던 열도 나른함도 따뜻한 손바닥으로 빨려들어 갔다.

행복해, 하고 다시 생각했다. 그런데 한편으로 어딘가 욱신거렸다. 입 밖으로 내면 안 되는 수많은 말이 앙금처럼 모여 썩어 가는 것 같다. 거기가 쑤신다. 행복하면서도 욱신거린다.

"자, 푹 자. 자고 일어나면 덮밥 만들어 줄 테니까."

엄마 품에 안겨 히로는 눈을 감았다. 한 줄기 눈물이 볼을 타고 흘렀다.

그로부터 10년이 넘게 흘렀다. 히로는 이제 고등학생이다. 욱신거림은 가끔 느끼지만 울지는 않는다. 울거나 그럴 일인가.

"어이, 뭘 꾸물거리는 거야!"

뒤에서 고함 소리가 들렸다.

돌아다봤다. 회사원인 듯 남색 양복을 입은 남자가 왜소한 노파를 향해 고함을 치고 있었다. 남자는 마흔 전후쯤, 노파는 백발에 걸음걸이가 불안한 것이 상당히 나이가 많은 듯했다.

"나 바쁜 사람이야. 꾸물꾸물 길을 막고 있잖아!"

"아…. 죄, 죄송합니다."

노파는 지팡이에 의지해 간신히 길을 내주었다.

"쯧!" 혀를 차는 소리가 나고 남자는 노파를 지나쳐 히로 옆을 지나간다. 키가 훤칠하게 크고 생김새도 반듯하다. 하지만 옆얼굴은 무척 험상궂게 일그러져 있었다.

왜?

멀어져 가는 양복 뒷모습에 대고 묻는다. 왜 그렇게 짜증을 내지? 왜 그렇게까지 거침없이 남에게 상처를 줄 수 있지?

물론 모두가 그런 건 아니다. 육교를 올라가는 노인에게 손을 내미는 사람도 있고, 넘어진 아기를 안아 일으키는 사람도 있고, 길가에 쪼그려 앉은 사람에게 말을 거는 사람도 있다.

그런데 험상궂은 사람이 늘어 가고 있다는 생각이 든다. 피부로 느낀다. 험상궂다. 사납다. 거칠고 난폭하다. 굶주린 짐승 같다. 위협하듯 소리를 지르고 이빨을 드러낸다. 먹이로 삼는 건 항상 자신보다 약한 상대다. 대등하게 싸울 수 없는 상대. 자기보다 힘없는 상대. 절대 저항하지 못하는 상대를 노리고, 위협하고 어금니를 드러내고 발톱으로 갈기갈기 찢으려 한다. 강한 자에게는 절대 덤비거나 물어뜯지 않는다.

상대를 하찮게 여기는 마음이 뭘까 생각해 본다. 하찮음, 비겁, 비열. 짐승보다 못하다. 그런 무리가 늘고 있다. 그런 느낌이 들어 견딜 수 없다. 방금 그 남자도 전철 안에서 만난 치한도 그렇다. 지팡이를 짚은 노파에게 고함을 치는 중년도, 여고생에게 치한 짓을 해 놓고 오히려 호통을 치는 남자도 다 똑같다.

놀이터를 가로질러 뒷골목으로 나온다. 거기서 더 가면 집까지 지름길이다. 역에서 최단 거리다. 하지만 골목은 좁고 해가 잘 들지 않아서인지 늘 축축하다.

골목을 빠져나오면 강둑길이 나온다. 갑자기 시야가 툭 트이면서 강물 냄새가 난다. 푸른 잎의 향기가 짙어지는 계절, 강 냄새가 몰려와 찌르듯 콧구멍을 파고든다. 뻗어 가는 나무들과 물을 모아 달리는 강이 경쟁하듯 뿜어내는 향기를 좋아했다.

하지만 오늘은 바람을 향해 심호흡할 여유는 없다. 빨리, 빨리 집으로 가야 한다. 걸음이 빨라진다. 초조하고 조바심이 난다. 생각이 이리저리 날뛴다. 바람에 떠밀려 히로는 달렸다.

히로가 집에 도착했을 때 숨이 조금 가빴다. 호흡을 가다듬으려고 심호흡을 했다. 강물 냄새는 더 이상 나지 않는다. 그 대신 차례로 꽃잎이 벌어진 장미 향기가 퍼져 왔다. 지난 몇 년, 마당 가꾸기에 빠져 있는 엄마가 특히 정성을 들이고 있다.

히로는 장미가 아무래도 좋아지지 않았다. 장미를 보면 짙은 화장을 한 여자가 떠올랐다. 아름답지만 교태가 넘친다. 그런 느낌이 줄곧 들었다. 그러다 마음이 변한 건 딱 1년 전, 그러니까 작년 초여름 무렵이었다.

머지않아 장마가 시작될 계절에 걸맞게 하늘은 잔뜩 흐려 있었다. 그 유치원 앞이었다. 히로도 언니 아이도 다녔던 유치원 마당에는 오후 늦은 시간이라 아이들 모습은 어디에도 없었다. 문도 굳게 닫혀 출입을 용납하지 않겠다는 인상이었다. 히로가 다닐 무렵에도 유치원에서는 보안에 대해 각별하게 신경을 곤두세웠던 것 같지만 이렇게까지 굳건하게 거부감을 자아내지는 않았던 것 같다. 검은 슬라이드 문은 외부인은 누구든 들여놓지 않겠다고 선언하는 듯했다.

문 바깥쪽에 완만하게 경사진 콘크리트 길이 있는데, 길과 벽돌 벽 사이에 장미가 자라고 있었다. 화단이나 마당이 아니고 경사가 진 땅의 틈에서 뿌리를 내리고 싹을 틔우며 작기는 하지만 당당하게 붉은 꽃을 달고 있었다.

"어머, 장미가 의외로 씩씩하네."

불쑥 혼잣말이 튀어나왔다.

"다시 봤어. 박력이 있어. 그런데 어떻게 여기까지 온 거야? 민들레처럼 씨를 날릴 수도 없었을 텐데. 이런 곳에 심었을 리도 없고. 좀 신기하다, 너."

바람이 불어 장미가 흔들렸다. 히로는 입을 다물고 그 자리를 떠났다. 장미는 씩씩하다. 잡초의 강인함을 갖추고 있다. 그걸 깨달은 뒤로 좋아하게 되었다. 엄마가 정성을 쏟아 가꾼 크게 핀 꽃보다, 빼곡하게 꽃송이가 매달린 하얀 덩굴장미보다, 틈 사이에 핀 붉은 장미가 더 좋기는 하지만.

"나 왔어."

현관문을 열었다. 가슴에 손을 대니 손바닥에 평소보다 조금 빠른 심장 박동이 전해져 왔다.

괜찮아, 괜찮아. 난 누구보다 차분해. 당황스럽지도 혼란스럽지도 않아. 난 꿋꿋해.

주문처럼 읊조렸다. 이건 혼잣말이 아니다. 일종의 의식이다. 스스로 버티기 위한 중요한 의식이다.

괜찮아, 괜찮아. 난 차분해….

"아이니?"

거실에서 엄마가 달려 나오다 히로를 보고 어깨를 떨궜다.

"엄마, 언니는?"

엄마가 고개를 가로저었다. 지난 1년 남짓 동안 갑자기 흰머리가 눈에 띄게 늘었다. 흰머리가 많아지기도 했지만 전에는 한 달에 한 번은 어김없이 갔던 미용실을 멀리하고 손질을 게을리했기 때문일 거다. 아마 엄마는 사람이 모이는 어떤 곳도 나가고 싶지 않을 테니까. 가서 "따님은, 어떻게 하고 있어요?" 하는 질문을 받는 게 두려울 거다. 마당 가꾸기에 열을 올리는 것도 나무나 돌은 아무것도 묻지 않기 때문인지도 모른다.

"지금 아빠가 찾으러 나갔는데… 아무 연락이 없어."

휴대폰이 들어 있을 앞치마 주머니를 엄마가 살며시 눌렀다. 그 몸짓에도 나이가 느껴졌다.

"경찰에는?"

"아직. 방금 전까지 있던 건 확실하니까, 찾아다니면 어딘가 있을지도 모른다고 아빠가…."

"그럴 여유가 어디 있어? 언니를 생각하면 경찰에 연락해

두는 게 낫지."

"알아."

엄마가 주먹을 쥐었다. 주먹이 조금 떨렸다.

"말 안 해도 그 정도는 알아. 난 엄마니까. 하지만, 하지만…. 올해 들어 벌써 세 번째야. 경찰도 진지하게 대해 주지 않아. 아, 또입니까? 이런 식이라…."

엄마가 휘청거렸다. 다리가 꼬여 넘어질 뻔했다.

"위험해."

두 팔을 뻗어 넘어지려는 엄마를 부축했다.

"히로."

엄마가 작은 소리로 불렀다.

"미안해, 정말 미안해."

"무슨 소리야? 뭐가 미안해?"

"너한테까지 연락하고. 빨리 오라고 해서 미안해. 너까지 성가시게 해서."

"성가시게가 아니잖아. 무슨 소리 하는 거야?"

"하지만, 그래도…."

엄마가 어깨를 들썩였다. 잠깐이지만 온몸을 떨었다.

"하지만 어쩔 수가 없었어. 무서워서, 무섭고…. 아이, 바로 한 시간 전까지는 있었어. 움직이는 기척이 있었으니까. 정말이야. 내가 분명히 들었어…. 저녁은 아이가 좋아하는 고로케를 만들어 줘야겠다 싶어서…. 너도 알지? 아이가 고로케 좋아하잖아. 그런데 마늘도 양파도 떨어져서…. 그래서 사러 나갔어. 양배추와 두부도 필요했고.”

“응.”

“장을 보고 와 보니까 아이가 집에 없었어. 문을 두드려도 소리를 질러도 대답이 없었어. 문이 평소처럼 잠겨 있지 않기에…. 방에는 아무도 없었어. 그 대신 이게….”

엄마가 하얀 봉투를 히로에게 내밀었다. 히로는 말없이 받아들었다. 봉투 안에는 편지지 한 장이 들어 있었다. 반들반들한 감촉의 고급 종이였다. 그 종이에 딱 한 줄, 검은 매직으로 이렇게 적혀 있었다.

안녕. 더 이상 찾지 않아도 돼요. 정말 고마워.

이건 유서? 튀어나오려는 말을 간신히 눌러 참았다.

“허둥지둥 근처를 찾아다녀 봤는데 아무 데도 없었어. 그래서 바로 아빠한테 연락해서 와 달라고 했어. 있잖아, 히로. 어쩌면 좋아. 어떻게 하면 언니가 돌아올까? 엄마는 어찌해야 할지 모르겠어. 정말이지 모르겠어.”

엄마 눈에서 눈물이 흐르고 있었다.

히로는 “나도 찾아볼게.” 하고 말했다. 엄마의 눈물 때문이 아니었다. 이럴 때 울면 안 된다는 걸 알고 있었다. 울어서 해결되는 일은 아무것도 없다. 언니의 편지를 움켜쥐었다. 메마른 소리가 났다. 불길한 소리가 귀에 천천히 와 닿았다.

방으로 뛰어 들어가 티셔츠와 청바지로 갈아입었다. 휴대폰과 지갑을 주머니에 쑤셔 넣고 히로는 집을 나섰다.

"전화해!"

엄마가 비명에 가까운 소리로 외쳤다.

"부탁이야, 히로. 전화해 줘!"

아무리 사소한 거라도 전해 줘.

엄마는 딸에게 매달리듯 호소했다. 언니가 불쑥 돌아올 가능성은 전혀 없지 않다. 엄마는 집에 대기하고 언니를 맞는 역할이다. 가장 괴로운 역할이 아닐까.

히로는 한숨을 내쉬었다.

"언니!"

장미 냄새를 들이마시면서 얼굴을 들었다.

질 수 없어. 패배자가 될 순 없어. 언니는 졌다고 해도 난 절대 지지 않아.

등을 곧게 펴고 히로는 방금 왔던 길을 달렸다.

6 바람이 지나는 길

주머니 안에서 휴대폰이 울리며 부르르르 진동이 전해졌다. 진동이 청바지를 통해 히로의 온몸으로 전해져 왔다. 이제는 완전히 이골이 난 감촉인데도 숨이 막혔다. 잠깐이지만 심장이 움츠러들었다. 목구멍이 답답했다. 쓰다.

부르르르.

히로는 입술을 깨물었다.

바보잖아. 이 정도 일에 흠칫거리다니 뭐야.

하지 말아요!

엉뚱하게도, 자기도 모르는 사이에 목소리가 들렸다. 귀가 들은 게 아니고 머릿속에서 울렸다.

그만해요! 만지지 말아요!

스즈미 목소리였다. 만원 전철 안에서 남자를 향해 있는 힘을 다해 외치고 있었다. 여리지만 확실한 항의였다. 조금 전에 히로는 남자의 손이 스즈미를 만지는 걸 봤다. 말을 걸어 줘야지 하던 찰나에 고함이 들려왔다.

덩치 큰 남자가 순간 겁을 집어먹었다. 뜻밖의 반격에 흠칫 몸을 사렸다. 그 공포는 순식간에 거친 노기로 변했다. 히로는 남자의 관자놀이에 푸른 힘줄이 드러나는 것을 봤다. 얼굴 전체가 꾸깃 소리를 내며 일그러진 것 같았다. 그 표정대로 남자는 스즈미를 승강장으로 강제로 끌어냈다.

위험이 느껴졌다. 남자는 분명 위협하고 있었다. 가녀린 소녀를 힘으로 위협해서 굴복시키려 하고 있었다. 정신을 차리고 보니 자신도 두 사람을 따라 전철을 내리고 있었다. 남자가 고함을 쳤다. 과도할 정도로 분노를 발산하고 있었다.

그래, 이 사람은 범죄를 저지른 거야.

확신할 수 있었다. 당황한 게 아니라 분노를 드러내고 있다. 바로 범죄의 증거다. 히로는 휴대폰을 남자에게로 향했다.

하지 말아요!

히로는 있는 힘을 다한 항의의 목소리를, 자신의 의지로 다시 한 번 떠올렸다. 아슬아슬하게 버티며 필사적으로 싸우고 있었다. 스즈미의 모습이 목소리와 함께 떠올랐다.

그렇다. 절대 질 수는 없다.

휴대폰 화면에 '아빠' 두 글자가 떠 있다. 히로는 휴대폰을 귀에 댔다. 차갑다. 휴대폰이 이렇게 차가웠던가.

"여보세요."

"히로냐?"

"응."

"지금 어디야?"

"집에서 나오는 길이야. 아빠는?"

"역 앞 쇼핑몰."

주위의 웅성거리는 소리가 들린다. 그 소리와 함께 경쾌한 음악과 상가에서 트는 방송이 들린다. 이 지역에서 가장 큰 상업 시설이다. 8층짜리 건물에 백 개가 넘는 상가가 있고, 7층에는 식당가와 영화관이 있다. 8층과 옥상은 주차장이다. 아빠가 몇 층에 있는지는 모르지만 소란스러운 분위기가 전해져 왔다.

"아이, 못 찾았어."

"주차장은?"

지난번에는 이 쇼핑몰 주차장에서 엄마가 언니를 발견했다. 불빛이 닿지 않는 한 귀퉁이에 무릎을 싸안고 쪼그려 앉아 있었다고 했다.

"벽에 등을 기대고 떨고 있었어. 이름을 불러도 고개조차 들지 않고 마치… 투명한 캡슐 안에 들어가 있는 것 같았어."

엄마는 그렇게 말했다. 누가 들으라고 하는 소리가 아니라 그냥 넋이 나간 혼잣말이었다. 두 번째는 역과 집 중간에 있는 공원에서 언니를 찾았다. 나무 그늘에 역시 쪼그려 앉아 있는 것을 순찰 중인 경찰이 발견해 보호를 받았다.

"…찾아봤어. 없어."

아빠가 한숨을 내쉬었다.

지쳤어. 녹초가 되도록 피곤해.

말이 되지 못한 말이 아빠의 한숨과 함께 전해져 왔다.

아빠는 이웃 시에 있는 설계사무소에서 건축사로 근무하고 있다. 업무 내용은 잘 모르지만 주택 수요가 늘어난 덕분에 무척 바빴다. 일주일에 한두 번은 한밤중에 퇴근할 정도다. 그 일을 내동댕이치고 목적지도 없이 딸을 찾아다니고 있다. 그런데 찾을 수가 없다.

딸은 유서로 읽힐 수 있는 메모를 남겼다. "주차장은?" 하고 히로가 물었지만 아빠는 이미 주차장을 살펴본 뒤였다. 울타리를 올라가는 딸의 모습을 상상하며 부들부들 떨었을 거다.

거기도 없었다. 어디 있는 거지? 찾을 수가 없다. 어디로 간 걸까. 불안과 초조, 피로와 공포, 실망과 기대가 교차한다.

"지금 역으로 가 볼게. 거기서 못 찾으면 경찰에 신고하자."

"응."

"세 번째라 진지하게 움직여 줄지는 모르겠지만."

엄마와 똑같은 말을 한 다음 아빠는 다시 한숨을 내쉬었다. 그러고 나서 혼잣말처럼 중얼거렸다.

"이렇게 활기에 차 있는데…. 다들 웃고 있는데…."

"아빠."

색채와 소리와 빛으로 넘치는 풍경 속에서 아빠만 잿빛으로 바래 간다. 이렇게 활기에 차 있는데….

앗, 하고 소리를 지를 뻔했다.

"아빠, 나 강 쪽에 가 볼게."

"강? 강에는 왜?"

"조용하잖아."

"조용해?"

"응, 전에 언니가 그랬어. 시끄러운 곳은 견딜 수 없다고. 사람 소리, 거리의 소음들이 덤벼드는 것 같아 무섭다고."

아빠가 숨을 헉, 삼키는 기척이 느껴졌다.

"그래? 그럼 거기 가 봐."

"응."

"부탁한다. 아빠는 역을 돌아볼 테니까."

"응."

"하지만 조심해. 허둥대지 마. 위험한 데 가까이 가지 말고. 무리하면 안 돼. 그리고…."

"알았어."

휴대폰을 다시 주머니에 넣는다.

아빠, 난 이제 고등학생이야. 어린애가 아니라고.

속으로 아빠에게 말대꾸를 했다. 지난달에 바꾼 휴대폰을 들고 아빠는 우두커니 서 있을 거다. 온화한 사람이다. 지금까지 혼난 기억이 없다. 언니와 히로 둘 다 똑같이 사랑해 주었다. 편애라고는 전혀 없이 언제나 자매에게 동등한 사랑을 주었다.

"너희 둘은 내 삶의 보람이야."

술을 마시지 않는 아빠는 맨 정신에 자못 진지한 표정으로 그런 말을 했다.

"아빠는 말이다, 너희를 위해서라면 어떤 고생도 마다하지 않을 거야."

"가족은 보물이야. 보물을 지키기 위해서라면 누구보다 열심히 일할 수 있다니까."

아빠가 그런 말을 할 때마다 가슴 저 밑바닥이 저리기 시작한 건 언제부터였을까. 초등학교 때는 순진하게 좋아하기만 했다. 자신들을 이렇게 소중하게 여기는 아빠가 자랑스러웠다.

어느 순간 그 기쁨과 긍지가 짜증과 답답함으로 변해 갔다.

"있잖아, 히로. 우린 참 행복해 그치?"

아이가 귓가에서 속삭였다. 이건 또렷하게 기억하고 있다. 히로가 초등학교를 졸업하던 날이다. 역 앞 레스토랑에서 졸업 축하 식사를 했다. 열아홉 살이 된 아이는 대도시에 있는 유명 사립 대학에 다니다가 여동생의 졸업에 맞춰 집에 와 있었다.

"행복?"

히로는 언니를 올려다봤다. 히로의 키가 자라기 시작한 건 중학교 1학년 여름이 지나면서부터라 이때는 아이의 얼굴이 꽤 높이 있었다. 동생이 보기에도 사랑스러운 사람이었다. 조각 같은 미인은 아니었지만 여린 분위기가 있다. 약간 처진 듯한 큰 눈도 통통한 볼도 입술도 부드러운 인상을 준다. 그래서 눈부시다. 그렇다, 눈이 부시다. 언니의 가냘픔도 부드러움도 눈부시다. 눈이 부시지만 갖고 싶지는 않았다.

모든 것을 부드럽게 감싸는 듯한 분위기는 지금도 앞으로도 자신과는 인연이 없다고 히로는 나름대로 깨닫고 있었다. 자신에게는 없는 것을 당연하게 갖고 있는 언니를 좋아하기는 한다. 하지만 언니와 똑같이 되고 싶다는 생각은 없다. 왜 그런지는 생각해 보지 않았다.

"언니처럼 좀 순해져라."

엄마는 걸핏하면 말했다.

"언니처럼 착하고 순하고 성실해져야지. 그러면 모두가 좋아할 테니까." 하고.

확실히 언니를 싫어하는 사람은 없었다. 여자들 무리에서 배척되는 일도 없었다. 온화하지만 교태를 부리지 않는다. 자기주장도 하지만 이기적이지 않다. 잘 웃고 잘 울고 풍부한 감정을 감추지 않는다. 그것이 아이가 받는 대부분의 평가였다.

"행복하다니, 뭐가?"

아이를 올려다보며 물었다. 아이는 고개를 갸우뚱했다.

"넌 그렇게 생각하지 않아?"

오히려 되묻는 말에 이번에는 히로가 고개를 갸웃했다. 행복이라는 의미를 잘 모르겠다. 아이가 풋, 하고 웃었다.

"오늘 요리 맛있었어. 히로, 실컷 먹었지?"

"응."

중화요리 레스토랑에서의 식사였다. 입 안에 디저트의 달콤함이 아직도 남아 있었다. 아빠가 갖고 온 과일이 듬뿍 들어간 케이크였다. 딸기와 블루베리로 장식한 테두리 안에 '히로, 졸업 축하해'라는 글자가 초콜릿으로 적혀 있었다.

요리는 정말 맛있었다. 케이크도.

"다 같이 졸업을 축하해 주고 맛있는 음식도 먹고. 그게 행복이잖아."

"아, 응…. 그러네."

어머? 하고 아이가 다시 고개를 갸우뚱한다.

"히로는 그렇게 생각하지 않아?"

생각하지 않는 건 아니다. 머리로는 알고 있다. 언니 말대로 가족들이 졸업을 축하해 주는 행복, 맛있는 요리를 즐기는 행복, 케이크까지 준비해 준 행복이 히로를 에워싸고 둥둥 떠다니고 있다. 하지만 기분이 그렇게 들뜨지 않았다.

졸업은 쓸쓸했기 때문이다. 히로는 자신이 다른 사람으로

부터 호감을 받는 성격이 아니라는 건 알고 있다.

"히로는 성실하게 열심히 하는 노력파예요. 하지만 조금 고집스럽다고나 할까, 자기 의견을 굽히지 않는 면이 있어요. 자기가 그렇다고 결정하면 끝까지 관철하려는 그런 면 말이에요. 그 점이 담임으로서 좀 걱정됩니다. 굳이 말씀드리자면 그렇습니다만, 개인적으로는 그런 면을 결점이라고 생각하지 않아요. 오히려 앞으로도 지금 히로처럼 변하지 않기를 바라는 마음도 있습니다. 하지만 중학생이 되면 뭐랄까, 주위에 동조하기를 요구하는 일이 많아지니까요. 걱정되는 건 그런 뜻입니다."

초등학교 마지막 면담에서 담임이 한 말이다.

"뭐야, 그 선생. 마치 히로가 구제불능 고집쟁이라 중학생이 되면 고생 좀 할 거라는 듯한 말투잖아."

엄마는 분해했지만 히로에게는 와닿는 말이었다. '앞으로도 지금 히로처럼 변하지 않기를 바라는 마음'이 반가웠다. 40대 중반의 여교사였는데, 작은 체구에 비해 성량이 풍부하고 말투가 명랑했다. 학생들이 귀 기울여 듣게 하는 말투였다.

초등학교 6년 동안 가장 좋아한 선생님이었다. 반에서 문제가 생길 때마다 학생들끼리 마음껏 대화를 하게 했다. 수업이 토론장으로 바뀌는 일도 드물지 않았다. 대화를 통해 문제를 해결한 경우도, 그렇지 않은 경우도 있었지만 애매하게 끝내지는 않았다. 자신의 생각이나 느낌을 마음껏 표현할 기회를 주고 타인의 마음속 이야기에 귀를 기울이게 했다.

졸업은 가장 좋아하는 선생님과 친하게 지내던 반 친구들과의 이별이었다.

"다들 건강하게 지내, 알았지? 어떤 경우라도 충분히 생각해서 자신의 기분이나 느낌을 말로 표현해야 돼. 스스로에게 거짓말하지 않고 스스로를 속이지 않고 이야기하는 거야. 걸핏하면 손찌검을 하는 사람, 폭력을 휘두르는 사람, 상대의 이야기를 들으려고 하지 않는 사람은 자신의 말을 갖지 못한 사람이니까. 여러분은 선생님의 제자니까 절대로 그런 질 낮고 야만적인 어른이 되면 안 돼. 알았지? 여러분은 선생님 제자야…."

졸업식 후 교실에 모였을 때 담임 선생님의 눈가가 촉촉해졌다. 히로도 눈물이 났다. 옆자리 남자아이도, 앞에 비스듬히 앉은 여자아이도 눈물을 흘렸다.

쓸쓸했다. 아이들과 헤어지고 싶지 않았다. 그래서 졸업을 마냥 축복할 수가 없었다. '축하해'라는 말에 '고마워'라는 대답이 나오지 않았다. 그런 마음이 꼬리에 꼬리를 물었다.

하지만 부모님은 축하를 당연하게 여기는 듯했다. 아빠는 반나절 휴가를 내고 레스토랑 예약을 하고 케이크까지 준비했다. 어딘가 어색했다. 한 번이라도 물어봐 줬으면, 하고 생각했다. "히로, 오늘 저녁에 축하 파티 하고 싶어?"라고.

그러면 어떻게 대답했을까…. 솔직히 모르겠다. 모르기 때문에 이런저런 생각이 들었다. 아빠와 엄마의 배려를 무시할 수 없었다. 모처럼 날짜를 맞춰 집에 온 언니에게도 보답하고 싶었다. 중국요리도 먹고 싶었다.

하지만 마음이 들뜨지는 않았다. 조금도. 축하받고 싶은 기분이 들지 않았다. 그냥 받아들이면 되는 걸까. 그럴 수 있을까. 왜 나는 좋은 게 좋은 거지, 하고 받아들여지지 않는 걸까.

히로는 나름대로 이런저런 생각을 해 보고 그런데도, 아니 그렇기 때문에 더욱 자신의 마음을 열심히 탐색했을 것이다. '열심히 생각'했을 것이다. 하지만 아무도 묻지 않았다. 히로의 생각에 마음을 기울여 주지 않았다. 그게 걸렸다. 오늘은 행복했다고 해맑게 말할 수가 없다. 그리고 조금 무거웠다, 부모님의 애정이. 일방적으로 밀어붙이지 말라고 소리치고 싶다.

나는 언제까지나 아빠의 보물이 아니야. 나를 위해 열심히 산다느니 그런 말 하지 마. 아빠 자신을 위해 열심히 살아.

내 마음이 비뚤어진 걸까. 내가 천성이 꼬여 있어서 언니처럼 순진하게 선의와 사랑을 받아들이지 못하는 걸까.

열세 살 봄에 싹이 튼 위화감이나 자신에 대한 의심은 지금도 여전히 마음속에 있다. 평생 가시지 않을 것 같기도 하다.

모르겠다. 언니가 그때처럼 행복하다는 말을 입에 담는 날이 올까. 온화하게 미소를 지을 날이 올까. 모르겠다. 알고 있는 건 언니를 찾아내야 한다는 것뿐. 그것만이 확실하다.

언니, 살아 있어야 해. 죽으면 정말 지는 거야.

지지 마. 지면 안 돼. 지지 마. 지면 안 돼. 절대 지면 안 돼.

지고 싶지 않아, 지고 싶지 않아, 지고 싶지 않아.

나는 지고 싶지 않아!

언니를 죽게 하고 싶지 않아. 죽게 하고 싶지 않아.

나는 지지 않을 거야.

히로는 달렸다. 주택가를 빠져나와 간선 도로로 이어지는 길로 나왔다. 얼핏 자전거를 타고 올 걸 그랬다는 생각이 들었지만 돌아가서 가져올 시간이 아깝다. 그대로 달린다.

이 계절, 낮은 길고 햇볕은 강렬하고 아직 어둠은 좀처럼 땅을 감싸지 못하고 있다. 저물어 가는 하늘에는 제비들이 날아다니며 지저귀고 있다. 대숲의 어둠도, 대숲에 잘린 하늘도 여기에는 없다. 모조품 같은 밝은 풍경이 펼쳐져 있을 뿐.

간선 도로로 나왔다. 2차선 도로를 가로질러 좁은 골목길로 들어가 곧장 가면 강둑이다. 둔치 일부는 정비되어 수변 공원이 되었다. 히로가 초등학교 때는 갈대와 억새가 무성했다. 강은 오래전에 수영 금지가 되었지만 여전히 맑은 물이 흐르고 있다. 수량이 많고 맑아서 햇빛을 받은 수면이 반짝였다.

키 큰 덤불을 헤치며 앞으로 나아갔다. 바람이 불면 메마른 소리가 났다. 그 소리는 하늘에서 내려오는 것 같기도 하고 땅에서 솟아나는 것 같기도 했다. 몸이 붕 뜨는 듯한 느낌도 있었다. 무서우면서도 신기했다. 어딘가로 이끌려 가는 듯한 공포와 감미로움이었다. 그 감정에 흔들리면서 앞으로 나아갔다.

갈대 덤불이 끝나고 눈앞에 강이 나타났다. 수면의 반짝임이 눈을 찌른다. 히로의 내면으로 날아든다. 세상이 거꾸로 돈다. 소리가 퍼져 나간다. 하늘로 빨려들고, 물결에 녹아든다.

저 풍경을 누구랑 봤을까. 누구랑 덤불 속을 걸어가 강가까지 걸었을까. 언니였는지 모른다. 수면을 바라보고 있었을 때는 누군가와 손을 잡고 있었다. 히로보다 훨씬 큰 손이었다. 하지만 손가락은 가늘고 매끈했다.

언니.

빠아아앙! 경적이 크게 울렸다. 동시에 스치듯이 하얀 승용차가 급브레이크를 밟았다. 째는 듯한 기계음이 고막을 찔렀다.

화들짝 놀라 펄쩍 뛰며 물러서려다가 다리가 꼬였다. 엉덩방아를 찧는 자세로 길 옆 풀숲으로 넘어졌다. 통증이 몸을 찔러 댔다. 순간이지만 온몸이 마비되었다.

"갑자기 뛰어들면 어떡해? 죽고 싶어?"

승용차 운전석에서 남자가 내려 고함을 쳤다.

이번에는 호통을 당해도 싸다.

"…죄송합니다."

아픔을 누르고 간신히 일어선 히로는 남자를 향해 고개를 숙였다. 손바닥 살갗이 벗겨져 피가 배어 나왔다.

"죄송합니다."

남자에게 두세 발자국 다가가 더 깊이 고개를 숙였다.

"죽고 싶어?"

남자의 한마디가 급브레이크 소리보다 날카롭게 귀를 찔렀다. 히로는 이를 악물었다.

죽고 싶지 않아. 죽으면 안 돼.

"넋 놓고 있었어요…. 죄송합니다."

"괜찮은 거여?"

뜻밖의 질문이 날아들었다.

"예?"

"심하게 넘어진 거 같은디, 다치지는 않았는가?"

히로는 고개를 들고 남자를 봤다. 나이가 지긋해 보였다. 희끗한 머리에 햇볕에 잘 그을린 얼굴이었다. 말투에 사투리가 약간 섞여 있었다.

"네, 괜찮아요."

"어디 부딪히지 않았어? 머리는 괜찮은 거여?"

"…엉덩방아를 좀. 머리는 부딪히지 않았어요."

"그래? 그렇다면 다행이네."

남자가 숨을 훅 내쉬었다. 안도의 한숨이었다.

"죄송합니다, 정말."

"죄송할 건 없고. 하지만 위험했어. 어린애도 아니고 좌우도 확인하지 않고 갑자기 뛰어들다니, 자살 행위잖아. 아, 정말 심장이 멎는 줄 알았네."

"죄송합니다."

죄송하다는 말밖에 할 수가 없었다. 사과하는 수밖에 없었다. 한 발만 더 내디뎠더라면 세게 부딪히지는 않았더라도 살짝 닿을 뻔했다. 닿는 정도라도 사람의 몸과 자동차다. 어떻게 되었을지 모른다. 지금쯤 길 위에 피를 흘리며 신음하고 있었을 것이다. 등줄기가 서늘해졌다.

조심해. 서두르지 마.

아빠의 한마디가 생생하다.

정말이네, 아빠. 아빠 말대로야. 나 유치원 아이랑 별로 다르지 않아. 울고 싶다.

"무슨 일 있었는가?"

"예?"

"헐레벌떡 차도로 뛰어들 정도로 급한 일이 있느냐고?"

"아…, 예."

알지도 못하는 사람이다. '아니요'라고 고개를 저어도 될 일이었다. 언니가 유서를 써놓고 가출했어요. 이러고 있는 사이에도 죽을 곳을 찾아 헤매고 있을지 몰라요. 아니, 벌써 죽음으로 발을 내디뎠을지도 몰라요. 지금 시간이 없어요.

입이 찢어져도 그렇게 말할 수는 없었다. 하지만 얼버무리고 싶지도 않았다. 진심으로 걱정해 주는 사람에게 거짓말을 하고 싶지 않았다. 그래서 고개를 끄덕였다.

"그렇게 급한 일이면 데려다줄 수 있는데."

오지랖일까, 친절일까. 남자의 말투는 조심스러웠고 억지라고는 낌새도 없었다.

"감사합니다. 하지만 괜찮습니다. 괜찮으니까…."

이렇게 거절하려고 했다. 하지만 이내 생각을 고쳐먹었다.

"강까지만 태워 주실 수 있으세요?"

말을 하고 나서 스스로 놀랐다. 낯선 상대에게 아무 경계심 없이 부탁을 하고 있었다. 스스로도 믿을 수 없었다.

남자가 고개를 갸웃했다.

"강? 저기 저 데마리강 말인가?"

"네, 옛날 다리 앞까지만."

"상관없지만 이렇게 날이 저물어 가는데 강이라니? 아, 알았어. 바쁘다고 했지."

"네."

"그럼, 어여 타."

남자는 민첩한 몸놀림으로 운전석으로 갔다. 히로도 그 뒤를 따랐다. 남자는 차를 돌려 옆길로 들어갔다. 뛰어가는 것보다 확실히 몇 분은 단축된다.

남자는 아무 말 없이 논 사이로 난 길 끝을 노려보고 있었다. 강둑을 지나 1, 2분을 가자 지역 사람들이 데마리 다리라고 부르는 곳까지 왔다. 이름은 예쁘지만 아무런 특징 없는 밋밋한 콘크리트 다리다. 5년 전 1킬로미터 정도 하류 쪽에 간선 도로와 직접 이어지는 신데마리 다리가 생기고 나서 교통량이 훨씬 줄었다. 지금은 자동차는커녕 오가는 사람조차 없다.

"여기 세우면 되는가?"

"네, 감사합니다."

감사의 마음을 전하기 위해 깊이 허리를 숙였다.

"쓸데없는 노파심일지 모르지만 자네처럼 젊은 아가씨가 이런 곳에 무슨 일이야? 이상한 생각 같은 거 하면 안 돼!"

"네, 절대 이상한 생각 안 합니다. 전 사는 게 좋아요."

입 밖으로 나온 말에 스스로 놀랐다. 나, 사는 게 좋아요. 이런 말을 불쑥 내뱉다니, 놀랍다.

"난 사는 게 좋아. 죽는 게 무서운 게 아니라 살아 있는 게 너무 좋은걸. 그래서 오래 살 거야. 죽겠다니, 그런 건 흉내도 내고 싶지 않은걸."

활달한 암탉의 말이다. 암탉을 노리고 덤벼든 까마귀와 목숨을 걸고 싸운 뒤 상처투성이로 신음하면서 하는 말이다.

"「숲의 왕국」에서 내가 가장 좋아하는 장면이야. 읽었을 때 살짝 충격이었어. 마음에 깊이 새겼던 것 같아. 그런 이야기, 그런 대사를 쓸 수 있는 스즈미를 대단하다고 진심 감탄했어."

그런데 그 대사가 여기서 떠오르다니 생각도 하지 못했다.

"그래? 뭐 아가씨는 똑똑하게 생겼으니 쓸데없는 걱정은 안 해도 되겠지. 아까는 혹시 차에 뛰어든 게 아닐까 살짝 의심했어. 그런데 아니군. 다음부터는 좌우를 잘 살피도록 해."

남자가 웃었다.

"네, 조심하겠습니다. 정말로 저기…."

"됐으니 어여 가. 어린 아가씨한테 사과를 받는 것도 고맙단 인사를 받는 것도 쑥스럽네. 팔다리가 오글거려. 자, 그럼."

거짓말이 아닐 것이다. 남자는 서둘러 차를 타고 사라졌다.

히로는 사라지는 차를 향해 고개를 숙이고는 강 둔치로 내려갔다. 이 부근은 아직 갈대와 억새가 무성하다. 갈대는 대군락을 이루고 있었다. 줄기도 잎도 이제부터 힘차게 뻗어야지 하고 준비를 하고 있다. 푸른 풀 냄새가 콧구멍을 파고 들어온다. 둔치에 선다. 주위를 둘러본다. 귀를 기울인다.

조용하다. 여울물 소리가 또렷하게 들린다. 바람에 흔들리는 풀잎 소리도 들린다. 조용한 정적과 관련이 있는 건지 땅거미가 서서히 내려앉기 시작하고 있었다.

"언니!"

불러 본다.

"언니, 거기 있지?"

스스로를 격려하기 위해 큰 소리로 외친다.

한 달쯤 전일 것이다.

"북적이는 곳은 싫어. 무서워. 사람이 많이 모여 있는 게 싫어. 무서워 죽겠어."

아이가 떨면서 말했다. 오랜만에 방에서 나왔을 때였다. 거실 TV가 켜 있었고, 할리우드의 유명 배우가 신작 영화 홍보를 위해 공항에 내렸다는 뉴스가 흘러나오고 있었다. 세계적으로 대히트한 시리즈에서 주연을 맡은 배우를 보려고 수많은 팬들이 몰려와 있었다.

거의 20대, 30대 젊은 여성들이었지만 중년인 듯 싶은 남성들도 섞여 있었다. 그들은 어쩌면 파격적인 발탁으로 여주인공 자리를 차지한 신인 여배우를 보러 온 건지도 모른다. 저마다 국기를 흔들며 소리치고 비명을 지르고 꽃다발을 주려고 필사적이었다. 그 화면을 본 아이는 두 귀를 막고 쪼그려 앉았다.

"싫어, 무서워. 무서워, 무서워 죽겠어."

"아이."

엄마가 얼른 TV를 끄고 아이의 어깨를 감싸 안았다.

"왜 그래, 이제 괜찮아. TV 껐잖아. 이제 조용해졌어."

"아니, 무서워. 저렇게 많은 사람이 내 이야기를 하고 있잖아. 화를 내고 있어. '너 진짜 바보야' 하고 내 욕을 하고 있어."

"아이, 아이, 침착해. 아무도 너를 욕하지 않아."

"나를 비웃고 있어. 무시하고 있어. 쓰레기라고, 바보라고…. 싫어…. 아, 용서해 주세요."

아이는 엄마를 밀어내더니 팔을 흔들며 계단을 올라가 방으로 들어가 버렸다. 마치 농성하는 것 같았다. 그때까지는 가끔 방에서 나와 짧지만 가족들과 이야기도 했는데.

"언니, 날씨가 좋아."

"그러게…정말이네."

"내일부터 비 온대. 그것도 꽤 세찬 비가 오는 모양이야."

"그래…, 세찬 비라고?"

"응."

"아이, 히로, 푸딩 먹을래? 특제 푸딩이야."

"우아, 나 먹을래."

"아이, 너는?"

"조금만 먹을게."

그래서 방심하고 있었다. 서서히 좋아지는 증거라고 엄마는 기대했던 것 같다. 그 기대가 무너졌다.

아이는 방에서 거의 나오지 않게 되었고 식사량도 극단적으로 줄었다. 며칠 전 겨우 얼굴을 마주친 언니는 야위고 눈이 푹 들어가 안쓰러울 정도로 늙어 보였다. 아빠와 엄마가 입원 상담을 하던 찰나에 언니가 집에서 사라졌다.

"언니, 언니이!"

계속 불러 댔다. 온 힘을 다해 크게 소리치고 싶었지만 큰 소리를 내는 것도 절대 금지다. 아이를 자극한다. 자극으로 고통을 주고 힘들게 한다. 착란을 일으킬 우려도 있다.

여기는 조용하다. 큰 소리도 호통치는 소리도 욕하는 소리도 악의를 담은 웃음도 없다. 물과 바람 소리에 가끔 할미새의 울음소리가 섞일 뿐이다.

"언니!"

부스럭, 갈대가 움직였다. 새 한 마리가 날아오른다. 그뿐, 갈대 덤불은 다시 조용해졌다.

히로는 한숨을 내쉬었다. 여기 없는 걸까. 잘못 짚은 걸까.

언니…. 주위를 둘러보다가 이번에는 헉, 숨을 삼켰다. 다리 위에 사람의 모습이 보였다. 긴 머리가 바람에 이리저리 날리고 있다. 다리 난간에 기대 강을 노려보고 있다.

아이였다. 아이는 히로를 알아보지 못한 것 같았다. 히로뿐 아니라 주변 모든 것이 눈에 들어오지 않는 듯했다. 수면만 노려보고 있을 뿐이다. 풍부한 수량을 자랑하는 강은 아이의 눈길을 빨아들이며 흐르고 있다.

아이의 몸이 앞으로 기울었다. 히로는 전속력으로 뛰어 강둑을 올라갔다. 다리는 차츰 어둡고, 자꾸 멀어지는 듯했다.

7 하늘의 별을 헤아리다

그 애가 요스케라는 것을 금방 알아보았다.

모토카야 요스케. 유치원도 초등학교도 같이 다녔다. 집도 이웃이라 엄마들끼리도 친해서 공원이나 놀이공원에 다 같이 자주 가곤 했다. 같이 놀았던 기억이 또렷하게 남아 있다.

나는 어릴 때부터 낯가림이 심해서 낯선 사람이 만지기만 해도 울었다고 했다. 엄마는 종종 “스즈미랑 밖에 나가면 나한테만 죽어라 달라붙어 떨어지지를 않아서 정말 난감했어.” 하고 쓴웃음과 함께 말하곤 한다.

나는 나와 누군가 사이에 적당한 거리를 두는 것도, 그렇다고 멀리하는 것도 서툴다. 잘 알고 있다. 그래서 한발 내딛는 것이 두렵다. 엄청난 용기가 필요하다.

고등학생이 된 지금도 사람이 어렵다. 솔직히 혼자 있는 게 편하다는 생각을 자주 한다. 고등학교에서 생긴 친구들, 린코나 미키가 싫은 건 아니다. 이야기하는 것도 즐겁다. 웃음을 터뜨리거나 두근두근 설렐 때도 있다. 하지만 피곤할 때도 있다. 내가 이야기를 제대로 하고 있는 건지 자신이 없다. 주위에 맞춰 적당히 맞장구를 치거나 알아듣는 척만 할 때가 많다. 그게 거듭되면 몸이 무거워진다. 생생하게 무게를 느끼는 것이다.

'얌전하고 약간 천연기념물 같은 여자아이'가 내 캐릭터다. 그것을 연기하다 보면 어느새 피로가 쌓이고 그 피로가 무거운 돌이 된다. 똑바로 서 있기조차 힘들다. 주저앉을 뻔하기도 했다. 모두들 경쾌한데, 부담을 주거나 그런 것도 아닌데, 난 왜 이렇게 둔하고 눈치도 요령도 없을까. 나 자신이 지겹다.

요스케는 내가 긴장하지 않고 이야기할 수 있는 몇 안 되는 상대 중 하나였다. 어릴 때부터 모난 데라고는 없었다. 소리를 지르거나 이유도 없이 나무 블록을 던지거나 와서 부딪히거나 다른 남자아이가 흔히 하는 난폭함이 없어 옆에 있으면 안심이 되었다. 요스케의 주위만 시간이 천천히 흐르는 느낌이었다. 하지만 초등학교 고학년이 되고부터는 내 쪽에서 눈을 피하고 발길을 돌렸다.

왜 그랬는지는 잘 모르겠다. 그때 과학 실험실 구석에서 들은 이야기 때문일까. 요스케가 노조미에게 고백을 했다는 사실 자체가 아니라 내가 다른 사람에게 짜증이 나게 한다는 사실이 나를 더욱 움츠러들게 했는지도 모른다.

중학교 1학년 겨울 방학 직전에 요스케가 이웃 도시로 이사를 가면서 우리 관계는 완전히 끊겼다. 그 요스케를 오늘 갑자기 맞닥뜨린 것이다.

"사도 스즈미!"

누가 부르는 소리에 돌아보니 요스케가 서 있었다. 역 앞 상점가에서였다. 상점가는 전체적으로 낡고 군데군데 빈 가게가 있었는데, 지난 몇 년 사이 새로 가게를 여는 사람들이 생겼다. 대도시에서 회사를 다니다 돌아왔거나 직장 때문에 이웃 도시에서 옮겨 온 사람들로, 20대 초반 여성도 중년 남성도 노인 부부도 있었다. 케이크를 파는 카페나 유리로 만든 소품 가게 혹은 이탈리안 레스토랑 등 세련된 점포가 늘어나기 시작했다.

덕분에 상점가는 전에 비하면 꽤 번화해졌다. 그냥 어슬렁거리고 다니기만 해도 즐겁다. 나도 전에는 지름길로밖에 이용하지 않았지만 지금은 천천히 둘러보며 지나다닌다. 소품 가게는 가게 앞 대나무 울타리에 유리로 만든 풍경을 장식해 바람이 불 때마다 소리 나게 해 놓았다. '소리 나는 것'이 아니라 '연주를 하고 있다'고 표현하고 싶을 정도로 아름다운 소리다.

풍경 자체도 예쁘고 멋있다. 똑같은 게 하나도 없다. 해바라기가 그려진 것, 금붕어 모양을 한 것, 옅은 푸른색으로 만든 것. 나는 문득 발길을 멈췄다. 소리에 홀려 희미하게 빛을 튕기는 풍경을 정신없이 보고 있었다. 그때 누군가 나를 불렀던 것이다. "사도 스즈미!" 하고.

미쿠라가 아니고 사도라는 성으로 부른 것이다. 얼른 대답할 수가 없었다. '미쿠라 스즈미'가 된 지 채 1년이 되지 않았지만 내 귀는 어느새 새로운 이름에 완전히 적응했던 모양이다.

"와! 요스케."

'요짱'이라고 부를 뻔했지만 꿀꺽 삼켰다. 요스케는 이제 '요짱'이 아니다. 초등학생 '요스케'도 아니다. 눈앞에 있는 아이는 소년과 어른의 경계선에 있는 요스케다.

몸은 가늘지만 키는 크다. 턱에도 볼에도 눈빛에도 어깨에도 손가락 끝에도 소년의 여린 모습이 희미하게 남아 있지만 어른의 단단함과 윤곽이 도드라지기 시작하고 있었다.

"어라?"

요스케가 눈을 깜빡거렸다. 놀란 표정이다.

"어떻게 알아봤어?"

"응? 어떻게 알아봤냐니. 요스케 너잖아."

요스케를 못 알아볼 수가 없다.

"그렇긴 하지만, 나 많이 변했거든. 옛날 친구들은 처음에 못 알아보고 대개는 '어, 누구?' 이런 반응이었거든. 심한 녀석은 개무시하고 고개를 홱 돌리기도 했다니까."

그러더니 요스케가 피식 웃었다.

아, 옛날 요짱의 웃는 얼굴이다. 같이 놀거나 도시락을 먹던 어린 요짱의 미소를 요스케는 아직 잃지 않았다.

"뭐가 달라졌나?"

나는 고개를 갸웃했다.

요스케는 머리를 염색했다. 귓불이 보일 정도 되는 머리를 탈색해서 금발로 염색하고, 부분부분 밝은 빨강으로 물들였다. 오른쪽 귀에 세 개, 왼쪽 귀에 두 개의 피어싱이 반짝이고 있다. 왼쪽에 있는 사슬 모양 귀걸이 하나는 어깨까지 늘어져 있다. 금색 사슬은 요스케의 움직임에 따라 이리저리 흔들렸다.

중학교 때 테니스부에서 검게 그을렸던 피부는 완전히 하얘졌지만, 이게 내 기억에 있는 요스케의 모습에 가까웠다.

밋밋한 검은 티셔츠에 헐렁한 바지를 입고 검은 운동화를 신었다. 운동화 발끝은 헤져서 천이 너덜거렸다.

"달라지지 않았다고?"

요스케가 되물었다. 웃음기가 사라지고 긴장한 표정이 되었다. 이런 표정은 내 기억에 없다.

"응, 별로 안 변한 것 같은데…. 금방 알아봤잖아."

"나도 사도 스즈미, 금방 알아봤어. 달라진 게 하나도 없어서 놀랐어. 나 있잖아… 저기, 저기 있어."

요스케의 손가락이 가리킨 곳은 게임 센터였다. 이 자리에서는 커다란 통 모양의 인형 뽑기 게임이 보인다. 게임 센터는 내가 중학교에 입학하던 봄에 문을 열었다. 처음에는 분위기를 흐린다며 문을 닫게 해야 한다는 둥 비난하는 소문이 돌았지만 이내 잠잠해졌다. 게임 센터는 4년 이상 지났지만 여전히 영업하고 있다.

"그런데 네가 쓰윽 지나가잖아. 금방 알아봤어. 정말 분위기까지… 아무튼 사도 스즈미는 하나도 안 변했어."

나는 짐짓 눈을 치켜뜨며 바라보았다.

"중학교 때랑 똑같다고? 그 말, 은근히 상처인데."

"아, 아니, 그게 아니라."

요스케가 오른손으로 손을 내저었다. 그 몸짓에 반응하듯 풍경 소리가 들렸다. 딸랑딸랑, 찌링, 찌링.

"상처받을 거 없어. 나쁜 뜻이 전혀 아니니까."

"그럼 무슨 뜻?"

"으음, 그러니까… 어른스러워졌어. 진짜 그래. 그런데 핵심은 그대로라. 으음, 그러니까… 스즈미는 스즈미 그대로라고."

"와, 고생한다. 변명하느라."

"아니, 정말 그렇게 생각했다고. 난 변명 같은 거 안 해."

요스케가 입술을 내밀고 뿌루퉁해졌다. 기억에 남아 있는 표정이다. 마음이 따뜻한 요스케가 가끔 보이던 토라진 표정.

으음, 역시 안 변했어. 금발에 피어싱, 겉모습은 옛날하고 딴판으로 변했을지 모르지만 요스케는 옛날 그대로다. 속은 그대로인 거다. 그래서 이런 식으로 이야기할 수 있다. 힘주지 않고 겁내지 않고, 놀리거나 웃거나 진심으로 이야기를 할 수 있다.

엉뚱하게, 정말 엉뚱하게 히로가 생각났다. 아니, 생각났다기보다 불쑥 튀어나온 것이다. 내 안에서 붕 떠올랐다. 왜인지는 모르겠다. 왜 여기서 히로가 떠오른 걸까. 요스케와는 아무런 관련이 없는데. 공통점이라고는 무엇 하나 없는데.

상점가에 바람이 지나갔다. 딸랑, 짤랑, 찌링찌링. 짜랑짜랑 땡, 땡, 땡. 풍경이 일제히 울렸다. 모양에 따라 다른 건지 유리의 질에 따라 다른 건지 다양한 소리가 뒤섞인다. 하지만 하나하나의 소리가 또렷해서 결코 녹아들지 않는다. 풍경 소리가 이렇게 개성이 강했나.

“저기, 요스케.”

“뭐?”

“나 성이 바뀌었어.”

“뭐?”

“부모님이 이혼해서 성이 바뀌었어.”

요스케의 입술이 움찔 움직였다.

“그렇구나. 몰랐어.”

“어쩌겠어, 부모님이 이혼한걸. 요스케가 이사하고 한참 후에 내가 고등학생이 되고였어. 모르는 게 당연해.”

“그야 그렇지만…. 그래도 참, 대단하다.”

"대단하다고?"

"아무렇지 않게 '성이 바뀌었어' 하고 말하는 게 왠지… 대단하잖아."

"뭐가? 사실을 말했을 뿐인걸. 대단할 거 하나도 없어."

"그런가. 하지만 뭔가 굉장하다는 생각이 들어. 사도의 말투가 단호해서 그런가."

"단호하면 대단한 거야?"

"그렇지 않아? 여자들은 은근히 자신의 불행을 드러내는 걸 좋아하잖아. 부모가 이혼했거나 엄마가 아프거나 남친이 양다리라거나 그런 거. 아니지, 양다리 남친은 불행한 이야기가 아닌가? 아무튼 대단한 것처럼 속닥속닥 그러잖아."

"그건 여자에 대한 편견이야."

나는 오른손 둘째손가락을 요스케의 코끝에서 뱅뱅 돌렸다. 요스케의 눈동자가 허둥거린다.

"편견? 그런가? 내가 여자를 잘 몰라서."

"그래?"

"그럼, 역시 연애 경험이 부족해."

"솔직하네. 역시 옛날하고 다르지 않아."

"그렇지? 이대로 고지식한 영감이 되는 게 목표야."

아하하, 하고 나는 웃었다. 풍경 소리에 묻혔지만 나로선 큰 웃음이었다. 흠칫 놀랐다. 오랜만에 만난 친구 앞에서 거침없이 웃다니. 이상하다. 놀라움이다.

갑자기 아무런 예고도 없이 긴장한 목소리가 귓속에서 메아리쳤다.

그럼 어떻게 해야 했는데.

그 외침, 나의 외침이다. 히로에게 던진 말이다.

난 너처럼 강하지 않으니까.

히로의 이름도 모를 때였다. 치한에게서 구해 줘 고맙다는 말을 할 생각이었는데 뜻밖에 화를 내 버렸다. 이름도 모르는 타인에게 감정을 드러냈다. 분노든 기쁨이든 나한테는 극히 드문 일이고, 대개는 삼킨다. 목구멍을 타고 넘으려는 생각을 억지로 삼켜 버린다. 삼키면 가슴이 답답해서 토할 것 같다. 몇 번 반복하는 중에 익숙해져서 구역질은 느끼지 않게 되었지만.

그래서 놀랐다. 나 스스로에게 놀랐다. 이상한 느낌이었다. 당황스럽기도 했다. 지금도 그때랑 비슷하다. 히로는 부드러움이라고는 찾아볼 수 없는 꼿꼿한 눈길을 보냈다. 전쟁터로 향하는 군인처럼 단단하고 꼿꼿하다. 요스케는 웃고 있다. 부드럽고 즐거운 눈길로 나를 보고 있다. 전혀 다른 사람인데 나는 요스케가 히로와 겹쳐 보인다.

"지금 성은 뭐야?"

요스케가 물었다. 그야말로 자연스럽고 건조한 어투였다. 기호품이나 취미를 묻는 것과 똑같은 어투다.

"미쿠라, 제가 미쿠라 스즈미가 되었습니다아."

나도 최대한 가벼운 농담처럼 대답했다. 그리 어렵지 않았다. 비교적 자연스럽게 대답했다.

"미쿠라 스즈미, 아주 똑똑해 보이는 이름처럼 들리는데?"

"그런가."

바람이 분다. 풍경 소리가 들린다.

"그럼 또 보자. 난 친구가 기다리고 있어서."

"그래."

등을 돌리고 두세 발자국 걷던 요스케가 돌아보며 말했다.

"저기, 사도,가 아니고 미쿠라 스즈미."

"왜?"

"나 지금 할머니 집에 있어."

"할머니 집? 역 근처?"

"어, 기억하고 있네."

"그럼. 유치원 다닐 때 가끔 너 데리러 오셨던 할머니. 키 크고 상냥한."

"맞아, 외할머니. 지금 거기 있어. 아빠랑 한바탕해서 집에 있기 영 불편하거든. 할머니가 잠깐 여기 있어도 된다고 하셔서 얼씨구나 하고 왔지. 그러니까… 가끔 마주칠지도 모른다고."

"알았어."

"나 간다."

"안녕."

요스케는 손을 한 번 흔들더니 뛰기 시작했다. 더 이상 돌아보지 않았다. 검은 티셔츠를 입은 뒷모습은 상점가를 지나 내 눈앞에서 사라졌다.

휴대폰 번호를 묻지 않았다는 걸 그제야 깨달았다. 나는 늘 한 발 늦게 생각이 난다. 하지만 요스케도 묻지 않았다. 진짜 연락을 하고 말고는 별도로 상대의 전화번호를 묻는 건 인사 같은 거다. '처음 뵙겠습니다', '잘 부탁합니다', '오래간만이네', '안녕' 그런 인사를 나누는 대신 휴대폰을 내민다. 요스케는 묻지 않았다. 아무것도 묻지 않고 가 버렸다. 나는 살며시 가슴을 눌렀다. 섭섭하지 않다. 오히려 유쾌하고 따뜻하기도 하다.

히로에게 이야기하고 싶다. 갑자기 그런 생각이 들었다, 강렬하게. 오늘 요스케를 만난 이야기를, 요스케에 대해 이야기하고 싶다. 어쩌면 과학 실험실에서 있었던 일을 이야기할지도 모른다. 자신이 타인에게 어떻게 보이는지 알아 버린 사건, 쪼그려 있던 바닥의 차가움, 들리는 목소리, 소독약 냄새, 움츠린 몸의 아픔. 그런 것을 두서없이 이야기하는 게 아닐까. 히로는 아무 말도 하지 않을 것이다. '힘들었겠다'라거나 '그래, 내가 다 들어줄게'라고 말하지 않을 거다. 그냥 말없이 들어줄 거다. 그리고, 그리고 어떻게 할까. 히로라면 어떤 말을 해 줄까.

가슴 깊은 곳이 떨린다. 히로와 관련된 일은 왜 이렇게 갑작스럽고 강한 진동을 동반하는 걸까. 모르겠다, 정말 모르겠다. 모르는 것투성이다. 하지만 따뜻하다.

내일 히로와 제대로 이야기를 해 봐야지.

나는 머리 위를 올려다봤다. 파랗다. 하늘이 아니고 아케이드 지붕 색깔이다. 원래는 선명한 파랑이었는데 지금은 때가 타고 빛이 바래서 잿빛이 섞여 있다. 그래도 햇빛을 받아 은은하게 빛나고 있었다. 나는 큰맘 먹고 풍경을 하나 샀다. 파란색 풍경을 갖고 싶었지만 가격이 천 엔이 넘어 선뜻 집어 들지 못했다. 그 대신 4백 엔짜리 나팔꽃 그림이 그려진 풍경을 샀다.

돌아와서 거실 앞 지붕 끝에 매달았다. 작은 풍경은 생각보다 맑은 소리를 냈다. 너무 기뻤다.

"오늘 히로, 결석이야."

하세가 알려 주었다. 하세는 같은 중학교 출신이다. 말을 해 본 적은 없고 얼굴만 안다. 복도에서 히로를 찾고 있는 내게 "무슨 일이야?" 하고 말을 걸었다. 4반 교실 안을 둘러보다가 하세의 잘 그을린 동그란 얼굴을 돌아봤다.

"저, 저기, 히로한테 볼일이 있는데."

"오늘 결석이야."

"뭐? 결석?"

아픈가? 하지만 어제는 별로 아픈 것 같지 않았는데.

"다쳤대."

하세가 오른팔을 가볍게 들어 올렸다.

"오른팔이 부러졌다나, 발을 접질렸다나 그러던데."

"뭐?"

놀랐다. 만화에서처럼 천장까지 튀어 오를 것 같았다.

"히로, 많이 다친 거야?"

"얼마나 다친지는 모르겠는데, 다친 건 확실해. 당분간 결석한다던데."

삔 것도 그렇지만 뼈가 부러진 건 큰 부상이다.

"어쩌다가? 사고 났나?"

내가 어떤 표정을 지었는지, 하세가 뒤로 몸을 뺐다.

"몰라. 나고 선생님이 자세히 말씀하시지 않았어. 다쳐서 어쩌면 이번 주 내내 결석할지 모른다, 정도. 그래도 생명에 지장 있거나 그런 건 아닌가 봐."

하세가 살짝 실눈을 하고 웃었다.

"저기 그러니까…."

나는 우물거렸다.

"사도, 미안. 바뀐 성이 뭐더라?"

"미쿠라."

"아, 그런가. 미안해."

하세가 왜 미안해하는지 이해할 수 없었다.

"이름도 제대로 기억 못해서."

"아, 그거였어? 괜찮아, 외우기 어려운 성이기도 하고."

하세가 고개를 흔들었다.

"이름도 기억 못하는 거 정말 싫던데. 나 요새… 이건 비밀인데 햄버거 가게에서 아르바이트해. 어머, 진짜 비밀이야. 들통나면 큰일 나."

요시카와 고등학교에서는 아르바이트가 금지였다. 특히 음식 가게에서 일하는 건 더 엄격하게 금지한다. 하세는 규칙을 위반하고 있다고 알려 준 것이다. 심장 박동이 조금 빨라졌다.

"스즈미는 쓸데없는 말은 하지 않으니까. 가까이 가긴 힘들지만 믿을 수 있어."

하세가 빠르게 말했다.

"그 가게에 말이야, 선배라고 할지 아무튼 하마우치라는 아주머니가 있거든. 아마 서른대여섯쯤 됐는데, 나를 한 번도 이름으로 부른 적이 없어. '잠깐' 혹은 '거기 알바' 이렇게 불러. 그런 거 왠지 싫어. 종이컵이나 쟁반이 된 것 같아서."

"알 거 같아."

반사적으로 고개를 끄덕였다.

하세 말은 완전 이해가 간다. 상대의 이름에 흥미를 갖지 않는 건 상대를 허투루 생각하기 때문이다. 누군가를 진지하게 대하려면 그 사람의 이름은 아주 중요한 요소가 된다.

"내가 몇 번이나 '하세입니다' 하고 가르쳐 줬어. 그런데도 무시. 여전히 '잠깐' 아니면 '어이, 거기 알바'래. 정말이지 화나. 그래서 난 반대로 '하마우치 씨'라고 불러. '하마우치 씨 청소 끝났습니다. 다음에는 패티 정리할게요. 하마우치 씨, 됐나요? 하마우치 씨, 이런 느낌이지."

"지능범이네."

"내가 생각해도 그래."

하세가 어깨를 움츠렸다.

하세는 참 재미있는 아이였다. 그리고 나를 '가까이 가긴 힘들지만 믿을 수 있는' 사람으로 보고 있다.

"스즈미, 히로랑 친해?"

"나? 아니, 요전에 처음 알게 됐어."

솔직하게 대답했다. 사흘 전까지는 이름도 몰랐다. 사흘 전에 히로의 이름을 알고 히로가 내가 쓴 이야기를 읽었다는 걸 알았다. 몰랐다. 이제 안다. 그렇다. 나는 히로를 안다. 더 알고 싶다. 조금 더 알고 싶다.

"히로를 잘 모르겠더라고."

하세가 목소리를 낮췄다.

"옆자리인데도 내가 이야기를 하면 대답만 하고, 별로 이야기를 해 오지는 않아. 게다가 자세가 좋잖아. 이렇게 똑바로."

하세가 등을 곧게 했다.

"허술한 데가 없어서 괜히 다가가기 힘들고."

"히로도 다가가기 어렵구나."

"그렇다니까. 난 다가가기 어려운지 쉬운지로 구별하는 사람이라. 하지만 다가가기 편한 사람은 별로 믿을 수가 없어. 하마우치 씨의 경우도 굳이 말하자면, 다가가기는 편한 쪽이야. 가게 윗사람들이 굉장히 예뻐하는걸. 뭐, 난 정말 짜증 나지만."

종이 쳤다. 수업 5분 전을 알리는 종소리다.

"아, 너무 오래 이야기했네. 미안, 스즈미."

"아니, 고마워."

종소리가 꼬리를 끌다가 잦아들었다.

교실로 돌아가려고 발길을 돌리는데, 갑자기 누가 내 팔을 잡았다. 힘껏 잡은 건 아니지만 너무 갑작스러워서 비틀거렸다. 다리에 힘을 주고 간신히 버텼다.

"스즈미, 히로 병문안 갈 거야?"

내 팔을 잡은 채 하세가 물었다.

병문안? 생각도 하지 못했다. 하지만 걱정은 된다. 어느 정도 다친 걸까. 히로는 어딜 어떻게 다친 걸까. 걱정이 되어 견딜 수가 없었다. 병문안을 핑계로 히로를 보러 갈까.

"갈 거야. 아니, 가고 싶어."

"그래…. 그럼 잘 보고 와. 정말 다친 건지."

"뭐라고? 그게 무슨 소리야?"

하세가 교복 리본을 가볍게 잡아당겼다. 그리고 억지로 말을 짜내듯 소곤거렸다.

"나 히로한테 심한 말 했어. 언니 이야기. 정말 밉살맞은 소리를…."

입 안의 침을 삼켰다.

뭐? 언니가!

핸드폰을 든 히로의 얼굴이 갑자기 굳었다. 그날의 광경이 떠올랐다.

"히로 언니, 집에 틀어박혀 있은 지 오래래. 있잖아, 그러니까 은둔형 외톨이라는 거."

하세가 내 팔을 놓아 주었다.

"하마우치 씨한테 들었어. 하마우치 씨, 히로 이웃에 산대. 나한테 직접 이야기한 건 아니야. 쉬는 시간에 아르바이트 학생들이랑 이야기하는 거 들었어. 기쿠이케라고 읽는 보기 드문 성을 가진 사람이 이웃에 있다나 그런 이야기를 하더라고. 상관없는 척하고 엿들었더니 예쁘고, 머리 좋고, 집안의 자랑인 딸이 취직한 지 얼마 되지 않아 집에 틀어박혀만 지낸다느니, 정말 큰일이라느니 그런 이야기였어. 그래서 내가 대뜸 히로한테 물었어. '언니, 괜찮은 거야?' 하고."

하세는 후우 하고 숨을 내쉬었다.

"히로는 아무 말도 안 했어. 눈썹을 좀 찡그리는 정도. 하지만 자기 집안 일, 그것도 언짢은 일이면 입 밖에 낼 수 없었을 거야. 그저 재미로 심한 질문을 한 거야. 히로가 학교에 안 온 건 절반, 아니 3분의 1 정도는 내 탓일지도 몰라. 너무 찜찜해."

나는 팔을 문질렀다. 문지르면서 "괜찮아." 하고 말했다.

"히로는 정말 다쳐서 학교에 올 수 없었을 거야. 너랑은 관계없을 거야."

"정말? 그렇다면 다행이지만."

하세가 다시 한숨을 내쉬었다.

학교를 쉬는 것도, 혼자 웅크리고 있는 것도, 침대 위에서 가만히 있는 것도, 방에서 숨죽이고 있는 것도 때로는 필요하다고 생각한다. 맞서고 버티는 게 아니라 눈길을 돌리고 피한다. 그것이 유효할 때도 있다. 그런 생존 방법도 있다. 하지만 히로는 그런 방법을 선택하지 않을 것이다. 왠지 그럴 것 같다. 확신에 가깝게 그런 생각이 든다. 히로의 생존법은 따로 있다.

나는 학교가 끝나고 집에 와서 사복으로 갈아입었다. 하얀 니트 반팔티에 청바지다. 어제 산 풍경을 상자에 담았다. 병문안 선물로는 어울리지 않을지도 모르지만 청량하고 맑은 소리를 히로에게 들려주고 싶었다.

나는 하세가 가르쳐 준 하마우치 씨인지 누군지 하는 사람의 대략적인 주소를 들고 옆 동네로 갔다.

8 뜻밖의 풍경들

기쿠이케 히로의 집은 주택가에서 조금 벗어난 곳에 있었다. 하얗게 칠한 대문이 어딘가 모르게 방문객을 거부하고 있는 것처럼 보였다.

대문은 내 어깨 높이 정도여서 고개를 쭉 내밀면 안을 들여다볼 수 있었다. 수상쩍은 행동이라는 걸 알면서도 빼꼼히 들여다봤다. 까치발을 하다가 상자 안에서 풍경 소리가 울렸다. 딸랑, 하고 짧고 가는 소리가 났다.

풍경에게 혼나는 듯한 생각이 들었다. 나는 몸을 움츠리고 안을 들여다봤다. 의외였다. 심장이 빨리 뛸 정도로 의외였다.

마당이 너무나 예쁘고 화려했던 것이다. 나는 정원 가꾸기에 대해 전혀 모른다. 관심도 없다. 엄마도 마찬가지라 가끔 풀이나 뽑고 기분 전환으로 꽃딸기나 심는 정도다.

히로네 집 마당은 별로 넓지 않지만 꽃들이 알록달록 피어 있고, 깔끔하게 질서가 잡혀 있었다. 문 양옆으로 하양과 보라, 산뜻한 노랑 팬지가 보기 좋게 어우러져 있고, 문 몇 미터 앞에는 덩굴장미를 위한 둥근 구조물에 분홍색 장미가 빽빽이 달려 있었다. 거기서 현관까지 하얀 돌바닥이 이어졌다. 그 옆, 같은색 돌로 가장자리를 장식한 화단에는 조만간 꽃이 필 수국과 이름 모를 오렌지색 꽃이 바람에 흔들리고 있었다.

예쁘고 화사했다. 하지만 의외였다. 의외일 정도로 히로와 어딘가 어울리지 않는 마당이다.

대숲이 떠올랐다. 역에서 학교까지의 통학로, 그 중간에 있는 대숲이다. 옛날 그 일대의 대지주였던 노인이 전쟁이 끝나고 몰락해 그 대숲에서 자살을 했다느니, 셋이 같이 숲을 빠져나오면 그중 한 명이 사라진다느니 하는 도시 괴담 같은 소문이 끊이지 않는 곳이다. 낮에도 어둑하기 때문일까.

그런데도 나는 그 대숲을 좋아했다. 대나무라는 식물이 좋다. 가늘지만 유연하면서도 꼿꼿하게 서 있다. 대숲을 빠져나오는 바람에는 싱싱한 향기가 감돈다. 그리고 하늘이 아름답다.

히로는 대나무를 닮았다. 화려한 꽃도 없고 잎도 줄기도 초록인 대나무. 내 맘대로 느낀 거다. 그래서 지금 눈앞에 있는 마당과 히로가 묘하게 엇갈린다. 위화감이라고 하기에는 과장이겠지만 뭔가 다르구나 하고 중얼거리게 된다.

나 혼자만의 짐작인가.

나는 가볍게 어깨를 움츠렸다. 남의 집 마당을 들여다보고 어울리네, 안 어울리네 하는 건 그야말로 오지랖이다.

나는 긴장하고 있는 것이다. 나는 긴장하면 그 긴장에서 벗어나려고 이것저것 별거 아닌 생각에 골몰하는 버릇이 있다. 일종의 도피인 걸까.

긴장하고 있다고? 도망치고 싶다고? 히로한테서?

그렇지 않다. 여기서 도망칠 거라면 처음부터 오지도 않았다. 나는 히로를 만나러 왔다. 히로가 보고 싶어서다.

문에 박혀 있는 문패 밑에 인터폰이 있다. 호출 버튼에 손가락을 대기도 전에 현관문이 열렸다.

"스즈미!"

히로가 문손잡이를 잡은 채 나를 보고 있었다.

"어어…."

아주 잠깐이었지만 나는 그 자리에 못 박힌 듯 서 있었다. 히로의 오른쪽 볼이 거의 대부분 붕대로 덮여 있었다. 손등에도 붕대가 감겨 있었다.

히로는 장미 구조물을 지나 나한테로 왔다. 서두르지도 천천히도 아닌 평소와 똑같은 걸음걸이였다.

"깜짝 놀랐어."

대문을 열면서 히로가 말했다.

"2층 창문으로 무심코 내다봤는데 스즈미가 있잖아. 정말 놀랐어."

나는 2층을 올려다봤다. 툭 튀어나온 창에 장식도 무늬도 없는 짙은 파란색 커튼이 쳐 있다. 저기가 히로 방인가.

"너무 놀라서 계단을 내려오다가 계단을 헛디딜 뻔했어."

히로가 빙그레 웃으며 말했다.

눈 밑에 살짝 다크서클이 있었다. 다크서클 탓인지 붕대 탓인지 웃어도 표정이 환해 보이지 않았다.

나는 내 가슴을 눌렀다. 아프다. 가슴이 찌릿찌릿 아프다.

"스즈미, 왜 그래?"

"응?"

"울상을 하고 있잖아. 무슨 일 있어?"

히로가 나를 내려다보며 살짝 눈썹을 찡그렸다. 눈에도 말투에도 당황과 걱정이 담겨 있다. 나를 오히려 배려하고 있는 것이다. 나는 고개를 저었다.

"나, 문병 온 거야."

"문병? 나를?"

"응, 오늘 아침에 너네 반에 갔었어. 너랑 이야기하고 싶어서…. 그러니까, 엄청 특별한 일이 있던 건 아니고. 그랬는데 오늘 결석이라고, 다쳐서 결석했다는 말을 듣고 걱정이 돼서."

나는 나 자신도 답답할 정도로 쩔쩔매면서 말했다.

스즈미는 솔직히 말을 너무 꾸물거려서 답답해. 무슨 말을 하는지 모르겠는걸.

5년 전, 반 친구들이 했던 말 그대로다. 답답했다. 하지만 초조하지는 않았다. 히로라면 기다려 줄 거다. 내 답답한 이야기를 재촉하지 않고 끝까지 들어 줄 거다. 막연한 기대가 아니라 확신에 가까운 느낌이었다.

"그래서 있잖아, 나 으음, 너한테 말하고 싶은 일이 있어서, 그냥 여러 가지가 있어서…. 저기 있잖아 나 말이야, 어제 우연히 어릴 때 친했던 친구를 만났어. 유치원도 초등학교도 같이 다녔는데 중학교 1학년 때 전학을 갔거든. 그런데 우연히 상점가에서 날 알아보고 부르잖아. 정말 깜짝 놀랐어. 그것도 이야기하고 싶은 일 중 하나지만…."

"응."

히로가 고개를 끄덕이면서 문을 밀어 활짝 열었다.

"들어와."

"응?"

"대문 앞에 서서 이야기하는 건 아줌마들한테나 어울려. 우리가 그러기에는 모양이 좋지 않아. 고등학생한테는 여러 가지로 장애물이 너무 많아."

"아하하, 문밖에 서서 이야기하는 것도 내공이 필요하네."

"그럼 필요하지. 그러니까 들어와. 지금 집에는 아무도 없어.

혼자 집 보고 있었어."

그래서 더 잘된 일이라고 히로가 덧붙였다.

"스즈미가 와 줘서 좋아. 어쩐지… 오늘은 혼자 있고 싶지 않았어."

나는 고개를 들고 히로를 똑바로 바라보았다.

"혼자 있는 거 싫어 하지 않는구나."

히로는 혼자가 어울린다. 고독이나 외톨이가 아니고 그런 단어에 적용되지 않는 면에서 히로는 혼자다.

"응."

히로는 천천히 고개를 끄덕였다.

"싫지 않아. 혼자 있는 시간, 좋아해. 하지만 지금은 싫어. 혼자 있고 싶지 않다고 생각했는데 스즈미가 우리 집 앞에 와 있어서 깜짝 놀랐어. 날 위해 스즈미가 와 주었구나 하고."

"아니, 그건 아니야."

나는 오른손을 내저었다.

"내가 무슨 초능력자도 아니고. 히로의 기분을 알아낼 능력은 없어."

"그럼 우연이네."

"맞아, 우연이야."

히로와 이야기하고 싶다는 내 생각과 혼자 있고 싶지 않다는 히로의 기분, 그것이 우연히 일치했다.

"우연, 그거 굉장한데?"

히로가 정색을 하고 말했다.

"굉장해, 초능력보다 굉장한 건지도 몰라."

나도 진지한 얼굴로 대답했다.

그때 히로가 흐읍, 하고 숨을 들이마셨다. 눈길이 내 어깨 너머로 향했다. 돌아보다 양산을 쓴 중년 여자와 눈이 마주쳤다. 빨간 안경을 쓴 여성이 나에게서 히로, 정확하게는 히로의 볼을 싸맨 붕대를 쳐다보며 "안녕?" 하고 인사했다. 히로가 가볍게 고개를 숙였다.

"안녕하세요."

"어쩌다 그랬어? 다쳤어?"

여자가 양산을 빙빙 돌렸다.

"자전거 타다 넘어져서요…."

"큰일 날 뻔했네. 조심해야지. 젊은 사람들은 너무 속도를 내. 나도 몇 번 부딪힐 뻔해서 진짜 놀랐어. 정말 위험해."

"그러게 말이에요. 조심하겠습니다."

히로가 내 어깨에 손을 얹었다.

"들어가자, 스즈미."

"아, 고마워."

나는 히로 앞을 지나 마당으로 들어섰다. 히로가 대문을 닫는다. 쾅 소리가 났다. 그 여자는 벌써 양산을 빙빙 돌리면서 멀어져 가고 있었다.

"저 사람, 쓸데없이 말이 많은 사람이야. 정말 시끄러워."

히로가 한숨을 내쉬었다. 큰일 났다는 느낌이었다.

"우리 집만 그런 게 아니라 남의 집 시시콜콜한 이야기를 좋아해서 함부로 들여다보고는 해."

"혹시 하마우치 씨 아니야?"

"뭐? 누구? 방금 그 사람은 노세 씨인데."

"그렇구나, 하마우치 씨 아니구나."

"하마우치 씨라니, 아는 사람이야?"

"아니, 만난 적 없어. 하세가 아르바이트하는 가게 선배래."

"하세라니, 우리 반 하세?"

"그 하세. 나랑 중학교 동창이야. 네가 다쳤다는 거 하세가 말해 줬어."

"그랬구나. 몰랐어."

아무것도 아닌 대화를 나눴다. 아무래도 좋은, 하지만 즐거운 수다다. 수다를 즐겁다고 느끼는 나 자신이 조금 어색하다.

"이리 들어와. 여기가 거실이야."

히로가 검은 나무 문을 밀었다. 널찍하고 기분 좋은 방이었다. 하얀 벽에 갈색 마루가 깔려 있었다. 훤히 보이는 주방과 이어져 있는데, 주방 벽도 하얗긴 했지만 광택이 있는 재질이었다. 탁자 위 꽃병에 노랑과 분홍 장미가 꽂혀 있었다. 마당에

핀 꽃인가.

"멋지다."

선반 위 예쁜 소품들과 레이스 커튼을 보며 한숨을 내쉴 뻔했다. 조금 전 히로의 한숨과는 의미가 전혀 다른 한숨이었다.

거실은 잘 정리되어 있고 어딜 둘러봐도 반짝반짝 닦여 있다. 구석구석 청소가 되어 있고 창문은 거울을 대신할 수 있을 정도였다. 손자국도 내면 안 될 것 같다.

"우리 엄마 청소가 취미야. 취미라기보다 안 좋은 일이 있으면 그걸 잊으려고 필사적으로 청소를 해. 걸레를 몇 장씩 쌓아 놓고 차례로 쓰면서 계속 바닥을 닦고 그래."

히로의 목소리가 조금 무거워졌다. 나는 히로의 엄마에 대해 모른다. 이야기한 적도 물론 없고 멀리서 본 적도 없다. 상상도 할 수 없다. 하지만 흐트러짐 없이 바닥을 닦고 있는 여자가 어렴풋한 그림자가 되어 머릿속에 떠올랐다. 그림자가 흐려지면서 얼굴이 선명해졌다. 우리 엄마 얼굴이다.

"우리 엄마도 그래."

히로를 올려다봤다.

"똑같아. 너희 엄마랑."

히로가 눈을 깜빡였다.

이 친구는 눈동자가 무척 예쁘구나. 갑자기 그런 생각이 들었다. 흰자위와 검은자위가 뚜렷이 대조되고 눈동자에 깊이가 있었다. 빨려들 것 같다.

“너희 엄마도 청소 마녀라고?”

“우리 엄마는 요리였어.”

“청소가 아니고 요리?”

“응, 아빠랑 이혼하기 전에 매일 몇 시간씩 식사 준비를 했어. 차려 나오는 요리도 굉장했어. 일식, 양식, 중식, 뭐든 다. 그때 나 3킬로그램이나 쪘어.”

그렇다. 지금 돌이켜 생각해 보면 그건 분명 아빠와의 사이가 삐걱거리고 더 이상 회복할 수 없는 상태라는 것을 엄마가 알아챈 무렵일 것이다. 그 무렵 나는 그걸 알아차리지 못하고 매일 저녁 식탁을 장식하는 다양한 요리에 어리둥절했다.

엄마는 어느 날(그것이 언제였는지 정확히 기억하지 못한다)을 경계로 갑자기 요리에 온 정성을 기울이기 시작했다. 그전까지는 간간이 슈퍼마켓의 포장 채소나 냉동 식품으로 식탁을 차리곤 했다. 하지만 된장국만큼은 반드시 직접 만들었고, 엄마가 바쁜 걸 잘 아는 아빠와 나는 불평하지 않았다.

“이건 비밀인데 만두는 엄마가 만든 것보다 냉동 제품이 더 맛있어. 이거, 진짜 비밀이다.”

아빠가 내 귀에 속삭였던 말을 기억하고 있다. 장난꾸러기 어린애 같은 눈빛도, 그러게 하고 내가 진심으로 동의한 것도 기억한다. 엄마 만두는 고기가 너무 많아 뒷맛이 좋지 않았다.

아빠나 내가 귀띔조차 한 적 없지만 요리에 집중하게 되어서도 엄마는 만두를 만들려고 하지 않았다. 하지만 닭튀김, 생선수프, 소고기롤조림, 새우느타리버섯솥밥, 조림두부, 광동식 달걀찜은 맛있었다. 그밖에도 내게는 낯선, 이름도 모르는 요리를 포함해 다 맛있었다. 손이 많이 가는 음식들은 담는 방식도 호화로워서 가정에서의 저녁 식사 분위기는 아니었다.

엄마는 퇴근을 하면 바로 화장을 지우고 세수를 한 뒤 앞치마를 두르고 부엌에 섰다. 단 1분도 쉬지 않았다. 그전까지는 항상 바닥에 다리를 쭉 뻗고 "아아, 피곤해. 너무너무 피곤해. 진짜 아무것도 하고 싶지 않아. 정말이지 싫다, 싫어." 하고 떼쓰는 어린애처럼 투덜거리거나 "오늘은 밥 안 할 거야. 피자 시켜야지." 하고 당당하게 파업을 선언하곤 했는데.

채소를 썰고 육수를 만들고 고기에도 밑간을 하고 달걀을 푼다. 잠시도 쉬지 않고 손을 움직였다. 엄마는 진지한 얼굴로 칼과 프라이팬을 쥐었다. 눈빛에도 자세에도 다가가기 어려운 분위기가 있어서 나는 그저 보고 있을 수밖에 없었다. "배추는 내가 썰게.", "설거지는 내가 할 테니까." 같은 말도 가볍게 할 수 없었다. 엄마의 온몸에서 거절의 아우라가 퍼져 나오고 있었다. 지레짐작이라고 웃어 버리면 그만이지만 아무도 가까이 오지 못하게 하는 힘을 나는 분명 느꼈다. 그건 사실이다.

아빠? 아빠는 어땠을까. 특별히 칭찬도 감상도 하지 않고 묵묵히 먹었던 기억이 난다. 아니다. 애당초 저녁 식사를 집에서 하는 날이 해가 갈수록 줄어들다가 그 무렵에는 일주일에 한두 번 정도만 같이 밥을 먹었다. 엄마가 만든 회심의 요리들은 아빠 입에는 거의 들어가지 않았다.

식탁 위에 랩을 씌운 채 점점 식어 가고, 점점 맛이 없어지는 요리를 엄마는 어떤 기분으로 바라보았을까. 슬펐을까, 분했을까, 화가 났을까, 딱히 아무런 느낌도 없었을까.

나는 지금도 부모님이 왜 이혼을 선택했는지 모른다. 엄마 스스로도 "잘 모르겠어." 하고 솔직하게 말했다.

아빠는 요리나 세탁 같은 집안일을 아내가 맡는 게 당연하다고 생각했다. 대충 만든 요리를 탓하지는 않았지만 "내가 할게."라고도 말하지 않았다. 나한테는 "엄마 잘 도와드려. 엄마도 직장 다니면서 집안일 하느라 힘드니까." 하고 한마디 했지만 정작 자기는 빨래를 널거나 개는 일조차 하지 않았다. 하려고 해도 할 수 없었던 걸까. 온화하고 조용하며 지적인 사람이었지만 부족한 면도 꽤 있었다. 그것이 이혼의 원인이라고 단정 지을 생각은 없지만 아주 작은 요인이었는지도 모른다.

지금 나는 엄마와 일주일씩 교대로 집안일을 분담하고 있다. 이번 주는 엄마가 요리와 세탁, 내가 청소와 그 밖의 잡다한 일(쓰레기 버리기, 신발장 정리, 장보기 등등 꽤 많다)을 맡았다. 다음 주는 그 반대다.

"스즈미가 딸이라 다행이야. 아들이라면 이렇게 못했겠지."

요즘 들어 엄마가 자주 입에 올리는 말이다. 나에 대한 배려겠지만 뭔가 걸린다. 엄마도 아빠랑 똑같다. 남자가 할 일, 여자가 할 일이 따로 있다는 생각에 갇혀 있다. 답답한 사고방식, 답답한 사람들. 엄마를 싫어하지는 않는다. 좋아한다. 하지만 좋다는 감정과는 별개로 엄마의, 그리고 아빠의 생각이 답답하다. 아무렇지도 않은 일상에서 아무렇지도 않은 말에 의해 답답한 곳으로 내몰리고 있다는 생각이 드는 것이다.

괴로움을 잊기 위해 바닥을 열심히 닦는 히로의 엄마는 어떨까. 지금 있는 장소를 좁고 답답하다고 생각하지 않을까.

"도피하는 거야."

히로가 중얼거렸다.

"응?"

"우리 엄마는 괴로운 생각을 털어 내고 싶어서 청소를 열심히 하지만 그래 봐야 아무것도 안 달라져. 청소가 끝나도 현실은 그대로잖아. 그냥 도피할 뿐이지."

"그게 어때서?"

히로의 눈썹이 살짝 치켜 올라갔다.

"도피하는 것도 괜찮아. 잠깐이라도 괴로움에서 벗어나 있지 않으면 현실에 질식할지도 몰라. 피할 수 있으면 피해도 된다고 생각해."

피할지, 그러지 못하고 불안하게 현실과 대치할지, 도피하기를 멈추고 진지하게 현실을 마주할지는 사람마다 자기만의 방식이 있다. 피하는 건 부끄러운 것도 죄도 아니다.

히로의 엄마는 아무것도 달라지지 않는 현실과 싸우기 위해 바닥을 닦는 거라고 생각할 수 없나.

"우리 엄마는 닥치는 대로 요리를 만드는 동안 이혼을 결정한 것 같아. 그런 게 필요했는지도 몰라. 어디로든 도피해서 마음을 쉬지 않으면 결단을 내리지 못하고 열심히 노력하려는 마음 같은 것도 나오지 않는 거 아닐까?"

히로는 후우, 하고 한숨을 쉬었다. 조용한 한숨이었다.

"그럴까?"

"난 그렇지 않을까 생각해. 부모님을 보면서 든 생각이야."

그럴까, 하고 히로가 다시 말했다. 그러고 나서 "오렌지주스 마실래?" 하고 묻는다.

"직접 짜는 거라 백 퍼센트 생과일 주스야."

"마시고 싶어. 직접 하는 거야?"

"일단 손님이니까, 대접을 해야겠지."

"일단 그렇지. 뭐 어쩌겠어, 밀고 들어온걸."

"그래, 미리 약속도 하지 않고 오는 건 사무실 같으면 허용 안 되겠지만."

히로는 농담을 잘한다.

재미있다. 농담이 아니라 히로의 의외의 면이 재미있다.

"스즈미 재미있네."

히로는 냉장고에서 오렌지 몇 개를 꺼내 능숙하게 반으로 잘랐다.

"내가… 재미있다고?"

내 생각을 꿰뚫어본 것 같아 나도 모르게 어깨를 움츠렸다.

"재미있다는 말 오늘로 두 번째 듣네. 그것도 두 번 다 너한테. 다른 사람한테는 들어 본 적이 없는데."

"그래? 재미있어. 생각도 다양하고. 난 부모님을 그런 식으로 볼 수가 없어. 그런가, 피하는 것도 하나의 방법일까."

히로의 입술에서 다시 한숨이 새어 나왔다.

"피하기만 해도 문제지만, 가끔은 피하기도 하고 주저앉거나 지기도 하는 걸 인정하지 않으면 너무 괴롭지 않을까…."

말꼬리가 흐지부지 끝을 맺지 못했다. 내가 한 말에 자신이 없다. 책임을 질 수가 없다.

"틀림없어."

히로가 단언한다. 나는 내리깔았던 눈을 치켜떴다.

"네 말이 맞아, 스즈미."

말투가 너무 단호해서 나도 모르는 사이에 등을 곧게 폈다.

"틀린 건 나야. 뭔가 그냥 주위의 모든 것이 잘못되었다는 기분이 들었어. 엄마한테도 아빠한테도 화를 내고, 나쁜 쪽으로만 생각했어. 그래서…. 고마워."

뭐가 고맙다는 건지 몰라 나는 어리둥절했다. 어리둥절하면서 몸이 뜨거워졌다. 너무 기뻤다. 내 말을 온전히 인정해 준 것 같아서. 볼이 화끈거렸다. 뭐라고 대꾸를 할 수가 없다. 고맙다는 말이 이렇게 뜨거움을 가진 말이었나.

"그 보답으로 진짜 맛있는 주스 만들어 줄게."

히로는 즙을 짜는 도구인 긴 막대기가 달린 기묘한 기계를 테이블 위에 놓았다. 가운데 틈에 오렌지를 끼우고 막대기를 누르면 틈이 좁아지면서 즙을 짜내는 구조다. 즙은 통 모양의 플라스틱 주둥이에서 흘러나와 컵 속에 모인다. 구조를 이해할 수 없다. 하지만 유리컵 속의 오렌지 즙은 선명하고 예뻤다.

"자, 마셔. 히로의 스페셜 오렌지 주스야."

"잘 먹겠습니다."

유리컵을 들어 올리기만 했는데도 오렌지의 상큼한 향이 감돌았다. 맛있다. 몸속에 오렌지의 새콤달콤한 향이 퍼진다.

"너무 맛있다, 이거."

"그치, 갓 짜낸 게 최고야. 하지만 많이 못 마셔. 맛이 너무 진해서 금방 질려."

"그래도 맛있어. 그런데 착즙기가 있다니 굉장하다. 생과일 주스를 어지간히 좋아하는구나."

"…언니가 말이야."

"언니?"

가슴이 철렁 내려앉았다.

히로의 언니, 계속 집에 틀어박혀 있대. 그게 그러니까 은둔형 외톨이라는 거 있잖아.

주저하는 말투와 함께 하세의 목소리가 떠올랐다. 그 생각과 두근거림이 겹친다. 내 심장 소리.

"응, 아빠가 언니 때문에 산 거야. 온라인으로."

"그렇구나…."

"우리 언니, 고형 음식은 못 먹어. 먹으면 토해. 주스나 수프, 우유 같은 거 아니면 아이스크림 정도 먹을 수 있어."

어디 아픈 거야? 하고 물어볼 수 없었다. 부자연스럽지도 엉뚱하지도 않은 질문이지만 물을 수 없었다. 나는 침을 삼키며 고개를 숙였다. 침에서 오렌지 냄새가 났다.

"어제도 죽는 줄 알았어."

순간 무슨 뜻인지 몰라 고개를 갸우뚱했다. 충격은 그 후에 왔다. 숨이 막히는 것 같아 나는 입을 벌리지 않을 수 없었다.

죽는 줄 알았다고? 히로가 천천히 고개를 흔들었다.

"자살하려고 했어. 다리에서 뛰어내려서. 그전에는 전철에 뛰어들려고 했고, 또 그전에는 손목을 그었어."

히로가 머리카락에 손가락을 집어넣었다. 벅벅 긁어 머리를 헝클어뜨렸다.

"아, 정말이지 작작 좀 했으면 좋겠어. 더 이상 휘둘리는 거 못 견딜 거 같아."

"히로…."

"어제 너랑 있을 때 전화 왔었잖아."

"응."

"그 전화, 어머니였어. 언니가 없어졌으니 빨리 집으로 오라고. 엄마가 요즘 너무 심약해져서 항상 겁에 질려 있어."

어머니라고 했다가 엄마로 바뀌었다. 무릎 위 손이 떨렸다. 나도 주먹을 쥐었다.

"언니가 죽는 거 아닌가 싶어 무서워서 견딜 수가 없어. 그래, 엄마도 아빠도 한계야. 정말 목구멍까지 꽉 찬 한계. 그걸 필사적으로 감추고, 참고, 우리는 평범하게 살지요, 하는 얼굴로…. 사실은 두 사람 모두 지쳐서, 지칠 대로 지쳐 있으면서 겉으로는 그런 내색은 하지 않고…. 아니, 나한테도 가능한 보이지 않으려고 해."

"히로."

나는 일어나서 주먹을 더 꽉 쥐었다.

"괜찮아, 말 안 해도 돼. 무리하지 마."

"무리하는 거 아니야."

히로가 나를 올려다봤다. 노려보고 있다. 날카롭고 거친 눈빛이다. 덤빌 듯한 눈빛이다.

"난 줄곧 이야기가 하고 싶었어. 누군가에게 내 이야기를 들려주고 싶었어. 하지만… 그걸…."

히로의 옆얼굴이 일그러졌다. 어딘가 깊은 아픔을 가진 사람처럼 일그러졌다.

"그걸 누구한테 말할 수 있겠어? 그 사람한테 일방적으로 내 이야기를 들으라는 거… 난 못 해. 그러니까 아무 말도 못하고 가만히 있는 수밖에 없잖아. 하지만… 하지만…."

히로의 얼굴은 여전히 일그러져 있다. 견딜 수가 없다. 나는 더 이상 참을 수가 없다. 히로의 이런 표정을 견디기 힘들다. 터지기 직전의 풍선처럼 위태로운 히로를 견딜 수가 없다. 히로가 괴로워하는 모습을 견딜 수가 없다.

싫다, 싫다. 이런 거 정말 싫다.

"언니, 괜찮은 거지?"

자리에 앉으며 침을 삼키고 물었다. 내 것이라고는 믿을 수 없을 정도로 갈라지고 낮은 목소리였다. 하지만 뜻은 전해졌다. 히로가 턱을 조금 들어올렸다.

"언니, 살아 있는 거지?"

"응."

"지금, 병원에?"

"응, 엄마가 같이 있어."

"퇴원할 수 있을 것 같아? 언니도 다친 거야?"

"다쳤어. 하지만 죽을 정도는 아니야, 상처 자체는."

"그렇구나."

선불리 '다행이다'라고는 말할 수가 없었다. 나는 아무것도 모른다. 무릎 위의 손을 겹치고 자세를 곧게 한다. 숨을 깊이 들이쉬었다가 내뱉는다. 등을 곧게 세운 채 나는 히로의 말을 기다렸다.

"…이야기해도 돼?"

히로는 얼굴을 감싼 붕대를 손가락으로 살짝 만졌다.

"응."

손을 겹친 채로 나는 힘껏 고개를 끄덕였다.

9 구름 사이로 보이는 하늘

아이가 다리 난간에서 몸을 내밀었다. 긴 머리가 등에서 흔들렸다. 검은 머리카락도 회색 운동복도 가녀린 몸도 쉽게 어둠에 녹아든다. 아니, 삼켜진다.

저물기 시작했다고는 하지만 아직 해는 충분히 남았고 밤은 옆으로 밀려나 있다. 그런데도 어둡다. 데마리 다리 위만 빛이 닿지 못하는 것 같다. 설마, 그럴 리가 없다. 히로는 눈앞에 집중한다. 바랜 회색 등을 노려본다.

아이는 멋쟁이였다. 패션 감각이랄까 색 조합 감각이 뛰어나 히로는 생각도 못한 색깔을 조화시켜 옷을 입었다.

"뭐? 언니 이 카디건이랑 이 치마가 어울린다고? 계통이 전혀 다르잖아."

"훗, 그런 거야. 카디건 밑에 이 블라우스를 받쳐 입고 치마를 입으면….”

“와!”

“그렇지, 굉장히 차분하지?”

“정말! 사기 같아.”

“잠깐! 히로, 사기는 아니야. 감각이지, 감각.”

이런 대화를 나눈 게 백 년도 더 된 것 같다.

지금 아이에게 색깔이라고는 없다. 회색 트레이닝복과 검은 셔츠. 두 가지밖에 몸에 걸치지 않는다. 방에 틀어박히면서부터 목욕도 거의 하지 않는다. 그러면서도 머리 손질만은 게을리하지 않았다. 한밤중에 수건을 열 장 이상 써 가면서 말린다. 아침마다 아이의 방 앞 오렌지색 플라스틱 바구니에 젖은 수건이 산더미처럼 쌓인다.

토할 것 같았다. 바구니 색깔도 젖은 채 방치된 수건도 언니의 머리칼 냄새도 구역질이 나게 한다. 히로는 바구니를 들고 계단을 뛰어내려 와 수건을 세탁기에 쏟아붓는다. 세제를 넣고 스위치를 누르면 윙윙 소리를 내며 세탁기가 돈다. 아침마다 젖은 수건을 세탁하는 게 언제부턴가 히로의 일과가 되었다. 엄마가 차곡차곡 갠 수건을 담은 바구니와 뜨거운 물을 담은 양동이를 들고 계단을 올라가는 것도 매일 밤 습관이 되었다.

매일 밤 수건으로 꼼꼼하게 말린 머리카락은 보기 흉하게 길긴 했지만 윤기만은 잃지 않았다. 그 머리카락이 불어 올라가는 강바람에 나부끼고 있다. 아이가 몸을 더 앞으로 내민다. 하얀 운동화를 신은 발이 허공에 떴다.

안 돼! 한 발 늦겠어.

"언니!"

히로의 외침이 신호였다는 듯 강렬한 빛이 뒤에서 비쳤다. 엄청나게 큰 경적 소리가 울려 퍼졌다.

빠아앙 빵! 빠아앙! 빠아아아앙!

아이가 돌아보았다. 눈을 크게 부릅뜨고 난간은 잡은 채로 몸을 움츠렸다. 히로가 언니를 향해 뛰어올라 두 팔로 언니를 감싸 안았다. 감싸 안았다기보다 먹이를 낚아채는 동작에 가까웠다. 아이가 저항하며 몸을 뒤틀어 빠져나가려 했다.

"윽!"

생각했던 것보다 훨씬 강력한 힘이었다. 갑작스러운 힘에 히로는 비틀거렸다. 등이 난간에 부딪혔다. 난간이라고 부르기엔 볼품 없는 철책은 생각했던 것보다 훨씬 낮았다. 몸의 균형이 잡히지 않았다. 불어오는 강바람이 오싹할 정도로 차가웠다.

"히로!"

아이의 비명이 들렸다. 히로도 외쳤지만 그 외침은 소리가 되지 않았다. 목구멍 속에서 떨리기만 할 뿐. 손가락이 허공을 휘저었다.

떨어진다.

안 돼. 무서워. 살려 줘. 안 돼.

휘청, 몸이 흔들렸다. 앞으로 휙 잡아당겨졌다. 바람이 등을 밀었다.

“아악!”

이번에는 비명소리가 터져 나왔다. 잡아당기는 힘 때문에 몸이 앞으로 고꾸라져 바닥으로 넘어졌다. 콘크리트와 자갈이 살갗을 찢는 감각이 전해졌다. 무릎을 세게 부딪히고 그 통증에 순간 현기증이 났다.

“어, 어이! 어이, 괜찮아?”

귀에 익은 듯한, 아닌 듯한 목소리다.

“당황해서 너무 힘껏 당겼나 보네. 큰일 날 뻔했어. 설마 뼈가 부러진 건 아니겠지. 일어날 수 있겠는가?”

“으으으…. 괜찮습니다.”

히로가 천천히 얼굴을 들었다. 볼에 붙어 있던 작은 돌 몇 개가 떨어졌다.

“구급차를 부르는 게 좋겠어.”

걱정스러운 남자의 얼굴이 히로를 빤히 보고 있었다.

“아, 아까 그….”

여기까지 차로 태워다 준 남자다.

“피가 나는데….”

“어….”

히로의 볼이 따뜻해졌다. 손으로 만지자 통증이 밀려왔다.

"구급차를 불러야겠지? 부상이 심한 것 같은데."

"아니에요, 괜찮아요. 일단 집으로 갈게요."

"그래? 구급차 부르는 게 낫지 않겠어?"

남자가 반복했다. 그러고 나서 풋, 하고 웃었다.

"어쩌다 보니 아가씨랑은 다치는 이야기만 하는 것 같군."

"…저기, 어떻게 여기…."

"아, 그게 그러니까, 아무래도 신경이 쓰여서 말이여."

남자는 희끗희끗한 머리카락을 손가락으로 긁었다.

"아, 뭐, 오지랖인 줄은 알지만 너무 신경이 쓰여서. 아가씨 태도가 심상치 않았거든. 뭔가 이렇게 가슴도 벌렁거리고…. 내 이 벌렁거리는 느낌이 꽤 잘 맞더라고. 자랑은 아니지만."

"그래서 되돌아오신 거예요?"

"뭐, 그런 거지. 그랬더니 아가씨가 엄청난 기세로 뛰어가고 다리 위에서는 이 사람이…."

남자는 아이를 향해 턱을 움직이고는 침을 삼켰다.

"그 뭐냐, 뭔가 심상치 않은 사태가 일어나고 있었고… 차에서 내리는 사이에 한발 늦겠다 싶어서 일단 경적을 울렸지."

거기서 다시 한 번 침을 삼켰다.

"대단치 않다니 다행이야. 우리 마누라도 내 오지랖이 병이라고 항상 어이없어했는데, 이번만큼은 그래도 정말 다행이네."

"저기…, 정말 감사했습니다."

히로가 일어나서 인사했다. 좀 더 빨리 감사를 전해야 했다. 생명을 구해 주었다. 언니와 히로 두 사람의 생명을.

아무래도 신경이 쓰여서 말이지.

단지 그 생각 때문에 일부러 차를 돌려 와 주었다. 전조등과 경적으로 아이의 움직임을 멈춰 주었다. 차에서 뛰쳐나와 히로의 손을 잡아당겨 주었다.

이 사람이 아니었다면 어떻게 되었을까? 등골이 서늘해진다. 이제 와서 새삼스럽게 심장이 벌렁거린다.

쿵쾅, 쿵쾅, 쿵쾅.

"저기, 정말, 정말 감사드립니다."

"아니, 아니여. 오지랖도 때로는 쓸모가 있다고 마누라한테 말해 줘야겠어. 그것만으로 충분해. 이제 어떻게 하려고? 구급차 안 불러도 되겠는가? 집까지 데려다줄 수도 있는데."

남자의 눈길이 아이에게 향한다. 아이는 주저앉아 고개를 푹 숙이고 있었다. 긴 머리에 가려 표정까지는 보이지 않았다.

"…언니."

아이 앞에 무릎을 꿇자 예리한 통증이 스쳤다. 심하게 까진 것 같았다. 그나마 청바지를 입고 있어 다행이었다. 치마였다면 까진 걸로 끝나지 않았을 거다. 순간 엄마가 떠올랐다.

"좀 예쁘게 입어."

엄마가 종종 말하곤 했다. 꾸짖는 게 아니고 난감하다는 표정과 말투였다.

"여자애가 청바지에 티셔츠만 입으면 어떡해? 좀 별로야."

"아닌데."

"재미없어. 도무지 여자애답지가 않으니까."

"그런가."

"그래, 히로 너도 참 별나다."

히로는 '여자애답지 않다'와 '재미없다'가 어떻게 연결되는지 이해가 안 갔다. 재미없는 게 엄마인지 히로인지 모르겠다. 이 경우는 다르다. 엄마는 오해하고 있다. 지금까지 복장에 대해 재미없다고 느낀 적은 한 번도 없다. 프릴이나 레이스가 달린, 혹은 밝고 발랄한 '귀여운 차림새'를 좋아하지도 않고, 어울리지도 않는다. 그런 만큼 쓸데없는 장식이 없는 셔츠나 청바지를 입으면 깔끔한 분위기가 된다. 깔끔하고 예쁘다고 생각했다. 누가 말해 준 것도 아니지만 혼자서 그렇게 믿고 있었다.

지금은 분위기나 겉모습 때문이 아니라 청바지를 입길 잘했다고 생각한다. 튼튼한 청바지 덕을 톡톡히 봤다고 생각한다.

히로는 살짝 고개를 흔든다. 옷이야 어찌 되든 상관없다. 어찌 되든 상관없다고 생각하는 자신이 이상하다. 이 상황에서 도망치고 싶은 건지도 모른다. 여기가 아닌 어딘가로, 지금이 아닌 언젠가로 도망치고 싶다고 느끼는 건지도 모른다. 예를 들면 엄마와 옷에 대한, 아무것도 아닌 대화를 나누던 시절로.

"언니, 일어설 수 있겠어?"

무릎을 세우고 엉거주춤 일어선 자세로 아이의 어깨에 손을 얹었다. 순간 아이가 그 손을 뿌리쳤다. 그 바람에 가슴을 한 대 맞았다. 아이의 손등이 와서 퍽 부딪쳤던 것이다.

갑작스러웠다. 엉거주춤한 자세였던 터라 피할 수 없었다.

"우앗!"

히로는 힘없이 엉덩방아를 찧었다.

"방해하지 마."

아이가 소리쳤다. 자랄 대로 자란 머리카락 사이로 치켜뜬 두 눈이 번득였다.

"언니…."

"왜 다들 나를 방해하는 거야! 왜 나를 괴롭히냐고! 내가 뭘 어쨌다고 이렇게 괴롭히는 거야. 어쩌라고, 어떻게 하면 되는 건데. 왜! 왜!"

아이가 팔을 휘둘렀다. 떼쓰는 어린애가 따로 없었다.

"방해하지 마. 죽게 놔 둬. 편해지고 싶으니까 죽게 놔 둬. 방해하지 마, 방해하지 마!"

투둑.

히로의 내면에서 뭔가가 끊어졌다. 툭 끊어져 나가는 소리가 들렸다.

"알았어. 더 이상 방해하지 않을게."

허리를 펴고 주먹을 움켜쥐었다.

"마음대로 해. 더 이상 말리지 않을게."

아이의 눈길이 히로를 올려다본다. 볼이 푹 파이고 피부도 입술도 메말라 있다. 눈 밑에 다크서클이 선명하다. 노인처럼 보였다. 영양 부족인 것이다.

요즘 들어 아이는 거의 고형물을 소화시키지 못했다. 입에 넣는 건 액체뿐이었다. 아침마다 엄마는 오렌지를 짜서 주스를 만들었다. 아빠가 산 착즙기로. 밤에는 수프를 끓였다. 야채와 고기를 푹 끓인 다음 건더기를 거르고 다진 파슬리를 넣었다. 옛날부터 언니가 좋아하는 음식이었다. 그걸 매일 만들었다.

주스나 수프를 갖다 주는 엄마의 눈 밑에도 다크서클이 생겼다. 언니와 엄마는 꼭 닮은 눈을 하고 있다. 혐오와 분노가 뒤얽히고, 피로와 짜증이 범벅이 되어 뭐라고 이름을 붙일 수도 없는 감정으로 변한다. 쓰고, 무겁고, 그러면서도 뜨겁다.

"이렇게 걱정하고 있는데. 알았어, 더 이상 언니가 어찌 되든 몰라. 아예 상관하지 않을 거야. 마음대로 해."

아이는 아무 말도 하지 않는다. 그냥 올려다보기만 한다.

"모두에게 이렇게 민폐를 끼치는 이유가 뭔지 모르겠어. 언니가 죽기라도 하면 주위 사람들이 얼마나 괴로울지 생각하지 못하는 거지. 자기 생각밖에 안 하잖아. 정말이지 작작 좀 해."

작작 좀 해.

그 한마디를 내뱉은 순간 머릿속이 마비되었다.

작작 좀 해.

그렇다. 나는 줄곧 이 말을 하고 싶었다. 언니, 이제 좀 그만 하라고. 정말 지긋지긋해. 더는 싫어. 작작 좀 해, 작작….

아이와 눈이 마주친다. 모든 표정이 사라진 얼굴이다. 하얗고 밋밋한 면 위에 크고 작은 검은 구멍이 뚫려 있다. 눈, 코, 입.

히로는 숨을 헉 삼켰다.

"아…. 언니, 난…."

내가 무슨 말을 한 거지.

작작 좀 해.

더 이상 상관하지 않을 테니까 마음대로 해. 알았다고.

자신이 입에 올린 말 한마디 한마디가 머릿속에서 빙글빙글 돈다. 돌다가 부딪혀 불꽃이 튄다.

작작 좀 해.

줄곧 가슴에 맺혀 있던 생각을 내뱉었다. 안에 고여 있던 것을 밖으로 토해 냈다. 그런데 손톱만큼도 상쾌해지지 않는다. 가벼워지기는커녕 더 깊어지고 묵직해지는 것 같다. 검은 덩어리가 소용돌이치며 커진다. 점점 무거워지고 검게 변한다.

"미안해."

아이가 두 손을 짚고 그 자리에 엎어졌다. 무릎을 꿇고 머리를 조아렸다.

"미안해. 용서해 줘. 정말 미안해. 내가, 내가… 약해서 아무것도 할 수 없어서…. 모두에게 폐를 끼쳤어. 알아, 하지만 어떻게 하면 좋을지 알 수가 없어. 내 잘못이야. 알고 있어, 내가 잘못한 거. 내가 틀려먹은 거야. 나는 살아 있을 가치가 없어."

"언니, 그렇지 않아. 아니야. 미안, 내가… 미안해."

"미안해, 미안해, 미안해."

아이의 웅크린 등이 떨린다. 경련하는 것처럼.

"저기…, 그러니까 저기, 데려다줄까?"

조심스러운 목소리가 들렸다.

"앗, 아니요, 그게…."

낭패였다. 남자가 있다는 걸 까맣게 잊고 있었다.

"아니, 저기…. 이것도 오지랖이겠지만 혹시 괜찮으면 두 사람 모두… 그러니까 저기… 집까지 데려다줄 수 있는데."

남자는 자신이 죄를 지은 것처럼 몸을 움츠렸다.

"두 사람 모두… 빨리, 병원에 가 보는 게 좋을 것 같아."

아이가 벌떡 일어섰다. 격하게 고개를 흔들었다.

"병원은 싫어. 난 어디에도 가고 싶지 않아. 그런데 엄마도 아빠도 나를 집에서 쫓아내려고 해. 내가 귀찮으니까, 골칫거리라 필요 없대. 내가 무능해서 요령이 없어서 이해력이 떨어져서 사람 노릇을 못하니까 더 이상 필요 없다고 생각하는 거야."

"어엇? 아, 아니야. 그런 의미가 아닌데. 저기 그러니까 상처 말이야, 상처. 상처로 세균이 들어가면 큰일이니까."

남자가 당황해서 오른손을 내밀고 흔들었다. 동시에 고개도 흔들었다. 이런 상황이 아니었다면 웃음을 터뜨릴 정도로 우스꽝스러운 몸짓이었다.

"무능이나 요령 같은 거랑은 관계가 없고 상처로 세균이 들어가면… 그거 뭐냐, 파상풍 같은 병. 내 친구는 면도하다 손가락을 베었는데 그대로 뒀다가 거기가 곪았거든. 그런데도 병원에 가지 않다가 결국 쓰러져 버렸어. 어마어마하게 열이 나고 위독해졌어. 이제 틀렸으니까 만나게 하고 싶은 사람이 있으면 부르라고. 그 정도까지 갔는데…."

아이의 입이 멈췄다. 히로도 남자를 빤히 쳐다봤다. 남자가 말하는, 듣도 보도 못한 누군가의 생사 드라마에 아이도 히로도 귀를 기울이고 있었다. 아이는 어떤지 모르지만 히로는 혼란스러웠던 마음이 잠깐이나마 가라앉는 것 같았다.

"그런데 그 친구가 글쎄 운이 좋았는지 명이 길었는지 어찌어찌 고비를 넘기고 죽지는 않았거든. 그런데 두 달 가까이 입원했지. 그게 말이야, 인간은 오래 누워 있으면 근력이 형편없이 약해지거든. 재활까지 두 달이었어. 대단했지. 내가 병문안을 갔을 때는 많이 회복되어 부인이 잔소리를 엄청 하더구먼. 피가 나올 정도로 상처가 났으면 반드시 병원에 가야 한다고.

그 친구 그래도 잘났다고 억지를 부리는 버릇이 있어서 '모기에 물려도 피가 나거든' 그러더라고. 부인은 더 화가 났지. 병문안을 갔다 부부 싸움을 중재하는 꼴이었지 뭐야. 저기 그러니까 병원에 가서 치료를 받자고. 그게 좋겠어. 글쎄 자기 몸은 자기가 아껴야 한다니까."

남자가 한숨을 내쉬었다. 아이는 아무 대답도 하지 않았다. 얼굴을 들고 멍하니 하늘을 보았다.

"감사합니다."

히로는 다시 한 번 고개를 숙이며 말했다. 남자의 듬직한 말투가 흥분을 가라앉혀 주었다. 격앙된 감정을 식혀 주었다. 가슴을 쓸어내렸다. 진심으로 감사하다는 생각이 들었다.

이런 일도 있구나.

전혀 예상하지 못한 곳에서 구원의 손길을 내밀어 주었다.

이런 일이 드물게 있구나.

휴대폰이 울렸다. 아빠였다.

"…응, 언니 찾았어. 데마리 다리에서. 뭐? …응. 괜찮기는 한데…. 응, 알았어. 기다릴게."

아빠는 허둥거렸다. 하지만 안도감이 섞인 목소리로 통화 말미에는 "금방 갈게." 하고 말했다. 히로는 울 뻔했다. 빨리 오라고 소리칠 뻔했다. 빨리 와, 언니 좀 데려 가, 하고. 호흡과 함께 고함을 삼켰다.

"저기요, 아버지가 데리러 온대요. 10분 정도면 올 거예요."

남자에게 전하자 그래, 그렇군, 하고 두 번 고개를 끄덕였다.

"아, 그럼 난 이제 그만 가도 되겠네."

"자, 잠깐만요. 저기, 다시 한 번 감사드려요. 성함과 주소를 가르쳐 주시겠어요?"

차로 향하던 남자는 고개를 돌려 히로를 힐끗 보았다.

"아가씨 몇 살이나 되었지?"

"예?"

"나이 말이야, 나이. 여자 나이는 절대 물어서는 안 되지만, 아직 어리니까 물어봐도 되겠지?"

"아, 네…. 열일곱이에요."

"그럼 고등학생이겠네?"

"네, 2학년입니다."

"그래? 열일곱 살치고는 야무지군. 요즘 고등학생들은 모조리 어린앤 줄 알았는데, 야무진 친구도 있구먼."

"네에…."

"하지만 너무 야무져도 살아가기 버겁지?"

대꾸할 말이 없었다. 말없이 얼굴을 바라볼 뿐이었다.

"아니, 내가 또 쓸데없는 소리를 했네. 하지만 옛날에, 정말 옛날에 정말 똑똑하고 야무진 여자아이를 알고 있었어. 머리 좋고 아주 야무졌는데, 그 아이가 글쎄 어떤 일이었는지는 잊었지만, 나한테 '항상 야무지게 사는 거 정말 힘들어' 하고 말한 적이 있어. 왠지 지금 문득 그 아이 생각이 나서."

남자는 쓴웃음인지 멋쩍은 웃음인지 모를 미소를 지었다.

"철딱서니 없이 어리광 부리는 녀석도 곤란하지만 너무 똑부러지게 사는 것도 괴롭지. 인간이란 참 성가신 물건이여."

히로가 대답하기도 전에 남자는 훌쩍 차에 올라타더니 그대로 그 자리를 떠났다. 떠나면서 한 번 경적을 크게 울렸다. 히로는 차 뒤꽁무니를 향해 깊이 허리를 굽혔다.

"그러고 나서 데리러 온 아빠 차로 집에 왔어."

여기까지 단숨에 이야기를 털어놓고 히로는 한숨을 내쉬었다. 후우, 하는 소리가 들렸다. 한숨 소리를 이렇게 분명하게 들은 건 처음일지 모른다. 엄마도 자주 한숨을 쉰다.

"한숨은 가스를 빼는 동작이야. 그러니 나쁜 게 아니야."

엄마는 이런 소리도 했다.

하지만 엄마의 한숨과 히로의 한숨은 소리가 전혀 달랐다. 이름도 모르는 작은 악기의 희미한 음 같다. 귓속 깊은 곳까지 서서히 젖어든다. 탄식이나 걱정 등 모든 가스를 빼는 소리와 다른 느낌이다.

"…이게 어제 이야기야."

"좋은 사람이다, 그 아저씨."

"응, 엄청 좋은 사람이었어. 생명의 은인이지. 하지만 이름도 주소도 모르니 감사의 표시를 할 수도 없어."

"그 아저씨 분명 그런 인사 듣는 걸 싫어하는 사람일 거야."

"그럴까?"

"나는 그렇다고 생각해."

"그렇다면 더욱 훌륭한 어른이야."

히로의 말에 나는 맞장구를 쳤다.

정말 오지랖이 넓은 사람은 답례나 감사의 인사치레 같은 걸 요구하지 않는 게 아닐까. 어려운 처지를 보면 참지 못하고, 모르는 사람에게도 손을 내민다. 그래서 누군가가 조금이라도 도움을 받거나 기뻐하면 그걸로 만족한다. 그런 사람이 오지랖 넓은 사람이다. 아무 근거도 없지만 나는 그렇게 생각했다. 만약 그렇다면 오지랖 넓은 어른이 되고 싶다는 생각도 들었다.

"집에 오자마자 나는 그 아저씨 말대로 병원에 가서 상처를 치료받았어. 언니는 그대로 입원했고. 언니 상처는 대단한 게 아니었어. 하지만 거의 먹지를 않았기 때문에 영양실조에다가 빈혈이 심해졌대."

"너는? 상처는 괜찮은 거야?"

"응, 대단치 않아. 하지만 무릎 상처가 꽤 깊어, 그래서…."

히로는 치마를 조금 걷어 올렸다.

"할 수 없이 치마를 입었어. 바지는 쓸려서 아프니까."

"잘 어울리는데."

빈말이 아니었다. 무릎까지 오는 감색 치마와 같은 계열의 니트 카디건은 히로에게 잘 어울렸다. 어른스럽고 예뻤다.

"고마워."

히로의 볼이 조금 빨개졌다.

"이 치마는 그래도 아주 편해. 교복처럼 답답하지 않고 느낌이 좋아."

"치마도 여러 가지니까. 나도 평소에는 청바지를 많이 입지만 치마를 입으면 기분이 달라지기도 해."

"그런가. 입어 보지도 않고 무턱대고 싫어한 거네, 나는. 치마한테 미안한 짓을 한 건가."

"앞으로 많이 입으면 돼. 빨간 미니스커트에 도전해 보든가."

"그건 좀 곤란해. 다리를 벌리지도 못하고, 자칫 넘어지잖아. 넘어지는 거 당분간 사절."

"그러네."

"사실은 말이야, 이건 비밀인데."

히로가 목소리를 낮추면서 몸을 내밀었다.

"엉덩이에 멍이 왕창 들었는데 그게 호주 지도랑 꼭 닮았어. 놀랄 정도로 똑같아."

"정말? 우아, 보고 싶다."

"말도 안 돼. 아무리 그래도 그건 곤란해. 거절!"

히로가 양손을 ×자로 만들었다. 나는 웃음을 터뜨렸다.

히로에게 들은 어제의 사건은 내가 받아들이기에 너무 무겁다. 도저히 웃을 수 있는 이야기가 아니다. 하지만 웃고 있다. 얼버무리기 위해서도 아니고 마음을 추스르기 위해서도 아니다. 히로의 사소한 몸짓, 표정, 목소리를 낮추며 말하는 모습이 재미있게 느껴져서 웃음이 난다.

"앗, 맞다!"

생각났다. 나는 가방에서 작고 하얀 상자를 꺼냈다.

"이거, 병문안 선물."

히로에게 건네줬다. 히로가 눈을 깜빡였다. 두 손으로 상자를 받아들더니 살며시 상자 안 물건을 꺼냈다.

"와아, 풍경이구나."

"상점가 소품점에서 샀어. 소리가 좋아."

히로가 나팔꽃 모양의 풍경을 들어올렸다. 그대로 창가로 가서 창문을 열었다. 바람이 불어 들고 풍경이 울린다. 맑은 소리가 난다. 창문으로 들어오는 햇빛을 받아 나팔꽃이 선홍색으로 변한다. 꽃잎이 팔랑 흔들린 듯 보였다. 빛의 마법, 작은 요술이다.

"예쁘다."

히로가 풍경을 쳐들고 본다.

"응, 예쁘지? 샀을 때보다 더 예뻐 보여."

“이 방하고 분위기가 맞을까?”

“너랑 잘 어울려.”

잠깐의 침묵 뒤에 히로가 중얼거렸다.

“멋지다.”

바람이 금세 잦아들어 풍경도 얌전해졌다. 나팔꽃만 붉게 빛을 뿜었다. ‘멋지다’ 한마디가 생명을 불어넣은 듯 반짝임이 도드라졌다.

“언니가 왜 그렇게 되었는지 자세히 몰라. 부모님도 가르쳐 주지 않고, 억지로 캐물을 수 있는 이야기도 아니고 그래서….”

갑자기 히로가 다시 이야기를 시작했다.

“하지만 직장이 계기가 된 건 알아. 직장 상사에게 심하게 괴롭힘을 당한 것 같아.”

직장과 괴롭힘. 두 단어가 연결이 되지 않는다.

“왕따가 어른들 세계에도 있다고?”

내 질문에 히로가 “그런가 봐.” 하고 말했다. 등을 돌린 채.

“언니는 대학을 졸업하고 취직하려고 돌아왔어. 이 집은 아니고 K시로. 가고 싶어 하던 회사가 거기 있었거든.”

K시는 인구 백 만을 넘는 행정 도시로, 이쪽 지역에서는 1, 2위를 다투는 도시였다. 신칸센 역과 공항이 있고, 전국에서도 손꼽히는 규모의 도서관과 경기장, 공연장이 있어서 경제, 문화의 중심이 되었다. 그에 비해 교외로 나가면 자연이 풍부하게

남아 있고 시내 외곽을 흐르는 강은 반딧불이의 서식지로 유명했다. 매년 초여름에 반딧불이 축제가 열렸다.

도쿄, 오사카 등 대도시와는 비교할 수 없지만 도시로서의 기능과 자연이 훌륭하다는 평가 덕분에 몇몇 잡지의 '살고 싶은 도시' 10위 안에 반드시 이름이 올라갔다. 그런 도시다.

"언니는 취직이 결정되었을 때 굉장히 기뻐했어. 꿈이 이루어졌다고. 열심히 할 거라고 들떠 있었지. 내가 부러워할 정도였어. 이렇게 행복하게 웃을 수 있다니 좋구나 하고. 하지만 언니의 기대는 착각이었어. 거기는 꿈의 직장이 아니고 지옥이었어."

히로가 다시 한 번 풍경을 높이 치켜들었다.

짤랑, 짤랑.

풍경은 흔들리며 딱 두 번 소리를 냈다.

10 귀와 눈과 입과 마음

난 정말 모르겠어. 왜 이렇게 된 건지.

히로가 중얼거렸다.

풍경 소리에 묻힐 것 같은 작은 속삭임이었지만 내 귀에는 또렷하게 들렸다. 이상하다. 나는 빈말로라도 귀가 밝은 아이가 아니다. 굳이 말하자면 멍하게 있다가 놓치고 못 듣는 적이 더 많은 편이다.

"저거 봐. 스즈미, 또 넋 놓고 있네."

"얘! 듣고 있는 거야?"

"와아, 스즈미의 영혼이 또 어딘가를 헤매고 있군."

엄마나 린코와 친구들한테 놀림을 당하거나 눈살을 찌푸리게도 한다. 늘 그러는 건 아니지만 가끔보다는 조금 더 그런다.

하지만 히로의 중얼거림은 귀를 통해 내 안에 쌓인다. 지나치지 않는다. 무거운 화제도 아니고 아무것도 아닌 중얼거림이나 이야기도 흘려듣게 되지 않는다. 참 이상하다. 히로와 이야기를 할 때마다 느낀다.

"언니는 의욕에 차 있었어. 언니가 취직한 데가 '이매진 그룹'이라는 건설 회사인데 그중에 건물 디자인을 담당하는 부서에 배정되었대. 언니는 공간디자인 공부를 오래 했기 때문에 원하는 업무를 할 수 있다며 굉장히 기뻐했어."

'이매진 그룹', 들어 본 적 있다. 전국적인 규모의 유명한 대기업이다.

지금 사람이라 쓰고 이매진.
지금 사람을 만드는 이매진.
지금 사람과 함께 살아가는 이매진.
그것이 우리 이매진 그룹입니다.

이런 광고를 TV에서 본 적 있다. 작업복을 입은 사람, 양복을 입은 남성, 정장을 차려입은 여성, 아기를 안은 엄마, 휠체어에 앉은 노인, 책가방을 메고 있는 초등학생. 다양한 연령대의 사람들이 얼굴에 미소를 띠고 화면을 가득 채우는 광고.

갑자기 또 생각이 났다. "진부하군!"이라는 한마디.

아빠였다. TV를 힐끗 보더니 "진부하군!" 하고 내뱉듯 말하고 리모컨 스위치를 눌러서 TV를 껐다. 나는 곧이어 시작될 만화 영화를 기다리고 있었지만 아빠의 말투에 눌려 '나 TV 보고 싶은데'라는 말을 차마 하지 못했다.

이렇게 자세한 장면이 떠오른다. 하지만 그것과는 별개로… 어딘가에서 '이매진 그룹'이라는 이름을 들은 적이 있다. 광고나 유명 기업 소개 같은 종류가 아니고 조금 더 가까운 곳에서 아주 오래전에 들은 기억이 있다. 그런데 기억의 밑바닥에 가라앉아 쉽게 떠오르지는 않는다.

"언니는 항상 목표가 있었고 그 목표를 향해 노력하면서 한 걸음씩 다가갔어. 난 그 모습을 보면서 참 대단하구나 싶었어."

히로가 오렌지 주스를 마저 마셨다. 과육 알갱이가 컵 여기저기 붙어 있다.

"솔직히, 언니는 너무 잘났어. 언니랑 비교당하는 건 싫다고 생각할 때도 있었어. 부모님이 대놓고 그런 건 아니지만 나도 모르게 느끼곤 했어. 못난 생각이라는 걸 나도 알아. 언니처럼 떠나지도 못하고 우물쭈물하는 내가 참 못났구나 하고."

나는 무심결에 한숨을 내쉬었다. 히로도 역시 그렇구나 하는 놀라움과 히로답다고 납득하는 마음이 동시에 생겨 조금 당황스러웠다.

히로도 주위의 분위기를 살피며 압박 같은 걸 느끼는구나. 그래서 상처도 받고 고민도 하는구나. 나랑 똑같구나.

다른 건 히로가 그걸 못난 생각이라고 깨닫는다는 것, 누군가의 탓으로 돌리지 않고 스스로 받아들인다는 것. 히로답다.

나는 그렇지 못하다. 내 못남을 인정하면 너무 한심해져서 몸과 마음이 움츠러든다. 그보다 누군가의 탓을 하며 나를 불쌍하게 여기는 게 더 편하다고 생각한다. 못난 나 자신을 받아들이지 못한다. 하지만 어쩌면 전보다 조금은 힘을 얻었는지도 모른다. 히로를 알게 됨으로써 스스로를 불쌍하게 여기지 않는, 얼버무리지 않는 힘을 가질 수 있게 된 건지도 모른다. 아직은 '~지도 모른다'는 단계지만.

아아, 어떻게 말하면 좋을까. 내가 갖게 된 이 작은 힘이 어떻게 하면 히로에게 전달될까.

"언니의 상태가 이상해진 건 근무한 지 반 년 정도 지나서였을 거야. 연수 기간이 끝나고 팀에 배정받은 지 얼마 지나지 않았을 때부터…. 나도 그 시기는 애매해. 언니는 K시에 아파트를 얻어 혼자 살았으니까. 그래도 처음 얼마 동안은 주말마다 집에 오기도 했는데 차츰 그 횟수가 줄어 엄마가 걱정을 많이 했어. 이른 아침부터 한밤중까지 일하는 모양인데 괜찮을까 하고. 그러다가 휴대폰으로 연락을 해도 받지 않았어. 하지만 난 그럴 수 있다고 생각했어. 엄마가 조금 심하게 관리하는 면이 있어서…. 으음, 뭐랄까. 자식에 대해서 모든 걸 파악하지 않으면 마음이 놓이지 않는가 봐. 그런 면이 나도 좀 지겨웠기 때문에 이제 그만 좀 내버려 두면 좋겠는데 싶었어."

히로는 빈 유리컵을 두 손으로 감쌌다. 은은하게 오렌지 향이 전해졌다.

"그랬구나."

나는 고개를 끄덕였다. 과도한 걱정이나 간섭을 지겨워하는 마음을 잘 알 것 같았다. 섣불리 '알 것 같아' 하고 말하고 싶지는 않지만 알 것 같았다. 거기에는 지배하려는 마음도 반드시 따라붙으니까.

우리 후각은 지나치게 예민한 걸까. 그래서 지극히 작은 냄새까지 맡아 버리는 걸까, 아니면 젊어서 미숙하니까 애정도 지배욕도 같은 냄새로밖에 느끼지 못하는 걸까.

"하지만… 내가 틀렸어. 엄마가 옳았던 거야."

히로의 목소리가 낮아진다. 목 주변이 위아래로 움직였다.

"작년 연말에 언니가 불쑥 집에 왔어…. 그땐 나도 이상하다고 느꼈어. 너무 마르고, 이상한 웃음만 보였거든."

"이상한 웃음?"

히로는 거기서 말을 멈추고 천장을 올려다보았다. 어떻게 설명할지 말을 고르는 것 같았다.

"뭐랄까, 입 모양만 웃고 있다고 할까, 입꼬리를 올리고 눈을 가늘게 뜨면 웃는 얼굴이 되니까 그렇게 하는 것 같은. 누가 봐도 억지로 만든 미소였어. 오싹했어. 이 사람이 진짜 내 언니

맞아? 그런 생각이 들 정도로.”

히로는 거기서 잠깐 진저리를 쳤다. 일부러 그러는 게 아니고 저절로 몸이 떨린 것 같았다.

“언니가 변한 건 마르거나 이상한 웃음뿐만이 아니었어. 말도 거의 하지 않고 아주 사소한 일에도 버럭 화를 내고…. 우리 집은 설날에 떡국을 먹는데, 다시마와 가다랑어로 국물을 내거든. 언니가 좋아하는 음식이야. 매월 첫날은 떡국 먹는 날로 했으면 좋겠다고 농담을 할 정도로.”

“응, 우리도.”

우리도 맑은장국이다. 하지만 어떻게 국물을 내는지는 잘 모른다. 지금까지 엄마가 맡고 있다.

“그런데 맛이 없다고 설날 아침에 화를 내고….”

히로의 목이 다시 조금 움직였다.

“아, 맛없어!”

아이가 외쳤다. 정말 외쳤다. 목소리가 왕왕 울렸다.

“왜 이렇게 맛이 없어, 엄마?”

“응? 그게 무슨 소리야?”

엄마가 눈을 크게 부릅떴다. 아이의 눈동자에 겁을 잔뜩 집어먹은 기색이 보였다. 그리고 눈길이 식탁 위로 향했다. 설날 음식을 담은 찬합이 놓여 있었다. 밤을 으깨 넣은 경단과 우엉

초절임 외에는 엄마가 손수 만든 것들이다. 엄마는 요리하는 걸 별로 좋아하지 않았고 손이 많이 가는 음식은 거의 만들지 않았다. 하지만 설날 음식만큼은 해마다 정성껏 마련한다. 올해도 연말부터 준비에 여념이 없었다. 가족의 취향에 맞게 만들기 때문에 당연히 파는 것보다는 훨씬 입에 맞다. 어릴 때 설날 찬합에는 비엔나소시지와 미니 햄버거, 달걀프라이가 담겨 있어서 설날 음식이라기보다는 소풍 도시락 같았다. 설날마다 생각이 난다.

지금은 아빠가 좋아하는 검은콩 요리와 말린 청어알 옆에 로스트비프며 브로콜리, 미니토마토가 놓여 색깔도 예쁘다.

"엄마가 혼신을 다한 작품이네."

히로가 나름대로 엄마를 위로하려는 찰나에 언니가 소리쳤다.

"올해 떡국 너무 맛없어. 왜 이렇게 짜?"

"짜다고? 설마."

엄마가 떡국 그릇을 들고 한 모금 간을 보았다. 히로도 한 입 먹어 보았다. 맛있었다. 다시마와 가다랑어의 풍미가 잘 우러나서 입 안에 퍼진다. 늘 먹던 엄마의 맛 아닌가.

"맛있는데."

히로가 솔직하게 말했다. 맛있으니까 맛있다고 한 거다. 감출 필요도, 언니 말에 따를 필요도 느끼지 못했기 때문이다.

“그래, 별로 다르지 않아. 아이, 이상한 소리 하지 마.”

엄마가 눈살을 찌푸렸다. 아빠도 동의했다.

“응, 맛있어. 해마다 먹는 그 맛이야.”

“어머, 그 말은 싫증 났다는 말처럼 들리는데요.”

“무슨 소리, 오해야. 처음부터 맛있다고 했잖아.”

“글쎄, 그게 본심이었을까?”

“진심이야, 진심. 맛있어. 설날이구나 하는 그 맛이야.”

“글쎄, 그게 무슨 맛일까.”

아빠와 엄마는 대화 후에 얼굴을 보며 웃는다. 웃는 엄마의 옆모습이 어딘가 경직되어 있다. 아이의 날카로운 말투에 눈치를 보고 있다. 그러면서도 알아차리지 못한 척 억지로 웃고 있다. 히로는 그렇게 느꼈다.

꽈당!

요란한 소리가 났다. 갑자기 아이가 벌떡 일어서는 바람에 의자가 뒤로 넘어진 소리였다.

“웃기지 마!”

아이는 온몸을 가늘게 떨고 있었다.

“왜 다들 나를 무시해? 왜 그렇게 깔보는 말만 하냐고?”

“뭐?”

엄마가 입을 반쯤 벌린 채 말했다. 표정이 굳어 움직이지 않았다.

"다들 합세해서 내 말은 싹 거부하고. 그래서 재밌어? 그렇게 웃겨?"

아빠가 일어섰다.

"아이야, 무슨 소리를 하는 거야? 아무도 너를 무시하지 않아. 거부라니 말도 안 돼. 그냥 떡국 이야기를 하고 있잖아."

아이의 눈이 치켜올라 갔다. 아빠 얼굴을 빤히 쳐다봤다. 거기에 뭔가 새겨져 있기라도 하듯 바라보는 눈빛이었다. 아빠가 턱을 당겼다. 아이가 슬쩍 시선을 피했다.

"그래, 맞아. 왜 그래? 아이, 너 몸이 어디 안 좋아?"

엄마가 아이의 얼굴을 들여다봤다. 그러자 아이는 눈을 꼭 감았다.

보고 싶지 않아. 보이고 싶지 않아.

그야말로 거절의 몸짓이었다. 히로는 의자를 다시 세워 놓고 언니의 등에 손가락을 댔다. 부드럽고 세심하게 주의를 기울였다. 어쩐지 그래야만 한다는 생각이 들었다. 손끝에 닿은 언니의 등은 모직 카디건을 입고 있었는데도 딱딱한 느낌이었다.

너무 나간 생각인지 몰라. 과민한 거겠지. 분명 그렇겠지.

손가락을 움켜쥐었다.

"언니, 앉아…."

아이가 털썩 앉았다. 뒤도 돌아보지 않았다. 잠깐 동안 대화가 끊기고 조용해졌다. 맑은 날씨였다. 유리문으로 햇빛과 온기가 쏟아져 들어왔다. 아무도 아무 말도 하지 않았다.

"신년 인사를 다니기에 딱 좋은 날씨입니다. 올해는 이 푸른 하늘처럼 맑고 기분 좋은 한 해가 되었으면 좋겠습니다."

전통 의상 차림의 기상 캐스터가 TV 화면에서 오늘의 날씨를 전하고 있었다. 그게 묘하게 웅웅거리는 소리로 들렸다.

"하지만 이런 날씨도 오늘 하루라고 합니다. 내일부터 서쪽에서 구름이 몰려와 오후 늦게는 동쪽에서부터 비, 모레는 전국적으로 궂은 날씨가 예상됩니다. 평지에서도 바람이 강하게 불고 비가 아니라 눈이 내리는 지역도 있겠습니다. 지금부터의 기상 정보에…."

딸깍, 화면이 검게 변한다. 엄마가 리모컨을 식탁 위에 올려놓았다.

"아이, 너 말이야…."

"죄송해요."

아이가 몸을 움츠렸다. 엄마는 입을 다물었다.

"죄송해요, 정말 죄송해요. 나… 어떻게 됐나 봐. 내가 못된 말을 했어. 죄송해요, 죄송해요. 왜 그런 말을 했는지 나도 모르겠어. 죄송해요."

아이는 '죄송해요'를 연발하며 두 손으로 얼굴을 감쌌다. 손가락 사이로 오열이 터졌다.

"아이, 피곤한 거 아니야?"

엄마가 부드럽게 물었다.

"그럴 거야. 사회 초년생은 피곤하게 마련이니까. 나도 그런 기억이 있어. 몸도 마음도 지칠대로 지치게 된다고."

"무리하지 마. 힘들면 한동안 일을 쉬는 것도 생각해 보고."

아이가 천천히 얼굴을 들었다. 두 눈이 번득인 것은 눈물이 글썽해서일까. 번득임 때문에 눈 밑 다크서클이 더욱 검게 도드라져 보였다.

"괜찮아, 나 하나도 피곤하지 않아."

"아이, 그래도…."

"하나도 피곤하지 않다니까. 일도 재미있어. 굉장히 재미있어. 뭐, 바쁘기는 해. 굉장히 바빠. 하지만. 그러니까… 그러니까 굉장히 보람도 있어."

아이는 손짓 발짓을 섞어 가면서 말했다. 이번에는 '굉장히'를 연발했다. 말투도 평소보다 빨라졌다.

"동료들도 상사도 모두 좋은 사람이고, 신입인 나를 잘 도와줘. 그러니까 나도 열심히 해야겠다 싶어서, 빨리 내 앞가림을 제대로 하고 싶어서 나름대로 열심히 노력하고 있어. 언제까지 주위 사람들에게 봐 달라고 하고 기대면 안 되잖아. 그래서 아무래도 일하는 시간이 길어져. 아직 요령이 없는 면이 있어. 모르는 것도 많고, 경험도 부족하고. 그러니까 열심히 해야 해. 안 그러면 정말 안 되는 거잖아."

히로는 고개를 갸우뚱했다. 이번에는 '열심히'와 '안 되잖아'다. 아이의 말투가 어색해서 말이 겉돌고 있었다.

"있잖아, 그래도 나 재능 있다는 말도 들었어."

아이가 웃었다. 하얀 이가 보였다. 재미있어하는 미소다. 아까의 오열과 눈물은 환상이었나.

"색깔을 매치하는 감각이 굉장히 좋대. 조금만 더 경험을 쌓고 감각을 연마하면 회사에 굉장한 일꾼이 될 거라고, 그런 말까지 들었어."

"여보, 앉아요."

엄마가 아빠 팔을 잡아당겼다. 그러고 나서 아이에게로 얼굴을 돌렸다.

"그런 걸 네 상사가 말씀하셨어?"

"응, 직속 상사."

"그럼 과장이나 계장이겠네?"

"뭐야, 엄마도 참."

아이가 소리 내서 웃었다.

"그런 호칭은 요즘 안 써."

"어머, 실례인 거야? 그거 말고 어떤 호칭을 쓰는데?"

"팀장이야. 팀장 위에는 센트럴매니저가 있고 그 위에 제너럴매니저."

"그게 뭐야? 영어만 쓰면 다야? 계장, 과장이 훨씬 좋은 거 같은데. 글쎄, 뭐 그래도 상사한테 칭찬을 받았다고 하니까 잘된 거 아냐?"

"응, 하지만 앞으로의 노력에 달려 있다고 했어. 감각만으로 할 수 있는 업무는 아니지만 감각이 없으면 할 수 없다고."

"와아, 무슨 격언 같네."

"진짜야, 선배들도 나를 부러워했어. 팀장한테 칭찬을 받다니 굉장하다고."

"어머."

엄마의 눈가에 그늘이 졌다.

"그런 건 괜찮은 거야?"

"응? 뭐가?"

"그러니까 너 신입이잖아. 신입이 너무 눈에 띄게 상사 칭찬을 받고 그러면 선배들이 싫어하는 거 아냐? 그래서 쌀쌀맞게 굴거나 그런 거 없어?"

"없어, 그런 거. 엄마, 그런 건 낡은 생각이야."

킥, 킥, 킥. 아이는 아무것도 아니라는 듯 웃었다.

"모두가 다 친절한 건 아니지만 후배를 질투하는 그런 시시한 사람은 없어."

"그렇구나, 다행이다."

엄마가 후우 하고 숨을 내쉬었다. 안도의 한숨이었다. 그리고 식사는 아무 일 없이 끝났다. 하지만 히로는 알아차렸다. 아이가 떡국이나 다른 요리에 거의 손을 대지 않았다는 걸. 아마 부모님도 알았을 것이다. 그날 밤 심각한 얼굴로 두 사람이 뭔가 이야기를 했다.

이튿날 아침 히로는 무슨 소리가 나서 잠이 깼다. 머리맡의 시계는 6시를 조금 지나 있었다. 한겨울인 1월, 공기는 얼어붙을 듯 차가웠다. 방 안에서조차 숨을 들이쉬면 가슴이 얼얼하게 추웠다. 차디찬 날씨였다.

"기다려!"

"놔, 왜 방해해?"

"아이, 도대체 왜 그래?"

"놓으라니까!"

엄마와 언니가 말다툼하는 소리였다. 서로 목소리를 낮추고는 있지만 또렷이 들렸다. 집 구조 때문인지 히로의 방에서는 현관에서 하는 말소리가 바로 옆에서 말하는 것처럼 들렸다. 아니, 바로 옆에서 나는 소리가 아니었더라도 잠이 깼을지 모른다. 그 정도로 날카로운 기척이었다.

잠옷 위에 두꺼운 스웨터를 겹쳐 입고 계단을 내려갔다.

"…무슨 일이야?"

히로도 목소리를 낮췄다. 돌아보는 엄마 표정이 굳어 있었다. 평소에 입는 파란 잠옷에 카디건을 입고 있다. 엄마도 헐레벌떡 방에서 나온 듯했다.

"히로, 언니가 가겠대."

"가출하는 것처럼 말하지 마. 내 아파트로 돌아가겠다는 것뿐이잖아."

아이가 어깨를 움츠렸다. 아이는 이미 외출복으로 갈아입고 있었다. A라인 코트에 청바지를 입고 작은 여행 가방을 들고 있었다. 코트를 입은 팔을 엄마가 손으로 꽉 잡고 있었다.

"벌써 돌아가니? 오늘은 2일이잖아."

엄마는 허둥댔다. 불안한 눈빛으로 매달리듯 히로를 바라보았다.

"근무는 5일부터 시작하니까 4일까지 푹 쉬다 가면 되잖아. 그럴 생각으로 온 거잖아."

떨리는 목소리로, 그러면서도 엄마는 딸을 설득하려 했다.

"그렇게 한가하게 여유를 부릴 시간이 없어."

아이는 엄마 손을 뿌리치려고 팔을 흔들어 댔다.

"일이 산더미처럼 쌓여 있단 말이야. 연수도 있고, 자료 정리도 끝나지 않았고, 오늘 가지 않으면 다 처리 못 해."

"아이, 무슨 일이 그렇게 많아? 그렇게 일해야 하는 거야? 그랬다가 몸 상해."

엄마가 다시 허둥거렸다. 엄마 어깨 너머로 아이와 눈이 마주쳤다. 겁에 질린 건가? 언니는 잔뜩 겁에 질린 걸까.

도와줘. 도와줘, 히로.

눈으로 비명을 지르고 있었다.

"아이, 참! 정말 괜찮다니까 그러네."

아이가 엄마의 몸을 가볍게 쳤다.

"엄마는 정말이지 염려증이야. 그러면 빨리 늙어. 봐, 눈가에 주름이 깊어졌어."

"아이, 너 정말."

엄마는 쓴웃음을 지으며 볼을 만졌다.

"농담이야, 농담. 솔직히 말하면 나 연말에 너무 놀아서 일이 밀려 있어. 그래서 새해 업무가 시작되기 전에 정리를 해 놓아야 해서…. 자업자득이지 뭐, 헤헷!"

아이는 장난스러운 몸짓으로 혀를 날름 내밀었다.

"그래서 솔직히 좀 초조해. 모처럼 인정을 받았는데 일을 엉망으로 한다는 소릴 듣고 싶지 않아. 알았어, 엄마. 일이 마무리되면 다시 올게. 이번에는 말끔하게 정리해 놓고 느긋하게 쉴 수 있는 상태를 만들어 놓고 올게. 정말 미안. 그럼 갈게. 아, 히로, 아빠한테 잘 말해 줘. 그럼 다녀오겠습니다아!"

손을 휘휘 흔들며 아이는 밖으로 뛰쳐나갔다. 문이 열린 순간 차가운 공기가 확 밀려들었다.

"아이…."

힘껏 열렸다가 조용히 닫힌 문 앞에서 엄마가 우두커니 서 있었다. 입김이 하얀 덩어리가 되어 허공에 흩어졌다.

"그날 밤에 언니한테 전화가 왔어. 일이 의외로 빨리 정리돼서 내일부터 친구랑 스노보드 타러 간다고."

히로가 유리컵을 살며시 내려놓았다.

나는 몸을 움츠렸다. 전혀 계절이 다른데 얼어붙은 바람을 느낀 것이다. 입김조차 얼려 버리는 바람이었다.

"스노보드? 하지만 그건."

"맞아, 거짓말이었어. 언니는 거짓말을 한 거야. 식구들 걱정시키지 않으려고 일부러 밝은 목소리로."

나는 가슴을 손바닥으로 눌렀다. 심장이 두근거리기 시작했다. 이어지는 이야기를 듣기가 무섭다. 그래도 열심히 들어야 한다. 히로가 입을 다물지 않는 이상 열심히 들어야 한다.

"그로부터 한 달도 안 돼서 아파트 관리인한테서 연락이 왔어. 언니가 약을 먹고 쓰러져 있다고."

"뭐어?"

나는 숨을 헉 삼켰다. 심장이 쿵쾅거렸다.

"무슨 약을 먹었는지는 몰라. 언니는 의식이 몽롱한 상태로 방을 나와 복도를 왔다 갔다 했나 봐. 이웃집에서 이상하다며 관리인한테 신고를 했대. 그사이 언니는 먹은 걸 모조리 토해 내고 그대로 의식을 잃어서…."

"병원에 실려 간 거야?"

"응, 실려 갔어. 바로 위 세척을 해서 생명에는 지장이 없었지만 뭐라고 물어도 울기만 하고, 계속 '내가 잘못한 거야. 내가 너무 무능해서 모두에게 폐를 끼치고 있어' 하는 말만 되풀이 했대. 그러다가 '죄송해요. 죄송해요' 하고 사과를 하더래. 그런데 누구한테 하는 건지 몰라. 지금도 그래. 갑자기 울고 사과하고 죽고 싶다는 말만 해. 이런 표현, 심한 건지 모르겠지만…."

히로가 나를 똑바로 본다. 강렬하게 쳐다본다. 나도 바라본다. 하지만 눈에 힘을 줄 수가 없다. 이내 피하고 싶어진다.

"언니는 완전히 망가진 것 같아. 망가져서 전혀 다른 사람이 된 것 같았어."

"왜, 왜? 그렇게 된 거야?"

"지옥으로 걸어 들어갔기 때문이야."

"지옥…."

"응, 어떤 지옥인지 아직 몰라. 부모님이 지금 정보를 모으고 있어. 하지만 어려운가 봐. 회사 쪽에 물어도 개인 문제라는 대답만 하더래. 요컨대 업무를 따라가지 못한 신입이 애를 쓰다가 컨디션이 엉망이 되었다는 거지. 해마다 탈락자가 여러 명 나온다고 한대. 아예 그런 식으로 단정 짓더래."

탈락자. 얼마나 끔찍한 단어인가. 그런 말을 들었다면 그것만으로도 숨이 막혀 버릴 것이다.

"그런데 동료 하나가 절대 이름을 공개하지 않겠다는 조건으로 가르쳐 줬어. 언니는 상사에게 계속 혼나고, 아니, 혼만 나는 게 아니고 매일같이 욕을 호되게 얻어먹었대. 아주 모욕적인 말로 조금이라도 일이 늦거나 허둥거리면 '아무짝에도 쓸모가 없다'느니 '월급 도둑'이라느니, 더 심한, 도저히 입에 담을 수도 없는 말을 계속 들었다나 봐. 다른 사람 앞에서 그랬대."

"어떻게 그런…."

나는 두 손을 마주 쥐었다. 그렇게 하지 않으면 어딘가로 끌려 들어갈 것 같았다. 발밑에 검은 구멍이 뚫리고 끝없이 떨어질 것만 같았다.

'아무짝에도 쓸모가 없다', '월급 도둑', '도대체 언제가 되어야 일을 제대로 할 거냐. 연수 기간은 진작 끝났잖아', '실수만 하고 부끄럽지도 않아?', '다른 사람 발목 잡고 있다는 걸 알기나 해?', '사과해, 모두에게 사과해'

망가진다. 사람이 망가진다. 말은 흉기다. 망치가 되어 사람을 산산이 부숴 버린다. 히로의 언니는 산산이 부서진 걸까. 한 번 부서지면 원래대로 돌아올 수 없는 걸까?

"망가진 건 언니만이 아니야. 우리 집도 엉망이야. 엄마도 아빠도 처음에는 너무 화가 나서 소송까지 갈 생각이었어. 그런데 회사 측에서는 과실을 절대 인정하지 않고, 그 상사라는 작자도 어딘가로 이동해서 없다나 뭐라나. 소송을 해도 이길 수 있을지 없을지 모른대. 게다가 우리 아빠 직업도 시를 상대로 하는 일이 많아서 가능하면 소송까지는 가지 않는 게 좋은 것 같다고 해. 그런 걸 꺼려 한대."

갑자기 히로가 일어섰다.

"아무리 그래도 비겁하잖아. 용서할 수 없어. 아무리 큰 회사라도 아무리 높은 사람이라도 부하를 망가뜨리는 지경까지 몰아넣고 아무렇지도 않을 수는 없어. 그건 용서할 수 없어. 절대 용서할 수 없어."

나는 엄청 힘을 줘서 고개를 끄덕였다. 타인을 망가뜨릴 정당한 이유라는 건 이 세상에 없다.

"그런데도 다들 화내는 걸 잊어버렸어. 잊은 척하고 방관하는 거야. 그런 게, 그런 거 정말 이상하지 않아?"

히로에게 햇빛이 와 닿았다. 자연의 스포트라이트가 히로를 비추고 있다. 순간이지만 인형처럼 보였다.

하지만 아니다. 히로는 인형이 아니다. 히로는 분노를 잊지 않고 있다. 히로는 망가지지 않는다.

나는 속으로 외쳤다.

히로는 망가지지 않아.

히로가 천천히 눈을 깜빡였다.

11 알았던 것, 모르는 것

"저기, 엄마."

엄마를 불렀다. 엄마가 돌아봤다. 오른손으로 달걀을 꽉 쥐고 있다. 이제 프라이팬에 넣고 달걀프라이를 만들려는 것이다.

달걀프라이, 커피, 치즈토스트와 계절 과일. 이것이 요즘 엄마와 나의 아침 메뉴다. 과일 종류가 때때로 바뀌는 정도고, 나머지는 거의 변화가 없다. 나도 카페라테를 만들어 거의 같은 메뉴로 아침 식사를 한다.

이번 주는 내가 식사 당번이지만 아침 달걀프라이만은 엄마에게 맡긴다. 엄마가 해야 맛있다. 노른자가 딱딱하지도 너무 부드럽지도 않고 절묘하다. 흰자 끝이 조금 눌어 살짝 나는 구수한 맛과 노른자의 단맛이 잘 어울린다. 그래 봤자 달걀프라이라고 얕볼 수 없는 기막힌 맛이다. 요리를 그렇게 잘하는 편이 아닌 엄마의 일품요리다. 한때 엄마가 온갖 정성을 들여 만들었던 요리에 비해서도 손색 없다. 단순한 만큼 달걀의 맛을 느낄 수 있어서 좋아한다. 매일 아침 먹어도 질리지 않는다.

"왜?"

엄마는 프라이팬 끝에 달걀을 깨서 넣는다. 한 손으로 솜씨 있게 깬다. 치직 소리가 났다.

"있잖아, 전에는 일본 가정식이었잖아."

"뭐?"

"아침밥 말이야. 아빠랑 있을 때는 밥이랑 된장국에 달걀프라이, 생선구이까지 일본 가정식이오, 하는 느낌이었잖아."

"그래, 그랬지. 뭐야? 스즈미, 너도 밥이 더 좋아?"

엄마가 내 앞 접시에 달걀프라이를 놓았다. 파란 테두리만 있는 밋밋한 접시지만 황금색 노른자가 올라가니 아름답다.

"아니, 그런 게 아니라 왜 그랬을까 싶은 생각이 들어서."

"그야 뭐, 이게 훨씬 더 손이 덜 가잖아."

엄마는 의자에 앉아 달걀프라이에 간장을 살짝 끼얹었다.

"생선을 구우면 그릴도 씻어야 하고, 된장국 냄비며 그릇 수도 많아지니까. 솔직히 아침은 힘들어. 바쁘고 어수선해서 아무것도 먹지 않고 그냥 뛰쳐나간 적도 종종 있었지."

엄마는 커피를 마시고 나서 후우, 하고 숨을 내쉬었다.

"지금은 5분이면 준비할 수 있으니까 편해졌어. 그 대신 저녁에는 밥을 먹고 싶어. 아, 스즈미, 오늘은 연어라도 굽자. 갓 지은 밥에 구운 연어, 최고잖아. 부탁해."

"옙, 알겠습니다."

나는 웃으면서 대답했다. 그리고 다시 엄마한테 물었다.

"그런데 그때는 왜 계속 가정식이었어?"

"그야 아빠는 꼭 밥을 먹어야 한다니까."

수수께끼는 맥없이 풀렸다.

"그랬구나."

"그래. 입이 까다롭지도, 밥 먹으면서 불평을 늘어놓지도 않았어. 저녁은 반찬 가게에서 사다가 차려도 별말 없었고. 그런 점은 편했지. 하지만 아침은 된장국이랑 밥 아니면 싫어했어. 게다가 된장국도 밥도 금방 만든 거라야 했지. 그러니까 전날 저녁에 미리 만들어 둘 수도 없고. 정말 아침에는 정신없었어."

아빠가 있었을 때 아침 식탁에는 늘 된장국 냄새가 감돌곤 했다. 그 냄새의 기억에 이끌려 있다가 "스즈미, 도와줘.", "그릇 좀 놓고, 빨리!" 엄마의 짜증 난 목소리까지 떠올랐다. 아침 식사가 빵과 커피, 달걀프라이로 바뀌고 나서, 그러니까 엄마와 둘만의 생활이 시작되고 나서는 그 목소리도 들리지 않았다.

"왜 싫다고 하지 않았어?"

"응?"

"아빠한테 아침은 빵으로 하자고 말을 했으면 좋았을 텐데.

그랬으면 좀 편했잖아. 아니, 그보다 아빠더러 자기 걸 만들어 먹으라고 했으면 좋았잖아."

엄마가 눈을 깜빡였다. 커피를 마시고 토스트 끝을 조금 베어 물었다.

"스즈미 같으면 그랬을까?"

엄마가 토스트를 씹어 삼키며 웃고 있다.

"응."

나는 다시 한 번 고개를 끄덕인다. 엄마가 턱을 당긴다.

"그래? 의외네."

"의외라고? 왜?"

"그렇잖아. 넌 나를 많이 닮았는걸."

엄마는 커피를 컵에 더 따른다. 좋은 향이다.

"누구랑 말다툼하는 거 싫어하잖아. 싸우느니 차라리 참는 게 낫다고 생각하잖아. 나도 그래. 그랬으면 아빠가 정색을 하고 아침밥 정도는 제대로 차려 달라고 했을 거고 난 상처를 입었겠지. 화가 나서 말대꾸를 했을 테고…. 아빠 성격으로 볼 때 고함을 치거나 폭력을 휘두르지는 않았겠지만 기분이 상했을 거야. 결국 아침밥에 손도 대지 않고 나가 버리고 나만 언짢은 기분인 채로 남겨졌겠지."

"리얼하네."

"그러게."

"하지만 그건 엄마 혼자만의 착각일지도 몰라. 아빠한테 솔직하게 엄마 생각을 털어놓았으면, 그랬다면 혹시 아빠도 알았다고 말했을지도 몰라. '내일부터 빵도 괜찮아'라든가 '그럼 내가 만들어 볼게' 이런 식으로 대답했을지도 모르고."

엄마가 다시 눈을 깜빡인다. 마스카라가 필요 없을 정도로 긴 속눈썹이 아래위로 움직인다. 이혼 전날 밤 눈 밑에 있던 다크서클은 어느새 사라지고 없다.

"그렇게 생각 안 해 봤어. 그때 아빠한테 주눅 같은 게 들어 있었거든. 할머니 일로."

"할머니를 모시지 않은 거?"

"그런 것도 있고, 내가 부엌일에 요령이 없다는 걸 알아서 섣불리 말할 수 없었어. 있지 왜, 쓱쓱 5분이면 할 수 있는 아침 레시피 같은 거. 여성 잡지에서 자주 특집으로 꾸미잖아. 난 그게 잘 안 돼. 솜씨가 없는 거지. 솜씨가 있었으면 달랐겠지."

엄마의 미소가 애매해진다. 어른만 할 수 있는 표정이다.

"스즈미라면 당당하게 이야기했을까? 닮았다고 생각했는데 의외로 많이 다른가 봐, 너랑 난."

나는 달걀프라이로 눈길을 떨구었다. 젓가락으로 반을 잘라 노른자가 흐르지 않도록 조심하면서 입으로 가져갔다.

나라면 어떻게 했을까. 생각해 본다. 내가 엄마라면, 아침의 분주함을 조금이라도 줄이고, 손이 많이 가는 식단을 바꾸고 싶다면 어떻게 할까. 바쁜 와중에 요령 있게 집안일을 해내는 건 정답이 아니다. 분명 잘못이다. 그렇다. 그 점을 말해 줘야 한다. 나는 바빠서 당신 아침까지 만들 수 없다는 뜻을 전해야 한다. 지금 나라면 딱 부러지게 말할 수 있다.

"아빠한테도, 주변 사람들한테도 좋은 아내라는 소리를 듣고 싶었어. 직장도 다니고, 자식도 낳아 키우고, 집안일도 척척 해내고. 실제로 직장 후배 중에 '사도 씨, 정말 대단해요' 하면서 감탄하기도 했어. '그렇게까지 열혈 살림꾼처럼 보이지 않는데 열심히 하는 걸 보면 대단해요' 하고. 그런가, 남들이 보기에 그렇게 보이나. 그럼 좀 더 분발해야지, 열심히 해서 사람들이 부러워하게 해야지 하고…. 지금 생각하면 젊었지."

엄마가 중얼거렸다.

"무슨 소리! 바로 얼마 전 일인데. 젊지도 않았네."

"스즈미, 엄마 또래 여성한테 젊지 않다니 그런 소리하는 거 아냐. 그런 말은 절대 금기라니까."

엄마가 티스푼을 허공에 대고 빙글 돌렸다.

"인정받고 싶었나 봐. 능력과 노력을 인정받고 칭찬받고 싶었어. 일도 가정도 당당하게 꾸려 나가는 모습을 보여 주고 싶었어. 그런데 그게 제대로 되질 않아서…. 역시 젊어서 그랬나."

"지금은 잘하고 있는 거야?"

"글쎄, 하지만 인정이나 칭찬에 대한 강박은 많이 희미해졌는지 몰라. 말끔하게 없어진 건 아니지만 전처럼 신들린 듯 뭘 하지 않으니까 어깨가 가벼워."

빙글. 엄마가 어깨를 돌린다.

나를 인정해 줘. 나를 칭찬해 줘.

손이 많이 가는 요리를 계속 만들던 날들, 아니 그 훨씬 전부터 엄마는 마음으로 외치고 있었다. 무거운 뭔가에 짓눌려 있었다. 그때는 깨닫지 못했다.

아빠는? 문득 아빠 얼굴이 떠올랐다. 아빠는 알았을까, 몰랐을까. 알고도 모르는 척했을까, 별일 아니라고 무시했을까, 어떻게 해야 할지 몰라 당혹해했을까. 아빠는 엄마에 대해 얼마나 알았을까? 알고 싶기는 했을까? 언젠가 아빠한테 그런 질문을 해 보고 싶다. 진지하게 한번만 묻고 싶다. 지금까지 생각도 하지 않던 생각, 마음에 없던 생각이 솟아나 사레가 들렸다.

"그런데 어쩌다 이런 이야기를 하게 된 거지? 아, 큰일 났다. 시간이 벌써 이렇게 됐네. 스즈미, 뒷정리 부탁해."

커피를 다 마신 엄마가 일어섰다. 나는 손가락으로 오케이를 만들었다.

"알았어. 빨래도 널고 청소도 해 놓을게. 쓰레기도 내놓고."

"뭐? 정말?"

"정말이지 그럼. 오늘은 쉬는 날이라 시간도 있으니까."

오늘은 개교기념일이라 학교에 가지 않는다. 숙제 프린트물은 산더미고 '학교생활과 나의 미래'라는 주제로 작문도 써야 한다. 그런데도 기분이 여유롭다. 따뜻한 카페라테와 달걀프라이를 천천히 음미할 정도의 여유.

엄마의 두 눈이 촉촉해졌다.

"스즈미, 넌 정말 착한 딸이야. 엄마는 기뻐."

"대신 다음 주 일요일은 엄마가 다 맡아서 하는 거야."

엄마는 펼치려던 손을 가슴 앞에서 모았다. 눈가가 순식간에 보송보송해졌다.

"뭐야, 그런 조건인 거야?"

"당연하지요."

"좋다 말았네."

엄마가 노골적으로 김빠진 표정이 되었다. 그 순수함이 왠지 너무 우스꽝스럽다. 웃음이 터질 뻔했다.

"미안, 그렇게까지 착한 딸은 되지 못할 테니까."

"말하는 것 좀 봐. 스즈미, 너."

"말을 안 하면 알 수 없는 일이 많지요."

엄마의 눈썹이 찡그려진다. 할 말 있는 표정이다.

"그게 무슨 뜻?"

"그러니까 말 안 하고 참기만 하면 안 되는 경우도 있다고."

"그래도 참는 건 중요해. 모두가 이기적으로 말하고 싶은 거 다 말하고 자기 하고 싶은 거 다 하면 세상은 엉망이 될 거야.

나만 좋으면 그만이라는 생각, 별로야."

"이기적인 것과 참지 않는 건 달라."

전혀 다르다. 지나치게 참지 않고 지나치게 견디지 않고 받아들일 수 없는 것을 받아들이지 않는 것과, 자기 생각대로 주위를 움직이려는 건 다르다. 비슷하기는커녕 차원이 다른 거다.

기를 쓰고 열심히 하는 것도 꾹 참는 것도 나쁜 건 아니다. 종종 미덕으로 여긴다. 하지만 그런 건 잘 드는 칼 같은 거다. 잘못 사용하면 자신의 손가락을 베어 버린다. 그걸 깨달았다.

"어머, 못됐다. 스즈미, 이상한 자기주장만 하는 아이는 되지 말아 줘. 우리 직장에도 그런 젊은 애가 있어."

"엄마."

"뭐?"

"엄마, 요즘 참을성이 줄었어. 참아야 한다거나 열심히 살아야 한다는 생각도 줄고. 안 그래?"

"으응…."

엄마의 눈동자가 양옆으로 흔들렸다.

"내 말이 맞을걸. 그러니까 아빠랑 헤어진 거 엄마로서 잘못된 선택이 아니었어. 옳은 선택이었어, 분명."

일도 가정도 훌륭히 해내는 여성. 엄마는 필사적으로 지켜온 그 자리에서 이혼과 함께 미끄러지듯 내려왔다. 지켜야 할 자리가 없어졌기 때문에 편해질 수 있었다. 가벼워질 수 있었다. 왠지 그런 생각이 든다.

"스즈미 너…."

"8시 20분이야."

"뭐? 어머나, 큰일 났다. 지각이야."

엄마가 말 그대로 튀어오르듯 일어섰다. 의자가 뒤로 쓰러지면서 요란한 소리가 났다.

"이런! 니가 좀 세워, 스즈미."

"예, 예!"

거친 발소리와 함께 엄마가 뛰쳐나갔다.

창으로 비쳐드는 햇살 속에서 작은 먼지가 반짝였다.

아침나절 맑던 하늘에 구름이 퍼지기 시작한다. 검고 두꺼운 구름이다. 분명 비구름이다. 바람도 습기를 머금고 휘감아온다. 얼마 전까지도 보송보송 마르고 가벼워 땀을 닦아 주고 지나갔는데. 장마가 멀지 않았다. 계절이 한발 성큼 다가선다.

상점가 아케이드 지하로 들어가니 무더위도 조금 나아지는 듯했다. 나는 느린 걸음으로 어슬렁어슬렁 걸었다. 오늘 식단은 연어와 두부 된장국 그리고 당근 샐러드다. 평일 낮에 혼자 어슬렁거리는 것도 나쁘지 않다.

히로 언니는 이제 퇴원했으려나.

걸으면서 생각한다. 히로의 집에 다녀온 지도 일주일이 지났다. 한 인간을 한계까지 몰아넣는 시스템이 우리 주위에 있다. 눈에 보이지 않는, 소리도 나지 않는 그것이 무시무시하다는 생각이 들었다. 거미줄 같다. 거의 투명에 가까워 자세히 보지 않으면 보이지 않지만 일단 걸리면 벌레는 옴짝달싹 못하게 된다. 거미줄에 묶여 돌돌 감긴 채로 체액을 빨아먹힌다.

나는 고개를 흔들었다. 히로의 언니는 벌레가 아니다. 사람이다. 사람은 절대 묶이면 안 된다. 자유를 뺏겨서는 안 된다. 내가 벌레 취급을 당한다면… 무섭다. 생각만 해도 무섭다.

등줄기가 서늘해진다. 히로의 언니를 생각할 때마다 등골이 서늘해진다. 히로는 분노로 주먹을 부르르 떨었지만 나는 겁에 질려 등골이 서늘해진다.

"나, 용서하지 않을 거야."

그날 히로는 말했다.

"언니를 궁지에 몰아넣은 사람도, 언니를 보고 '지나치게 심약한 사람'이라며 놀려 대던 사람도 용서하지 않을 거야."

분노는 열이 된다. 나는 실감했다. 히로 옆에 있으면 뜨겁다. 불꽃이 살을 찌르는 느낌마저 드는 것이다. 아이 씨는 분개하지 않았을까. 자신을 몰아세우고 자신을 부정하는 상대와 그런 말이나 눈빛, 행동에 분노를 느끼지 않았을까.

엄마는? 갑자기 아침에 대화를 나눈 엄마가 떠올랐다. 짠하는 환상의 소리가 들릴 정도로 갑작스러웠다. 엄마는 분노를 느끼지 않았을까? 자신을 몰아세우는 것에, 노력이나 인내를 강요하는 것에, 죽어라 열심히 하기를 장려하는 것에 분개한 적은 없을까. 어떤 생각일까. 어떤 마음일까.

"저기… 어, 스즈미."

머뭇거리는 듯한 목소리가 뒤에서 들렸다.

"어!"

돌아보니 금발이 보였다. 상가 안까지 밀려온 바람에 금발이 살랑거렸다.

"아, 요스케."

"어이!"

요스케는 가볍게 손을 들며 웃었다.

"여기서 자주 만나네."

"응, 나 지금 여기서 아르바이트해."

자기가 말해 놓고 요스케는 손을 흔들었다.

"아, 지금은 게임 센터가 아니라 꽃집이야. 저쪽에 있는."

"아아, 플라워샵 아노 말이구나."

"맞아, 우리가 초등학교 때는 '아노 꽃집'이었지. 가게 앞에 꽃이 든 양동이 몇 개를 내놓고, 정말 엉성했어. 시들어 가는 꽃도 그대로 꽂아놓고. 좀 엉터리 같았지."

"그래, 가게 안도 어둡고 꽃가게 이미지는 아니었어. 그래도 지금은 깨끗해졌던데."

2년 전에 가게를 새로 단장하면서 아노 꽃집은 플라워샵 아노가 되었다. 가게 밖에 화분의 꽃이 진열되어 있다. 보기 좋게 높낮이를 고려해서 장식해 놓았다. 가게 안도 하얀 벽에 밝은 조명이 비치는 깔끔한 모습이다.

"요스케, 그 꽃집에서 아르바이트를 하는구나."

"아니, 아르바이트하는 곳은 가게 안에 있어. 꽃집 카페."

"뭐, 그런 게 있어?"

"몰랐어? 커피랑 허브티를 주로 팔고, 소박한 케이크 같은 것도 팔아."

"전혀 몰랐어."

"꽃을 사러 들어온 김에 잠깐 차 한잔하는 가게라고나 할까."

"이자카야 같은 느낌 아냐? 꽃집 분위기는 아닐 것 같아."

"그런가. 그래도 케이크는 아주 맛있어. 먹으러 와."

"그래. 갈게, 꼭 갈게."

인사치레나 거짓말이 아니라 나는 꼭 가겠다고 대답했다. 가고 싶다. 가 보고 싶다.

"케이크는 어떤 종류가 있어?"

"그게… 딸기 케이크랑 초콜릿 케이크, 스폰지 케이크 세 종류. 다음 달부터는 젤리도 추가될지 몰라. 음료와 세트로 단돈 6백 엔."

"고등학생한테는 좀 비싸지만 친구들 불러서 같이 갈게."

린코와 친구들에게 가자고 해 봐야지. 꽃에 싸여 허브티를 마시고 케이크를 먹는다면 분명 좋아할 거다.

"안 물어보는구나."

요스케가 중얼거렸다.

"응? 뭘?"

"평일 낮인데 내가 아르바이트를 하는 이유."

"아아…, 그렇지. 오늘은 평일이구나. 내가 쉬는 날이라 그냥 휴일 기분이 들었지 뭐야."

"그렇구나. 그러니까 개교기념일이지."

"잘 아네."

"친구 중에 요시카와 고등학교 다니는 녀석이 있어서."

힐끗, 요스케가 나를 쳐다본다.

"그런데 스즈미 넌 휴일 기분이 아니었어도 물어보지 않았을걸. 옛날부터 상대가 말을 꺼낼 때까지 개인 사정을 굳이 알아내려고 하지 않았거든."

그랬나. 나는 고개를 갸우뚱한다. 개인의 영역에 섣불리 파고들어서는 안 된다. 경계하는 마음이 내 안에 있는 걸까.

"사실, 나 학교 관뒀어. 올봄에. 중퇴라고 하지."

요스케가 목소리를 낮춰 말했다.

"그것도 집에서 지내기 괴로웠던 원인 중 하나야. 아빠한테 얻어맞았거든. '고등학교도 졸업하지 않고 어떻게 살 작정이냐'

고. 하지만 난 그런 상태로 학교에 다니다가는 그야말로 살 수 없다고 느꼈거든. 그런 내 감정을 부모님에게 정확하게 설명하지 못한다고나 할까…. 엄마는 모르겠고, 아빠는 남자라면 모름지기 높은 사람이 되어야 하고 돈을 많이 버는 게 최고라는 생각에서 벗어나지 못하는 사람이야. 그래서 뭐 그냥 이쪽으로, 할머니 집으로 온 거야. 내가 없는 편이 집안이 평화롭겠다는 생각이었는데 딱히 그렇지도 않은 것 같아."

뭐라고 대꾸를 해야 할지 몰랐다.

"요스케, 힘들었겠구나."

말을 하고 나니 부끄러워진다. 더 나은 대답을 하고 싶은데.

"뭐, 힘들었다고 해야겠지. 하지만 어느 집에나 힘든 일은 많잖아. 게다가 난 옛날부터 음식 계통의 일을 하고 싶었거든."

"아, 맞다!"

"우앗, 놀랐잖아. 뭐야, 느닷없이."

요스케는 순간 몸을 움츠렸다. 내 목소리에 반응한 것이다. 몸을 움츠리고 머리를 감싸는 시늉을 했다. 잠깐이지만 보고 말았다. 요스케의 눈이 긴장으로 떠는 것을. 어쩌면 히로 언니도 이런 눈을 하고 있는 게 아닐까.

나는 가슴을 손바닥으로 눌렀다. 심장이 점점 빨리 뛰었다.

"왜 그래? 갑자기 큰 소리를 내고. 난 기본적으로 큰 소리를 싫어해. 그 점 참고해 줘."

요스케가 짐짓 장난기 어린 투로 말했다. 입은 웃고 있지만 눈에는 여전히 그늘이 깃들어 있었다.

"미안. 저기 말이야, 갑자기 생각이 났어. 요스케가 졸업 문집에 썼잖아. 초등학교 졸업 문집 장래 희망을 쓰는 칸에 레스토랑 셰프가 되고 싶다고."

"우아! 그걸 용케 기억하고 있구나. 지금 나 진심 부끄럽다."

"그치만 굉장히 자세하게 썼잖아. 구체적으로. 그걸 읽고 요스케는 진짜 셰프가 될 것 같다고 진심으로 느꼈어. 그러니까 그게 아마… 할머니 밭에서 수확한 채소를 이용해서 이런 요리를 만들고 싶다고. 그림까지 그렸잖아."

"그만, 그만해. 창피해 죽을 것 같다. 제발 참아 줘."

정말 무안했는지 요스케의 볼이 빨갛게 달아올랐다.

"지금 아르바이트랑 연결되는 거 아냐?"

"그런 건 아냐. 그야 뭐 음식 관련 일이긴 하지만."

"관련이 있는 거야, 요스케. 꿈을 버린 게 아니잖아."

요스케가 잠시 숨을 들이쉬었다.

아직 꿈을 버린 게 아니잖아. 이런 말은 때로는 매우 잔혹한, 때로는 오만하고 무신경한 질문이 될지도 모른다. 하지만 지금은 괜찮다고 생각한다. 요스케에게 묻는 것은 어쩌면 잔혹하지도 오만하지도 않다는 생각이 든다. 나의 막연한 감이지만 지금은 믿어도 될 것 같다. 괜찮다.

"글쎄, 과감히 못 버리겠어. 고등학교도 조리 고등학교로 진학하고 싶었는데 아빠는 맹렬히 반대하고 엄마는 중간에서 난감해하고…. 그래서 지역에서 그럭저럭 괜찮다는 일반 고등학교에 들어갔는데, 무리였어. 전혀 즐겁지가 않고 재미도 없고. 뭐랄까, 겉돌기만 하고 제대로 걷는지 밥을 먹는지 잘 모르겠더라. 멍하니 엉뚱한 데 정신이 팔려 지내는 일이 많아지고 당연히 성적은 바닥을 치고. 심지어 선생님은 너는 머릿속에 뇌 대신 지푸라기로 꽉 채워져 있는 거 아니냐는 말까지 들었어."

아, 이것도 폭력이다. 언어 폭력. 히로 언니에게 날아왔을 칼날이 요스케도 습격했다. 이번에도 등줄기가 서늘하다.

"잘 그만뒀어."

등줄기의 서늘함을 떨쳐내듯 말했다.

"잘 그만뒀어. 그런 데 있다간 너덜너덜해졌을지 몰라."

칼날에 난자당했을지 모른다. 요스케는 앞을 보고 있었다.

나는 요스케와 나란히 상점가를 걸었다.

"나… 내년 봄에 고등학교 다시 들어가려고."

"조리과가 있는 학교로?"

"응, 할머니 집에서 대충 자전거로 다닐 수 있는 거리이기도 하고. 그래서 할머니한테 좀 더 빌붙어 지내 볼까 해."

"요스케, 할머니바라기구나."

"응? 그, 그런 것도 있어? 난 딱히 할머니하고… 그야 뭐 신

세 지고 있고, 할머니 집이 편하긴 하지."

"그게 바로 할머니바라기인 거야."

"아니라니까."

"뭘 그렇게 정색해? 할머니바라기가 어때서. 좋잖아. 할머니가 없으면 할머니바라기도 될 수 없으니까 넌 복이 많은 거야."

"도대체 뭔 소리를 하는지 도통 모르겠네."

요스케가 어깨를 으쓱하며 입을 삐죽거렸다. 요상한 얼굴. 나는 웃음이 터져 소리 내서 웃었다. 자전거를 탄 여자가 옆으로 지나가다가 곁눈질로 우리를 힐끗 봤다.

"앗!"

걸음을 멈췄다. 눈앞에 생각지도 못한 사람이 나타났다.

"히로!"

나는 히로에게 달려갔다.

"어, 스즈미?"

히로도 눈이 휘둥그레졌다 이내 웃는 얼굴이 되었다.

"깜짝 놀랐어. 이렇게 마주치다니."

"그러게. 쇼핑?"

"응, 풍경 사러."

히로의 대답에 호응하듯 풍경이 울렸다. 그 소품점이다. 수많은 풍경이 제각기 소리를 연주한다.

"언니가 예쁜 소리를 듣고 싶은데 CD에 실린 곡은 싫대. 음악이 아니고 소리. 그래서 네가 준 풍경을 갖고 가서 줬더니 너무 좋아했어. 그대로 병실에 매달아 놓고 우리 집 거실에도 하나 걸고 싶어서 사러 왔지. 금붕어 모양의 귀여운 걸로 샀어."

히로가 파란 포장지로 싼 상자를 가방에서 꺼냈다.

"그게 언니 마음에 들었구나."

"응, 그런가 봐."

갑자기 히로가 고개를 갸웃거렸다.

"데이트를 방해한 거야?"

"뭐? 아, 아니야. 그런 거 아냐. 초등학교 동창이고 소꿉친구야. 이름은 모토카야 요스케."

"모토카야 요스케입니다."

요스케가 요스케답게 정중하게 고개를 숙였다. 순간 히로는 움직임을 멈췄다. 굳어 버린 듯 우두커니 서 있었다.

"히로?"

히로의 눈은 요스케에게 똑바로 향했다. 요스케가 긴장했다. 히로가 정색을 하고 노골적으로 쳐다보았다. 침을 꼴깍 삼킨 건지 목이 움직였다. 바람이 불어 풍경이 일제히 울렸다. 히로는 조금도 움직이지 않았다.

12 내일, 만나기 위해

요스케가 힐끗 나를 쳐다봤다.

야, 나 어떻게 해야 되는 거야?

요스케의 눈빛이 이렇게 묻고 있다. 옛날 그대로의 눈빛이다. 키도 크고 덩치도 탄탄해지고 부모 말을 어겨 가면서까지 이루고 싶은 꿈이 있는, 어린애보다 어른에 가까워졌어도 요스케는 '옛날 그대로'를 아직 갖고 있다.

아니, 느긋하게 회상에 빠져 있을 때가 아니다. 요스케는 당황하고 있다. 그도 그럴 것이 처음 마주친 상대와 대화를 몇 마디 나누기도 전에 상대가 빤히 쳐다보면 대부분 당황한다. 대부분 처음 본 사람을 빤히 쳐다보는 무례한 행동은 하지 않는다. 나는 요스케에게서 히로에게로 고개를 돌렸다.

풍경이 울리고 있다. 그 소리 때문인지 순간 환상이 보였다.

히로가 한 그루의 곧은 대나무가 되는 그런 환상이다. 대나무와 풍경의 음색은 잘 어우러진다. 그리고 히로와 대나무도.

대나무가 흔들렸다. 히로가 고개를 가볍게 흔들었던 거다.

"…아, 미안해요."

평소보다 약간 갈라진 목소리로 히로가 사과했다.

"정말 미안. 기쿠이케 히로입니다. 그러니까 뭐라고 했더라. 아! 모토카야 요스케, 만나서 반가워. 잘 부탁해."

히로가 오른손을 쑥 내밀었다.

"아, 아니, 뭐 괜찮아."

요스케는 셔츠 자락에 손바닥을 문질러 닦고는 히로의 손을 가볍게 잡았다.

"그게… 저기, 특별히 신경이 쓰이는 건 아니지만 내 얼굴에 뭐가 묻었다거나, 아니면 내가 누구랑 닮았거나 그런 거야?"

요스케가 피식 웃는다.

"아니, 얼굴이 아니고 이름이…."

"이름? 내 이름?"

"응, 좀 놀라긴 했는데…. 모토카야라는 성은 드물어서."

히로도 웃는다. 하지만 어딘가 어색한 미소였다. 얼굴은 아직 긴장하고 있다.

"맞아, 드문 성이지. 하지만 기쿠이케라는 성도 드물긴 마찬가지 아닌가."

히로와 요스케는 비교적 자연스럽게 이야기를 하고 있었다. 요스케는 원래 그대로지만 히로는 어딘가 어색하게 무리를 하고 있는 것 같다. 히로의 어색함이 파동처럼 전해져 온다.

왜 저러지? 나도 당황한다. 히로의 모습에 어딘가 모를 어색함을 느낀다. 히로에 대해 그렇게 깊이 알고 있는 건 아니다. 서로를 알게 된 지 얼마 되지 않았다. 하지만 히로가 비위를 맞추는 웃음이나 적당히 박자를 맞춰 주는 사람은 아니라는 건 안다. 상대를 함부로 응시하거나 곁눈질로 살피거나 하는 사람도 아니다. 절대로 아니다. 분명히 말할 수 있다.

그럼 조금 전 그 태도는 뭐지? 요스케의 얼굴을 보고 놀란 게 아니라 이름을 듣고 놀랐다고 했다. 히로는 그렇게 말했다. 하지만 이름이 어디가 놀랍지? 그리고 왜 이렇게 어색하게 굴까. 히로는 나를 보며 조금 웃었다. 쓴웃음 같았다.

"미안, 내가 이상하게 굴어서. 저기, 난 그냥 언니 일로…."

나는 소리를 지를 뻔했다.

"혹시 언니의…."

히로가 고개를 끄덕인다.

피가 콸콸 흐르는 게 느껴진다. 가슴이 쿵쾅거린다. 입 안이 말라 뻣뻣하고 아프다. 나는 두 다리에 힘을 주고 서 있었다.

"맞아, 언니를 엉망으로 망가뜨린 작자. 그 상사의 이름이 모토카야 뭐라고 했어. 그래서 나도 모르게…. 정말 미안해."

히로는 어깨를 움츠리며 작게 웃었다.

나는 웃을 수가 없다. 이번에는 내 얼굴이 굳어서 마음대로 움직여지지 않는다. 기억이 떠오른다. 희미한 기억을 뚫고 방금 들은 것처럼 또렷하게 목소리가 귀에 파고들었다.

“모토카야 씨 남편이 이매진 그룹에 근무하잖아. 부인이 자랑스러워했어. 도쿄 본사로 이동하는 게 확실하다고.”

“맞아. 그리고 해외에 몇 년 파견 나갔다가 돌아오면 본사 임원이 될 거라고 했어. 완벽한 엘리트 코스라고 내가 부러워해 줬어. 은근히 어때요, 대단하지요? 하는 느낌이었거든.”

“어머, 그거 심술이잖아?”

“그래, 심술 맞아. 너무 자랑이 늘어지길래 은근 짜증이 났어. ‘난 당신네하고는 달라요’라는 눈빛이 느껴졌거든. 예, 예, 그럼요. 이쪽 남편은 별 볼 일 없는 중소기업 샐러리맨이에요. 그게 어때서? 하고 말해 주고 싶었어.”

“그런데 모토카야 씨 본사로 이동하지 못한 것 같더라.”

“어머! 모토카야네 이사한다던데.”

“응. 뭐라더라, K시에 집을 짓는다나. 출세 코스에서 벗어난 게 확실해졌기 때문일 거야.”

엄마들의 대화였다. 그 대화의 무리 밖에 엄마가 있었다. 고개를 약간 숙이고 쓸쓸한 얼굴을 하고 있었다.

중학교 1학년 가을이 끝나고 겨울이 시작될 무렵, 요스케가 전학을 가기 전이었다. 우리가 어렸을 때 우리 엄마와 요스케 엄마는 같이 쇼핑도 가고 점심도 먹으러 가곤 했다. 나는 요스케 엄마가 어떤 사람인지 잘 모른다. 하지만 아무나 붙잡고 자랑을 늘어놓거나 하는 성격은 아니라고 생각한다.

엄마는 왜 요스케 엄마의 편을 들어주지 않은 걸까. '그런 사람 아니야'라고 하지 않은 걸까. 엄마는 아무 말도 하지 않았다. 험담도 하지 않고 감싸지도 않았다. 그 자리가 거북한 듯 자리에 없는 사람처럼 가만히 있었다.

그 광경이 왠지 너무 쓸쓸해 보여 나는 등을 돌렸다. 그리고 잊었다. 쓸쓸한 것, 안쓰러운 것, 애처로운 것을 나는 의도적으로 기억에서 몰아내 버린다. 나한테 그런 버릇이 있다. 몰아냈지만 잊은 건 아니다. 그래서 기억이 떠오른 거다.

모토카야 씨 남편, 이매진 그룹에 근무하잖아.

어느 집 아주머니, 누군가의 엄마가 했던 말을. 기억의 바깥으로 밀려나 좀처럼 겉으로 드러나지 않았던 사실을.

히로에게 언니 이야기를 들었을 때 '이매진 그룹'이라는 이름에서 걸렸던 느낌이 이거였다. 요스케 아버지는 K시에 있는 이매진 그룹 지사에 근무했다. 지금도 근무하고 있을지 모른다.

"어라, 이번에는 스즈미 얼굴이 심각해졌네. 무슨 일이야?"

요스케 표정이 어두워진다. 금발 끝이 바람에 흔들렸다.

나는 침을 삼킨다. 두근거림은 여전히 가라앉지 않는다.

"요스케…, 있잖아. 요스케네 아버지, 저기…."

"아버지? 여기서 우리 아버지가 왜 나와?"

요스케 말투가 갑자기 거칠어졌다. 불쾌한 것을 본 듯 눈썹을 찡그렸다.

"아, 아니…. 저, 아무것도 아니야."

나는 조금 당황해 말끝을 흐린다. 섣불리 물어봐서는 안 될 것 같아 스스로 멈춘다.

"뭐야? 왜 말을 하다 말아? 우리 아버지가 어쨌게?"

요스케는 짜증을 낸다. 눈빛에도 말투에도 가시가 있다. 내가 아는 중학교 1학년까지의 요스케에게는 없던 가시다. 그런가. 이 친구에게 아버지는 상처구나. 만지면 아픈 곳이구나.

어깨를 잡혔다. 손가락에 힘이 들어온다. 뼈까지 전해질 정도로 강한 힘이다.

"설마! 설마… 그런 건 아니지?"

히로가 내 어깨를 잡은 채 호흡이 거칠어진다. 나는 입술을 깨문다.

"그러니까 뭐냐고? 뭐가 설마냐고? 둘 다 영문도 모를 태도 참아 줘. 짜증 나니까."

"너희 아버지 어디 근무하셔?"

히로가 한 발 앞으로 다가섰다. 갑자기 어깨가 가벼워져서 나는 두세 걸음 비틀거렸다.

"뭐? 우리 아버지 직장하고 무슨 상관이야?"
"이매진 그룹이야?"
"어어…."
"이매진 그룹 K시 제1지사 기획부 2과에 있었지? 그곳 팀장인지 센트럴매니저인지 하는 직함으로."
요스케가 속으로 뭐라고 중얼거렸다. 무슨 말인지 알아들을 수가 없었다.
"말해 봐."
히로가 주먹을 쥐었다.
"…맞긴 한데. 기획부인 건 확실하지만 무슨 과인지는 몰라. 아버지 직업에 흥미 없으니까. 아, 하지만 지금은 어디 다른 부서로 옮긴 것 같던데. 그런데 우리 아버지 근무처가 어디든 상관없는 일…, 으윽!"
요스케가 비명을 질렀다. 가슴에 풍경을 담은 상자를 맞은 것이다.
"무슨 짓이야! 장난해?"
"우리 언니한테 사과해!"
요스케의 화난 목소리가 히로의 절규에 묻힌다.
"언니한테, 우리한테 사과해."
"뭐? 무슨 소리야? 알아듣게 말해."
요스케가 침을 삼키며 표정이 굳어진다.

히로는 대나무가 아니다. 한 마리의 사나운 야수다. 당장이라도 먹잇감에 달려들려는 육식 동물. 날카로운 발톱과 이빨로 모든 걸 찢어 버린다. 언니의 붕괴를 눈앞에서 보아온 나날들. 히로는 자기 안에 짐승과 비슷한 분노를 키운 게 아닐까.

"히로!"

나는 히로의 팔에 매달렸다. 짐승이 아니다. 대나무도 아니다. 나와 똑같은 어린 사람, 가늘고 탱탱한 팔이다.

나는 울상이 되었다.

"이건 아냐. 요스케가 그런 게 아니잖아."

히로의 팔이 가늘게 떨린다.

"요스케와 요스케의 아버지는 별개야. 요스케는 아니야. 부탁이야. 화내지 마."

화가 나는 건 당연하다. 소중한 사람에게 상처를 주고 가족을 망가뜨린 사람에게 분노하지 않는 게 오히려 이상하다. 화내지 말라고 타이르는 사람도, 참으라고 타이르는 사람도 이상하다. 화내지 않으면, 분노를 바늘처럼 뻗치고 달려들지 않으면 달라지지 않는다. 똑같은 일이 반복된다. 히로의 언니처럼 어딘가에서 또 다른 사람이 망가진다. 하지만, 아닌 건 아닌 거다.

"히로, 화를 낼 상대는 요스케가 아니야."

요스케는 요스케의 아버지가 아니다. 이매진 그룹 사람도 아니다. 아버지와 부딪히고 집을 나와 자신의 길을 필사적으로 걸으려는 10대다. 상대는 요스케가 아니다. 일을 그르치고 싶지 않다. 본질을 놓치고 싶지 않다. 상대가 누군지 명확하게 하고 싶다. 아버지와 아들을 혼동하고 싶지 않다. 분노가 향해야 할 상대에게 향하지 않으면 일을 망친다.

나의 이런 생각을 히로에게 확실하게 전하고 싶다. 하지만 혀가 제대로 움직이지 않아 나는 한심한 목소리로 '아니야, 아니야' 하고 고개만 흔들었다.

갑자기 히로의 몸에서 힘이 빠졌다.

"…미안."

기어들어 가는 목소리로 중얼거렸다.

"맞아, 스즈미 말이 맞아…. 미안해."

하지만, 하고 히로가 숨을 내쉬었다. 하지만, 하지만….

히로가 몸을 홱 돌린다. 말릴 틈이 없다. 눈 깜빡할 사이에 멀어져 갔다. 지금은 날쌘 초식 동물처럼 보인다. 나는 히로의 뒷모습이 눈앞에서 사라지는 것을 그저 멍하니 바라보고 있다.

"저기, 무슨 일이야?"

소품 가게 주인이 문에서 얼굴을 내밀었다. 던져진 채 그대로 놓인 풍경 상자를 보고 눈이 휘둥그레진다.

"싸웠어? 뭔가 말다툼을 하는 것 같던데."

"아, 아니에요."

나는 몸을 굽혀 풍경 상자를 집어든다. 부서지지 않았을까.

"괜찮습니다. 소란을 피워서 죄송합니다."

"소란이라고 할 건 아니지만 뭔가 험악한 분위기가 느껴져서. 정말 괜찮은 거야?"

"네."

나와 요스케와 내 손 안의 상자를 차례대로 보더니 여주인은 가볍게 한숨을 내쉬었다. 그러고는 가게 안으로 들어갔다.

"스즈미."

요스케가 앞길을 차단하듯이 내 앞에 막아섰다.

"설명해 봐."

나는 천천히 고개를 들었다. 굳어진 요스케의 표정이 바로 코앞에 있었다.

"무슨 소리야? 사과하라니, 그게 도대체 무슨 뜻이냐고?"

"음…. 그런데 너 아르바이트 괜찮아?"

"괜찮지 않아. 하지만 그냥 갈 수는 없잖아. 우리 아버지랑 히로가 어쨌다는 거야? 제대로 설명해 보란 말이야!"

심장이 쿵쾅거린다. 토할 것 같다. 설명? 내가 뭘 설명할 수 있지? 히로의 분노를, 아이 씨의 고통을 설명하는 것, 제대로 누군가에게 전하는 것. 절대 무리다. 불가능하다.

"혹시 히로의 언니가 우리 아버지 밑에서 일했어?"

그 한마디가 뼈를 때린다. 나는 우두커니 선 채 입을 벌리고 공기를 들이마신다. 그러지 않으면 질식할 것 같다.

"역시, 그런 거군."

요스케 얼굴이 일그러졌다. 꾸깃 하는 소리가 들린 것 같다.

"아버지가 한밤중에 몸도 못 가눌 정도로 술에 취해서는 엄마한테 소리치는 걸 들은 적 있어."

요스케가 얼굴을 잔뜩 일그러뜨린 채 내게서 눈을 돌렸다.

"'난 쓸모없는 신입을 어떻게든 사람 만들려고 했을 뿐이야' 라거나 '나만 나쁜 놈인가. 나만 책임지냐고!'도 했어. 엄마가 필사적으로 달랬지. 그 무렵 아버지는 매일 취했어. 취해서 '빌어먹을!' 하고 외쳤어. 그런데 그날은 특히 더 심했어…."

요스케는 거기까지 단숨에 말하더니 고개를 떨궜다.

"전에도 큰소리로 화를 내기도 하고 나한테 고등학교도 제대로 못 다니는 놈은 인생의 낙오자라고 욕을 한 적도 있어. 아버지는 일류 국립대를 나왔는데 자식이 부모보다 학력이 낮으면 어쩌냐고. 맞은 적도 있고. 하지만 엄마를 때린 적은 없었어. 한 번도 없어…. 그런데 그날 밤은 달랐어. 아버지가 엄마를 때렸어. 주먹으로, 코피가 날 정도로."

바람이 불어 풍경이 소리를 낸다. 하지만 요스케 목소리는 지워지지 않는다. 갈라지고 낮은데도 어떤 소리도 뚫고 내 귀에 들어온다. 나는 받아들인다. 그냥 듣고 있다. 히로 이야기를 들을 때와 똑같다. 달리 할 수 있는 일이 떠오르지 않는다.

"엄마의 비명 소리를 듣는 순간 머릿속이 새하얘졌어. 엄마가 '그만! 이러지 말아요' 하고 외치는 소리만 왕왕 머릿속에 들렸어. 그 이후 일은 잘 기억이 나지 않아. 퍼뜩 정신을 차려 보니 엄마가 나한테 매달려서 '그만, 하지 마' 하고 울고 있었어. 아버지가 아니고 나를 말리고 있었어. 그리고 아버지는…."

요스케가 주먹을 쥐더니 자기 눈높이까지 들어 올렸다. 그것이 기묘한 열매라도 되는 듯 쳐다봤다.

"아버지는 얼굴을 감싸고 바닥에 쓰러져 있었어. 손가락 사이로 피를 흘리면서…. 내가 때린 거야. 아버지 몸을 타고 앉아 얼굴을, 몇 번이고 계속 때린 모양이야. 정말 기억이 안 나."

요스케는 힘없이 팔을 늘어뜨렸다.

"처음에는 엄마를 도와줄 생각이었어. 취해서 엄마를 때리는 아버지를 용서할 수 없었어. 분명 그랬어…. 그런데 그런 생각이 어디로 가고…. 뭔가, 뭔가…."

요스케의 입술이 움찔움찔 움직였다.

"그만해. 이제 됐어. 더 이상 말하지 않아도 돼."

이렇게 말해야 하지 않을까. 아빠가 엄마를 때린다. 내가 아빠를 때린다. 사실을 말하기에 너무 무겁고 괴롭다. 몸 한가운데가 뚫리는 기분 아닐까.

이제 됐어, 요스케. 더 이상 말하지 않아도 돼.

하지만 나는 입을 다물고 있었다. 요스케의 다음 이야기를 듣고 싶었다. 아버지의 폭력, 아들의 폭력. 그것이 어디에서 어떻게 연결되어 아이 씨와 만나는지 알고 싶었다.

단순한 호기심일까. 그저 주변에서 일어난 충격적인 사건을 알고 싶을 뿐일까. 그렇다면 큰 잘못이다. 악의를 담은 소문, 무책임한 속삭임, 모습을 감춘 채 인터넷 안에서 벌어지는 악성 댓글이나 비방, 그런 거와 다르지 않다. 하지만 모르면 안 될 것 같다. 마음이 초조하다. 나는 알아야 한다.

"'폭발'이라는 말은 알고 있었고, 쓰기도 했어. 그런데 실감한 건 그때가 처음이야. 지금까지 내 안에 고여 있던 것이 한꺼번에 폭발하는 느낌…. 뭐가 고여 있었는지 정확하게 설명할 수는 없지만. 난 소리를 크게 지르면서 아버지를 계속 때린 모양이야. 그런데 정말, 정말 기억이 잘 나지 않아. 내 안에 엄청난 폭력적인 뭔가가 있었다고 생각하니 오싹했어. 하지만, 하지만 후련하기도 했어. 고여 있던 걸 전부 분출한 것 같은 후련한 기분이 든 것도 사실이고…. 상상해 봐, 그런 거 무섭지 않아? 아버지를 때리고 기분이 후련하다니 끔찍하고 무서워."

요스케가 몸을 부르르 떨었다.

"지금도?"

"응?"

"요스케, 지금도 후련해?"

전혀 그렇게 보이지 않았다. 오히려 겁에 질려 움츠러들고 있는 것 같았다.

"지금은 전혀…. 후련하지 않아. 엉망이야."

요스케가 고개를 흔든다. 힘이 하나도 없는 몸짓이다.

"피투성이가 된 아버지 얼굴이 지금도 꿈에 나타나. 등을 잔뜩 구부리고 개처럼 신음하고 있었어. 형편없이 약해 보였어. 이렇게 야위고 볼품없는 남자였던가 싶은 생각이 든 순간 내 몸에서 힘이 쭉 빠져서 그 자리에 주저앉았어. 옆에서는 엄마가 울고, 아버지는 신음하고. 뭐랄까 정말이지 엉망진창이었지. 이튿날 집을 나왔어. 엄마가 잠시 할머니 집에 가 있으라고 해서. 거의 강제로 집에서 쫓겨난 거지. 헤헷, 솔직히 말하자면 그때 난 경찰에 체포되는 거 아닌가 싶어 좀 쫄았어. 폭행이잖아. 그런 사태까지는 벌어지지 않았지만."

여기서도 붕괴다. 요스케의 집안에서도 뭔가가 소리를 내며 부서지고 있었다.

"쫓겨난 지 사흘째였던가. 엄마가 와서 이야기해 줬어, 아버지에 대해. 아버지도 상사에게 호되게 당했다고."

"당했다니, 왕따를 당했다는 거야?"

"아니, 글쎄. 우리가 생각하는 따돌림과는 조금 다를지도 몰라. 바뀐 상사가 업무 성과를 더 빨리 더 크게 내라고 닦달을 하는데, 아버지는 그 지시에 부응하지 못해서 계속 무능하다는 소리를 들었다나 봐. 엄마가 말하길 아버지는 어릴 때부터 잘한다는 소리는 들어 봤지만 무능하다고 조롱을 당한 적은 없었대. 하지만 실제로 업무 성적은 시원치 않았고 그래서 어떻게 할 수 없을 정도로 스트레스가 쌓여 있었나 봐."

"아아, 하지만 너희 아버지는 디자인 기획인가 그런 업무잖아. 그런데 성과나 성적 같은 게 있어?"

"있는가 봐. 잘은 모르지만 매년 트렌드가 되는 디자인 같은 걸 만들어 내지 않으면 안 된다나 뭐라나. 일 년에 한 번 정도면 모르지만 새로운 아이디어를 내는 기간이 반 년마다 혹은 3개월마다 점점 짧아졌다더라고. 그 말을 듣고 보니 확실히 스트레스가 많았겠구나 싶은 생각도 들었어."

나도 생각했다. 물 같다. 높은 곳에서 낮은 곳으로 흘러간다. 점점 압력이 증가하면서. 그 흐름의 막다른 곳에 있던 히로의 언니는 수압에 눌려 찌그러질 지경이 되었다. 그렇다면 원천은 어디일까. 요스케 아버지의 상사? 아니면 더 높은 사람?

"있잖아, 스즈미, 어어…."

요스케가 재빨리 주머니에서 휴대폰을 꺼내 귀에 댔다.

"아, 예…. 죄송합니다. 지금 근처에 있습니다. 그런데 딱 5분이면… 예, 예, 괜찮습니까? 아, 예. 알겠습니다."

요스케는 휴대폰을 다시 넣더니 내 손을 잡았다.

"스즈미, 잠깐 나 좀 따라와."

"응? 따라오라니, 어딜?"

"내가 아르바이트하는 가게."

내 손목을 잡고 요스케는 걸음을 옮겼다. 손가락은 굵고 뜨거웠다. 어른 남자의 손가락이었다. 5분 뒤 나는 꽃집 안 카페에 있었다. 꽃에 둘러싸인 하얀 의자에 앉아 있다.

"케이크랑 커피 내가 쏠게. 아, 허브티가 더 나으려나? 레몬그라스랑 로즈마리밖에 없는데."

"응? 괜찮아. 안 그래도 돼."

"내가 낸다니까. 내가 억지로 데리고 왔으니까. 저기, 히로에 대해 알려 줘."

갈색 앞치마를 입은 요스케의 얼굴은 진지했다.

"히로의 언니라는 사람, 우리 아버지 밑에서 일했다고?"

"…으응."

"그래서 뭔 일이 있었다는 거야? 아버지 때문에?"

"난 말 못 해."

나는 무릎 위에서 손을 깍지 꼈다.

"말을 못 하다니."

"미안해, 하지만 말할 수 없어. 너희 아버지 부하였던 건 내가 아니라 히로의 언니인걸."

요스케가 눈을 깜빡였다. 나는 살짝 코를 킁킁거렸다. 은은한 꽃향기가 난다. 진한 달콤함이 아니라 부드럽고 은은한 향기다. 사람은 은은한 꽃향기처럼 살아갈 수 없는 걸까.

문득 그런 생각이 들었다. 아무도 상처 입히지 않고 아무도 괴롭히지 않고 살아가기는 불가능한 걸까.

"남의 일을 아는 것처럼 이야기하고 싶지 않다, 이건가."

요스케가 천장을 올려다봤다. 천창으로 자연광이 비쳐 들었다.

"고집쟁이네."

"뭐?"

"스즈미 너, 겁쟁이에 부끄럼 잘 타는 데다가 낯도 가리고 항상 우물쭈물하다가도, 결정적인 순간에 엄청난 고집쟁이가 되는 면이 있어서 절대로 뒤로는 물러나지 않지."

"무슨 소리야, 난 고집스럽다는 말 들어 본 적 없어."

"고집쟁이야. 봐, 말하지 않겠다고 하면 절대 안 하잖아."

피식, 요스케가 웃었다.

"고집쟁이야, 너."

"겁쟁이에 부끄럼쟁이에 낯도 가리고 고집쟁이? 좋은 건 하나도 없잖아."

"좋은 뜻으로 고집쟁이야. 무지 좋은 뜻으로, 스즈미."

요스케가 테이블을 손으로 짚었다.

"내 이야기 안 끝났어. 더 있어. 우리 아버지, 지금 회사에 출근하지 않아. 휴직 중이야. 부하 관리를 제대로 못했다는 책임을 지고 자료 창고 관리부로 밀려났어. 거기에 충격을 받아 회사에 가지 않고 계속 쉬고 있대. 이것도 엄마한테 들었어."

부하 관리를 제대로 하지 못했다는 건 히로의 언니 일을 가리키는 걸까.

"아버지 이야기, 히로한테 전해."

"응?"

"아버지를 용서해 달라거나 그런 게 아니고 사실을 그대로 전하고 싶어서 그래. 나 솔직히 모르겠어. 아버지는 옛날이나 지금이나 싫어. 아버지 같은 어른은 되고 싶지 않아. 그런데 내가 모르는 아버지의 약한 면과 부드러운 면이 있을지도 모른다는 생각이 들어. 어쩌면 아버지 나름대로 필사적으로 살면서 일을 했던 걸까 싶고. 그랬더니 불쌍하기도 해. 하지만 불쌍한 거에서 끝내고 싶지 않은 마음도 있어. 모르겠어. 사실 누가 잘못한 건지, 누가 상처를 입은 건지 알 수 없게 되어 버렸어. 히로나 스즈미는 아는지, 어떻게 생각하는지 진짜 듣고 싶어."

요스케가 입을 다물었다. 그러더니 멋쩍은 웃음을 지었다.

"내가 너무 떠들었지? 이렇게 이야기하는 거 난생처음이야."

"자, 기다리게 했습니다."

붉은 두건을 쓰고 요스케와 똑같은 갈색 앞치마를 두른 남자가 테이블 위에 쟁반을 놓았다. 쟁반에는 딸기 케이크와 노란빛이 도는 허브티가 놓여 있다.

"아, 아니, 주문하지 않았는데요."

"내가 대접하는 거야. 요스케 여친이 왔는데 내가 대접해야지. 사양 말고 먹어."

동그란 얼굴에 동그란 안경. 키는 크지만 통통하고 모든 게 동그란 느낌의 아저씨는 이 가게 주인이다. 유리문 너머로 몇 번 본 기억이 있다.

"여친 아니에요. 그냥 친구예요."

나는 크게 고개를 가로저었다. 오른손도 내저으며.

"스즈미, 그렇게 정색하고 부정하면 내가 좀 민망해지잖아."

"그렇네. 너도 나랑 마찬가지로 인기 없는 남자로군."

"무슨, 아노 씨랑 한통속으로 취급당하기 싫습니다. 전 아직 10대고 앞날이 창창합니다."

"그럼 나는 다 끝난 인간이라는 거냐? 내가 더 민망하다!"

"그거 민망한 정도가 아니고 뭉개지는 느낌인데요."

아노 씨가 껄껄 웃는다.

나는 숨을 쉬었다. 요스케는 자기가 있을 곳을 찾았구나. 발판으로 삼아 앞으로 나아갈 장소가 생겼구나.

나는 옆에 놓은 풍경 상자로 눈길을 돌렸다.

전달할게. 요스케에게 들은 이야기를 히로에게 전할게.

나는 말없이 요스케에게 대답했다. 요스케는 내 눈을 보고 고개를 끄덕였다.

13 고슴도치 이야기

"모르겠어. 그런 거 전혀 모르겠어."

히로가 말했다. 숨죽인 목소리지만 히로의 동요는 전해져 왔다. 마음이 흔들리고 있다. 눈으로는 볼 수 없는 그 움직임을 나는 분명하게 느꼈다. 갑작스러운 바람에 키가 큰 풀들이 흔들리듯이, 천둥과 세찬 비로 강 수면에 파도가 일듯이 히로의 마음이 흔들리고 있다.

나는 히로네 집 거실에 있다. 꽃집 카페를 나와 곧장 여기로 왔다. 집에 없는 거 아닐까 걱정했는데 히로는 집에 있었다. 오늘도 혼자인 것 같았다. 나는 풍경이 든 상자를 전해 주면서 하고 싶은 이야기가 있다고 했다. 히로는 '고마워' 하고 고개를 숙였다. 그러고는 눈으로 내 이야기를 재촉했다.

말해 봐, 스즈미.

나는 거실로 안내를 받고 소파에 앉았다. 그리고 요스케에게 들은 이야기를, 부탁받은 이야기를 전했다. 가능한 한 정확하게, 감정에 치우치지 않도록 노력하면서.

내가 이야기를 마치고, 이야기를 다 들은 히로는 낮고 갈라진 목소리로 말했다. "모르겠어. 그런 거 전혀 모르겠어." 하고.

모르겠다. 나도 모르겠다.

"언니를 그 지경까지 몰아넣은 사람은 모토카야라는 작자야. 그런데 모토카야도 피해자였다는 이야기를 하는 거잖아?"

"피해자인지 아닌지 나는 몰라."

솔직하게 대답했다. 알 수가 없었다. 히로가 함부로 이름을 내뱉는 '모토카야라는 작자'인 요스케의 아버지는 아이 씨를 괴롭혔다. 직접적인 폭력은 사용하지 않았지만 말로 태도로 마구 찔러 댔다. 한 인간에게서 살아갈 힘을 빼앗았다. 그건 명백한 죄다. 하지만 '모토카야라는 작자'도 아이 씨와 똑같은 일을 당했다. 아이 씨와 마찬가지로 한계까지 내몰려 신음했다.

"만나러 갈래. 모토카야네 집 주소 좀 가르쳐 줘, 스즈미."

히로는 일어나서 나를 봤다. 히로를 올려다보며 나는 숨을 삼켰다. 히로가 이렇게 말할 것을 예상했다.

'내가 안내할게'라는 요스케의 제의를 거절하고 나는 요스케의 집 주소와 약도를 적은 종이를 받아들었다.

"나도 같이 갈까?"

"스즈미는 관련이 없잖아. 나 혼자도 충분해."

"아니, 같이 갈래."

"그러지 마. 재미로 그러는 거면 따라오지 마."

"아니, 그런 거 아니야."

나도 일어섰다. 일어서도 키가 큰 히로를 올려다보게 된다.

"그런 거 아니야, 히로."

옆에 있고 싶은 것이다. 현실을 정면으로 맞서겠다는 히로의 옆에 있고 싶었다. 뒤에서 봐 주겠다는 따위의 우쭐한 생각이 아니다. 도움이 되고 싶어서라기보다 그냥 옆에 있고 싶다.

히로가 눈길을 피했다. "오지랖이네." 하고 중얼거렸다. 그러고는 나를 보더니 "고마워." 하고 다시 중얼거렸다.

요스케가 연락을 해 둔 모양이었다. 우리가 초인종을 누를 사이도 없이 아주머니가 현관으로 뛰어나왔다. 아마 우리가 오기를 계속 기다리며 밖을 내다보고 있었을 거다.

"스즈미, 많이 컸구나!"

눈을 가늘게 뜨고 웃는 아주머니는 흰머리가 늘고 좀 말라 있었다. 길에서 스쳐 지나가면 알아보지 못할 정도다.

아주머니는 아무 말 없이 히로에게 고개를 숙였다.

"…자, 안으로 들어가자."

아주머니가 현관문을 열었다. 나는 숨을 헉 삼켰다. 헐렁한 운동복 차림의 남자가 현관 매트 위에 돌조각처럼 서 있었다.

히로가 한 발 앞으로 들어갔다.

"기쿠이케 히로라고 합니다. 처음 뵙겠습니다."

어른처럼 반듯하게 인사한다.

"모토카야요. 무슨 용무인지?"

남자는 선 채 턱을 들고 가슴을 내밀었다.

"저희 언니, 기쿠이케 아이 일로 왔습니다."

"기쿠이케? 아, 그런 이름의 신입이 있었나."

남자가 희미하게 웃었다. 그리고 말했다.

"기억이 잘 안 나는군. 가르쳐야 할 신입이 많았으니까."

"기억이 나지 않으면 제 이야기를 들어 주십시오. 기쿠이케 아이의 이야기입니다. 지금 어떻게 하고 있는지를."

"닥쳐!"

갑자기 남자가 소리친다.

"너희 뭐 하러 온 거야? 나한테 복수하러 왔나?"

남자가 계속 외친다. 침이 사방으로 튄다.

"나를 어떻게 할 작정이야? 내가 뭘 어쨌다고? 회사를 위해, 회사를 위해… 필사적으로 일을, 일을 했을 뿐이야. 그걸 왜 나한테 와서 이러쿵저러쿵 떠들어 대냐고. 엉? 내가 뭘 어쨌다고? 위에서 시키는 대로 성과를 올리려고 노력했을 뿐이야. 그런데 뭐야, 이 태도는. 내가 왜 이런 수모를 당해야 하지?"

아주머니가 남자, 요스케의 아버지에게 매달렸다.

"그만, 그만해요. 아니잖아요. 이 사람들이 아니잖아요."

아버지가 갑자기 풀썩 주저앉았다. 두 손을 바닥에 짚고 이마를 찧어 댄다.

"죄송합니다, 죄송합니다. 모든 건 내가 잘못했어. 그럴 생각은 아니었어. 무슨 일이 있어도 결과를 내야 하니까…. 기쿠이케 아이에게 나쁜 짓을 했어. 심한 짓을 했어. 하지만, 하지만… 어쩔 수 없었어…. 내가 나빴어. 내가 무능했던 거야. 그러니까 주변 사람들까지 말려들게 해서…."

남자는 오열을 하며 온몸을 부들부들 떨고 있다. 마치 어린애 같다. 혼란스러워하며 울부짖는 아이. 히로의 옆얼굴이 긴장한다. 입술을 달싹거렸지만 목소리는 나오지 않는다.

"내가 잘못했어. 정말 면목이 없어."

남자는 등을 잔뜩 구부리고 이마를 바닥에 찧는다. 피부가 벗겨져 피가 나는 게 아닐까. 히로는 아무 말 없이 남자를 내려다본다. 남자가 울고 있다. 아주머니도 눈물을 흘리고 있다.

갑자기 히로가 몸을 홱 돌려 등을 돌리고 뛰쳐나갔다. 나도 한발 늦게 밖으로 뛰어나온다. 방금 왔던 길을 달린다.

역 가까이까지 와서 히로가 멈춰 섰다.

"언니랑… 똑같아."

히로가 숨을 헐떡거리면서 말했다.

"갑자기 소리를 지르고, 갑자기 울음을 터뜨리고, 사과하고. 언니랑 똑같아."

나는 아무런 대꾸도 할 수가 없었다. 어른이 망가지는 모습을 처음 목격한 것이다. 무섭다. 슬프다. 우리가 살고 있는, 앞으로 살아갈 세상은 이렇게 무섭고 슬픈 것일까. 누가 이렇게까지 비뚤어지게 만든 걸까.

"왜 저 남자가 언니랑 똑같아야 해? 왜 똑같이 울고 소리치는 거야? 우습잖아. 저 작자도 피해자라니, 난 정말… 싫어."

히로가 주먹을 쥔다. 그러고는 "…용서할 수 없어." 하고 신음하듯 목소리를 쥐어짜며 중얼거렸다.

"난 용서하지 않을 거야. 모토카야가 어떤 일을 당했다고 해도 용서할 수 없어. 안 그래? 어쩌면 모토카야를 저렇게 만든 상사도 똑같을지 몰라. 상사한테 혼나고 호통을 듣고 이것저것 밀어붙인 일 때문에 스트레스가 쌓이고…. 모토카야를 용서하면 모두, 이놈저놈 모두 용서하는 게 되잖아."

히로가 긴 한숨을 토해 냈다.

축축한 바람이 불어온다. 바람이 이끌고 온 구름이 하늘을 뒤덮기 시작한다. 어쩌면 비가 올지도 모른다.

"저기 있잖아, 스즈미."

히로가 돌아본다. 목소리는 더 이상 갈라져 있지 않다.

"나 모토카야를 용서할 수 없어. 그자를 용서하면 어디 가서 누구한테 소리치고 따져야 해? 진짜 적은 누구야?"

나는 대답하려고 했지만, 명확한 대답 같은 건 나올 리가 없다. 나는 아무것도 모르고 아무것도 이해하지 못한다. 하지만 뭔가 대답을 해야 한다고 생각한다. '모르겠어'라고 한마디라도 대답해야 한다고 생각한다. 그런데 말이 되지 않는다.

'모르겠어'라고 말해서는 안 된다는 생각이 들었다. 우리는 아직 고등학생이고 사회라든가 세상이라든가, 학교 밖에서 펼쳐지는 시스템을 모른다. 직업을 가진 적도 없고, 회사라는 조직에 소속된 적도 없다. 보호받고 있다. 누군가 우리를 지켜 주고 있다. 날개도 채 완성되지 않은 병아리다. 그렇긴 하지만 '모르겠어'로 끝내서는 안 된다. 그런 생각이 강하게 들었다.

"난 언니처럼은 되지 않을 거야."

히로가 이를 악물며 말했다. 뺨이 단단하게 긴장된다.

"그러니까 확실하게 싸울 거야. 모든 걸 내 탓으로 돌리고 울거나 그러지 않을 거야. 울고 참고 망가지는 거 절대 싫어."

"응."

나는 얼굴을 바짝 쳐들었다.

"나도 싫어."

나 스스로를 존중하고 소중하게 여기고 싶다. 이 목숨을, 이 몸을, 이 마음을 누구에게도 상처받게 하지 않을 것이다. 그렇게 만들려는 자에게 이를 드러낼 것이다. 우리는 병아리지만 이를 갖고 있다. 화내기를 잊고 싶지 않다. 우리의 이를 뽑으려는 상대에게 굴복하고 싶지 않다. 계속 화를 낼 것이다.

몸의 가운데가 뜨거워졌다. 내 안에 뜨거운 심지가 존재하고 있다. 그걸 깨달았다. 히로를 알지 못했다면 깨닫지 못하고 넘어갔을까, 아니면 언젠가 분명하게 깨달음을 얻었을까.

"하지만 요스케한테는 사과해야겠다."

히로가 중얼거렸다. 그러고 나서 풋, 하고 웃었다. 주먹이 서서히 풀어졌다.

"엉뚱하게 화내고 소리 질렀잖아. 진심으로 사과해야 해."

"그럼 내일 들를까?"

"응?"

"요스케가 아르바이트하는 꽃집 안 카페. 딸기 케이크, 엄청 맛있어."

"정말? 그런데 달콤한 케이크는 피해야 하는 거 아닌가."

"그렇게 달지 않았어. 깔끔하고 그러면서도 딸기와 크림의 풍미는 입 안에 오래 남아. 깜짝 놀랄 정도로 맛있었어. 허브티도 향기가 좋았고. 케이크랑 딱 어울렸어."

"듣기만 해도 침 고인다. 스즈미, 나랑 같이 가 줄 거지?"

"좋아, 가자."

"아, 하지만 목적은 케이크가 아니고, 요스케한테 사과하는 거야. 잊지 마."

히로는 눈길을 떨구더니 “스즈미!” 하고 나를 불렀다.

“같이 와 줘서 고마워. 나 혼자였으면 이런 식으로 웃을 수 없었을 거야. 케이크 이야기 같은 것도 할 수 없었을 거고. 머리가 복잡하게 엉켜 정리도 못하고 어찌해야 좋을지 몰랐을….”

아무렇지도 않은 평범한 이야기나 사소한 대화, 그런 걸로 세상은 변하지 않는다. 그러나 사람으로 하여금 미소를 짓게 할 수는 있다. 그래서 다들 수다를 좋아하는 걸까. 린코와 친구들의 웃는 얼굴이 떠올랐다.

“나 이거 갖고 왔어. 언니한테 가지고 가려고. 스즈미한테 받은 거랑은 또 다른 소리가 나. 경쾌한 소리.”

히로는 가방에서 작은 상자를 꺼내, 상자 안에 든 걸 꺼내 들었다. 풍경이었다. 금붕어 모양 풍경. 빨간 금붕어 세 마리가 파르스름한 유리 위를 헤엄치고 있다. 히로가 갑자기 입으로 바람을 훅 불었다. 맑은 소리가 났다. 이 소리가 지친 아이 씨를 위로할 수 있을까. 이 세상에는 사람을 위로하는 것도 치유하는 것도 행복하게 하는 것도 많이 있다고 믿고 싶다.

“있잖아, 스즈미. 「숲의 왕국」에 사는 동물이라면 어떨까.”

풍경을 보면서 히로가 나를 불렀다.

“뭐라고?”

“그 나라에는 여러 동물이 살잖아. 여러 가지 사건도 일어나고. 알을 빼앗기거나 덫에 걸려 한쪽 발을 잃기도 하고, 사냥

꾼에게 엄마를 잃은 새끼 딱따구리도 있었지."

"아, 응."

"모두 누군가를 원망하거나 화를 내며 살아갈까, 아니면… 운명이라고 체념하고 살까?"

짤랑. 풍경이 울렸다.

그날 밤 나는 오랜만에 「숲의 왕국」 속편을 썼다.

컴퓨터 화면을 보며 키보드를 두드렸다.

숲의 왕국 - 고슴도치는 달을 올려다본다

숲의 왕국 한쪽 귀퉁이에 고슴도치 집이 있습니다. 어린 고슴도치는 혼자 살고 있습니다. 고슴도치 부모님은 일찍 세상을 떠났고 형제도 자매도 죽었습니다. 고슴도치는 외톨이입니다.

친구도 없습니다. 고슴도치는 성격이 예민하고 급해 걸핏하면 등의 털을 세우는 통에 모두로부터 미움을 받고 있죠. 고슴도치 털은 고슴도치답게 단단하고 강해서 거의 모든 것을 뚫을 수 있거든요.

"고슴도치는 난폭해."

너구리가 말했어요.

"내 발가락을 세게 찔렀어."

원숭이도 고개를 끄덕였어요.

"나도나도. 손바닥을 심하게 다쳤어. 말도 못하게 아파. 상대하기 힘든 놈이야. 다들 가까이 가지 않는 게 좋아."

둘이 이러쿵저러쿵 떠들고 다니는 바람에 숲속 친구들 누구도 고슴도치에게 가까이 오려 하지 않았죠. 고슴도치가 나타나면 번개같이 자리를 피했어요.

하지만 사실, 그게 아니었습니다. 너구리도 원숭이도 고슴도치에게 나쁜 짓을 하려고 했거든요. 둘은 해가 잘 드는 곳에서 깜빡깜빡 졸고 있는 고슴도치를 쿡쿡 찌르며 놀렸어요. 원숭이는 막대기를 들고 때리려고까지 했어요. 그래서 고슴도치는 털을 세워 몸을 지켰을 뿐입니다. 털은 너구리의 발가락을 찌르고 원숭이의 손바닥을 찔렀어요.

그게 나쁜 짓이었을까. 고슴도치는 생각했어요. 그리고 돌아가신 엄마의 말을 떠올렸죠.

"우리는 누군가를 아프게 하려고 바늘 같은 털을 갖고 있는 게 아니야. 이 바늘 털은 우리 스스로를 지키기 위해 사용하는 거야. 그러라고 하느님이 우리에게 달아 주신 거지."

나는 엄마 말을 어긴 걸까? 너구리나 원숭이를 다치게 한 건 잘못일까? 내가 틀렸을까? 그래서 외톨이일까?

외로워, 하고 고슴도치는 중얼거렸습니다.

만약 이 털이 없었다면, 바늘처럼 뾰족하지 않았다면 모두들 나를 무리에 끼워 줄까. 적으로부터 지켜 주는 털. 하지만 다른 동물을 멀리하게 만드는 날카로운 털.

고슴도치는 등의 털을 흔들어 봅니다. 투툭, 투툭 단단한 소리가 났습니다.

그날 밤은 보름달이었습니다. 고슴도치는 달을 올려다보며 눈물 한 방울을 흘렸습니다.

그때였습니다. 부스럭, 하고 덤불이 움직였습니다.

"누구, 누구 있어요?"

고슴도치가 외치자 작은 귀 두 개가 삐죽 나타났습니다.

"어라, 산토끼네."

"안녕? 고슴도치, 뭐 하고 있어?"

"달을 보고 있었어. 오늘은 보름달이라서."

"그런데 우는 거 아니야?"

"응? 아, 그냥 눈에 먼지가 들어가서…."

부끄러워서 고슴도치는 거짓말을 했습니다.

산토끼는 하늘을 쳐다보며 "달이 정말 예쁘다." 하며 웃었어요. 무척 귀여운 웃음소리였죠.

"고슴도치야, 우리 춤추자."

"뭐? 춤?"

"그래, 달님 아래서 춤을 추는 거야. 멋지잖아."

"난 춤은 춰 본 적이 없는데…."

"괜찮아, 내가 가르쳐 줄게."

산토끼는 고슴도치의 손을 잡고 폴짝, 폴짝 가볍게 뛰었습니다. 고슴도치도 같이 뛰었고요. 크고 둥그런 달 아래에서 산토끼와 고슴도치는 계속 춤을 췄습니다. 고슴도치에게 비로소 친구가 생겼습니다.

하지만 산토끼 엄마는 딸이 난폭하기로 소문이 자자한 고슴도치와 같이 노는 게 걱정이 되었습니다.

저 아이가 찔리기라도 하면 어쩌지? 죽을지도 모르잖아.

그날도 산토끼는 엄마가 말리는 것을 뿌리치고 고슴도치네 집으로 갔습니다.

"고슴도치는 내 소중한 친구야. 난폭하지 않아. 엄마는 아무것도 모르면서."

이렇게 쏘아붙이고 뛰쳐나갔습니다. 이게 무슨 일일까요. 엄마 토끼는 더 이상 참을 수가 없었어요. 엄마 토끼는 고슴도치 집으로 갔습니다. 둘은 집 앞에서 즐겁게 춤추고 있었어요.

재 좀 봐, 밉살맞은 녀석과 저렇게 사이가 좋다니….

엄마 토끼는 끔찍한 생각이 들었습니다. 하지만 가만히 보니 고슴도치는 따뜻한 얼굴을 하고 있습니다. 난폭한 모습은 보이지 않았죠. 산토끼 엄마는 고개를 갸웃했습니다.

"아, 엄마다."

딸 산토끼가 엄마 산토끼를 알아보고 폴짝, 폴짝 뛰어왔어요. 엄마 토끼는 얼른 두 팔을 벌려 딸을 안았죠.

그때였습니다.

갑자기 풀숲에서 커다란 여우 한 마리가 뛰어나왔습니다.

"헤헤, 꼬마만 있나 했더니 통통한 엄마도 있네. 맛있겠다."

여우는 긴 혀를 날름거렸습니다. 여우 입에서 침이 줄줄 떨어졌어요.

"아아, 제발 부탁이야. 나, 나만 잡아먹어. 이 아이는… 이 아이는 살려 줘."

엄마 토끼는 떨면서 여우에게 부탁했습니다.

"무슨 소리야? 나 지금 배가 많이 고파. 둘 다 먹어야 해."

우아앙! 여우가 입을 쩍 벌렸습니다.

아, 이제 끝이구나. 엄마 토끼는 딸을 안고 눈을 감았어요.

그때였습니다.

"캥 캐애앵!"

여우의 비명 소리가 났습니다.

응? 엄마 토끼가 눈을 뜨니 고슴도치를 문 여우가 땅바닥에서 데굴데굴 구르고 있었죠. 입이 피투성이가 된 채로요.

"캐액!"

여우가 고개를 힘껏 흔든 순간 고슴도치가 굴러떨어졌어요.

"아아악, 아야. 아파."

고슴도치의 바늘이 여우의 입 안을 사정없이 찌른 거예요.

"용서할 수 없어!"

땅바닥에 내동댕이쳐지면서도 고슴도치는 외쳤어요.

"내 친구를 잡아먹으려 들다니, 용서 못해."

고슴도치에게서 분노가 뿜어져 나왔습니다. 고슴도치의 뾰족한 바늘 털이 분노와 함께 날아오는 것 같았습니다.

"히이익, 사, 살려줘."

여우가 무서움으로 떨면서 도망쳤습니다.

"고슴도치야."

산토끼 엄마와 딸은 힘없이 쓰러져 있는 고슴도치에게 다가갔습니다.

"…둘 다 무사했구나…. 다행이야."

고슴도치가 조금 웃었어요. 그러자 고슴도치 입가에 피가 흘렀습니다.

"큰일 났다. 고슴도치야, 정신 차려!"

엄마 토끼는 소란스러운 소리를 듣고 달려온 숲속 동물들에게 사정을 설명하고 부엉이 의사를 불러 달라고 했죠.

"고슴도치야, 고마워. 네 덕분에 살았어."

엄마 토끼는 눈물을 흘리며 고슴도치의 손을 잡았어요.

"고슴도치야, 의사가 올 때까지 힘내야 해."

"힘내!"

"죽으면 안 돼."

숲속 동료들이 저마다 한마디씩 격려해 주었어요. 그중에 너구리도 원숭이도 있었습니다. 둘의 눈에 눈물이 고였어요.

"미안해, 고슴도치야."

"다시는 너한테 심술부리지 않을게. 그러니까 죽지 마."

그 목소리를 들으며 고슴도치는 희미하게 미소를 지었어요.

내 바늘은 내 친구를 지켰다. 이 바늘 털은 지키기 위해 있는 것이다. 자랑스럽다. 나는 내 바늘 털이 자랑스럽다.

고슴도치는 달을 올려다봤습니다. 동그랗게 금빛으로 빛나는 아름다운 달이었습니다.

문득 시계를 보니 날짜가 바뀌려 하고 있었다. 나는 창문을 열고 밤공기를 들이마셨다. 고슴도치가 올려다봤을 법한 달은 밤하늘 어디에도 없었다.

"나한테?"

히로가 눈을 깜박였다.

"응, 읽어 줄 거지? 시간 있을 때."

"물론. 「숲의 왕국」 팬으로서 속편을 읽을 수 있다는 게 너무 기뻐. 저기, 딱따구리 아줌마도 나와?"

"안 나와. 고슴도치가 나와."

"고슴도치?"

"어, 무슨 소리를 하는 거야?"

내가 히로에게 건넨 갈색 봉투를 요스케가 들여다봤다.

"요스케와는 상관없어. 그보다 얼른 일해야지."

꽃집 카페의 가장 구석진 테이블에서 나와 히로는 딸기 케이크를 다 먹은 참이었다.

히로는 요스케에게 사과했다. 깊이 허리를 굽혀 사과했다.

"난 어떻게 하면 돼?"

요스케가 물었다.

"아버지를… 어떻게 하면 좋지?"

요스케의 눈길이 나와 히로 사이를 오락가락한다.

"내가 뭘 할 수 있을까?"

요스케의 말에 나는 고개를 가로저었다. 요스케가 눈길을 떨구고 입술을 깨문다. 분한 듯, 슬픈 듯 보이는 표정이다.

요스케 아버지의 일은 아버지의 문제다. 요스케가 사과할 일도, 부끄러워할 일도 아니다. 그러나 히로는 요스케의 아버지를 용서하지 않을 것이다. 그렇기 때문에 계속 찾을 것이다. 진정으로 화를 내야 할 상대를 찾아낼 것이다.

나도 그렇게 하고 싶다. 화내기를 잊고 싶지 않다. 나는 바늘을 갖고 있다. 분노라는 작은 바늘을 소중하게 간직하고 싶다. 아니, 그래야 한다고 생각한다. 히로와 눈이 마주쳤다.

"내가 뭘 할 수…."

요스케가 다시 한 번 낮게 중얼거렸다.

"어이, 여친 두 사람한테 허브티 한 잔 더. 이건 서비스야."

아노 씨가 유리 주전자를 테이블에 놓았다.

"여친 아니에요."

나와 히로가 동시에 말했다.

"어허! 그러니까 너무 강하게 부정하지 말라고. 기죽으니까."

"정말이지 여자란 너무 잔혹하다니까."

"아, 그거 여성에 대한 편견입니다."

요스케가 바로 지적했다.

"편견이 아니라니까 서글픈 현실 체험이지."

아노 씨의 자못 진지한 말투가 우스워서 나는 웃음을 터뜨렸다. 히로도 웃었다. 요스케도 웃고 있다. 하얀 장미가 우리의 웃음소리에 흔들리는 듯하다. 달착지근한 향기가 맴돌았다.

아침, 쾌청. 나는 집을 나선다. 역을 향해 걷는다. 중간까지는 엄마랑 함께다.

"어머나, 스즈미! 너 키가 좀 컸다."

정류장에서 엄마가 멈췄다. 엄마는 여기서 버스를 탄다.

"정말?"

"응, 컸어. 엄마보다 훨씬 크잖아."

"그걸 이제 알았어? 그건 훨씬 전이야."

"뭐? 그건 아니지. 아니, 뭐 그런가?"

얼굴을 돌리는 엄마의 입이 뾰족해진다.

"엄마는 지금 생활이 너무 좋아. 숨쉬기 편한 것 같아. 그건 아마 네가 있어서일 거야."

"그걸 이제 알았어? 하지만 엄마, 난 언젠가 독립할 거야."

자신의 바늘을 가진 사람으로서 엄마의 보호로부터 벗어날 것이다.

"그러게. 엄마도 각오는 해 둬야겠지."

엄마는 실눈을 뜨며 웃더니 말을 이었다.

"스즈미는 어떤 어른이 될까?"

어깨를 으쓱하며 멋쩍은 듯이 엄마가 웃는다. 아침 햇살 속에서 립스틱을 연하게 바른 엄마의 입술이 반짝거린다.

버스가 온다. 파란 버스가 멀리 보인다.

"자, 그럼 학교 다녀오겠습니다!"

엄마에게 등을 돌리고 나는 걸음을 옮긴다. 낯익은 거리의 풍경 속으로 역을 향해 걷는다.

아침 햇살이 눈부시다.

옮긴이의 말

청소년 성장 소설인 이 작품은 여러 등장인물들이 갖고 있는 저마다의 사정과 함께 사회의 어두운 모습들을 자연스럽게 교차시키며, 너무 심각하지도 비장하지도 않게 그려 독자들의 감정 이입을 이끌어 낸 덕분에 단숨에 읽힌다.

열일곱 살의 초여름, 스즈미와 히로 두 친구를 둘러싸고 여러 가지 일들이 일어난다. 이야기 전반부에서는 만원 전철 안에서 치한을 만난 스즈미를 히로가 구하면서 너무나 다른 색깔을 가진 두 친구가 만나는 모습을 그리고 있다. 자신을 만진 치한이 적반하장으로 나오자 사과까지 하며 그 자리를 피하려는 스즈미와 반짝이는 기지로 스즈미를 구한 히로. 하지만 히로는 잘못하지도 않은 일에 사과를 하려 했던 스즈미에게 화를 낸다. 엎친 데 덮친 격으로, 치한을 만난 것을 지각에 대한 변명으로 오해한 교사들 앞에서 고통스러워하면서도 제대로 상황을 전달하지 못하는 스즈미를 보며 히로는 다시 한 번 스즈미의 편에 서서 진실을 밝힌다.

이러한 과정 속에서 그동안 혼자가 되는 것이 두려워 '소심하고 조심스럽고 약간 천연기념물 같은 여자아이'로 지내며 자신의 생각과 개성을 드러내지 않으려고 애쓰던 스즈미는, 자신을 당당하게 드러내는 히로를 보며 자신의 모습을 돌아보게 된다. 차가운 말을 내뱉기도 하고 화를 내기도 하지만, 자기 말을 끝까지 들어 주고 자기 마음을 알아주는 히로를 보며 자신이 가진 능력을 깨닫고 자신감을 갖는 법을 배운 것이다.

이야기의 후반부에서는 직장에서의 괴롭힘으로 인해 고통을 받는 히로의 언니와 이로 인한 가족들의 고통, 그리고 언니를 괴롭힌 상사를 찾아가는 히로와 스즈미의 이야기가 담겨 있다. 히로는 정신적으로 크게 아픈 언니, 그리고 아픈 딸을 보며 고통스럽지만 내색하지 않는 부모님을 보면서 답답해한다. 고통을 참으려고만 하고 피하려고만 하는 언니와 부모님의 모습을 이해할 수가 없다. 하지만 스즈미를 만나면서 사람들이 갖고 있는 다양한 모습들을 조금씩 이해하게 되고, 그것도 살아가는 하나의 방식일 수 있음을 알게 된다.

많은 점에서 너무나 대조적인 두 친구는 자신이 갖지 못한 부분을 갖고 있는 상대방에게 호감을 느끼며 차츰 자신들의 모습을 변화시켜 나가고, 주위 어른들까지도 변하게 한다. 학생지도부 교사들이 치한 사건의 피해자인 스즈미를 위로하는 것이 아니라 지각을 피하기 위한 거짓말로 의심부터 하자 스즈미는 당시 상황을 떠올리며 괴로워한다. 그러자 히로는 전철에서 찍은 사진을 내보이며 그것이 사실임을 정확하게 밝히고, 거짓말이라고 몰아세우는 교사들에게 "선생님들도 이 남자랑 똑같다고 생각합니다." 하고 따끔한 일침을 가한다. 이에 교사들은 자신들의 잘못을 인정하고 사과한다.

또 자신의 생각을 정확하게 말하고, 화를 내야 할 때 화를 내는 히로를 보며 소심하고 위축된 모습에서 벗어난 스즈미는 고정된 성 역할에 매여 힘들어하는 엄마에게 잘못된 생각에서 벗어나라고, 참지 말라고, 이혼은 잘한 선택이었다고 엄마의 생각을 지지한다.

"이기적인 것과 참지 않는 건 달라."

전혀 다르다. 지나치게 참지 않고 지나치게 견디지 않고 받아들일 수 없는 것을 받아들이는 것과, 자기 생각대로 주위를 움직이려는 건 다르다. 비슷하기는커녕 차원이 다른 것이다.

기를 쓰고 열심히 하는 것도 꾹 참는 것도 나쁜 건 아니다. 종종 미덕으로 여긴다. 하지만 그런 건 잘 드는 칼 같은 거다. 잘못 사용하면 자신의 손가락을 베어 버린다. 나는 그걸 깨달았다.

스즈미는 '때로는 고슴도치가 되는 것'이 필요하다는 것을 깨달으면서 한층 성장한다. 책 마지막에 엄마가 스즈미의 키가 더 자라 어느 순간 엄마보다 훌쩍 컸다는 사실을 깨닫게 된다. 스즈미와 히로는 열일곱 살의 여름을 새로운 친구를 만난 덕분에 힘든 상황을 극복하고, 세상을 다른 색으로 바라볼 수 있게 된 때로 기억하지 않을까.

나무픽션 3

때로는 고슴도치

초판 1쇄 발행 2021년 7월 7일
초판 2쇄 발행 2022년 5월 20일

지은이 아사노 아쓰코
옮긴이 오근영
펴낸이 이수미
편집 김연희
북 디자인 이지선
마케팅 김영란
종이 세종페이퍼 인쇄 두성피엔엘 유통 신영북스

펴낸곳 나무를 심는 사람들
출판신고 2013년 1월 7일 제2013-000004호
주소 서울시 용산구 서빙고로 35, 103동 804호
전화 02-3141-2233 팩스 02-3141-2257
이메일 nasimsabooks@naver.com
블로그 blog.naver.com/nasimsabooks

ISBN 979-11-90275-54-5 44830
979-11-90275-27-9(세트)